KB188992

드리머

드리머

ⓒ 모래 2025

초판 1쇄	2025년 2월 20일		
지은이	모래		
출판책임	박성규	펴낸이	이정원
편집주간	선우미정	펴낸곳	도서출판 들녘
기획이사	이지윤	등록일자	1987년 12월 12일
편집진행	이동하	등록번호	10-156
디자인	하민우	주소	경기도 파주시 회동길 198
편집	이수연·김혜민	전화	031-955-7374 (대표)
마케팅	전병우		031-955-7384 (편집)
경영지원	김은주·나수정	팩스	031-955-7393
제작관리	구법모	이메일	dulnyouk@dulnyouk.co.kr
물류관리	엄철용		

ISBN   979-11-5925-925-8 (03810)

드리머

모래 장편소설

Goble

복선 씨와 훈성에게

랍비들의 가르침에 전해 내려온 이야기다.

유대인 네 사람이 과수원에 들어갔는데,

그들의 이름은 벤 아자이, 벤 조마, 아헤르, 그리고 랍비 아키바였다.

랍비 아키바가 그들에게 말했다.

"수정 같이 맑은 대리석에 이르렀을 때,

'물이다! 물이다!'라고 말하지 마시오.

왜냐하면 거짓말을 하는 자는

나(신)의 목전에 서지 못하리라는 말씀이 있기 때문이오."

그런데 벤 아자이가 그것을 바라보고 죽었다.

이에 대해 경전은 "성도의 죽는 것을 주께서 귀중히 보시도다."라고 말했다.

그리고 벤 조마도 그것을 바라보고 (정신)병에 걸렸다.

이에 대해 경전은 "그대가 꿀을 발견했는가?

그것을 충분한 양만큼 먹되 지나치게 먹어 토하지 않게 하라."고 말했다.

한편 아헤르는 그 동안 간직했던 믿음의 밑동을 잘라 버려 이교도가 되었다.

그러나 랍비 아키바는 평화로운 마음으로 그곳을 떠났다.

― 오래된 탈무드에서*

*『신의 역사』에서 재인용, 398쪽,

카렌 암스트롱, 배국원/유지황 역, 교양인, 2023.

긴 담벼락을 따라 당신은 달리고 있다. 담벼락 안에서는 아마 고문이 행해
지고 있고, 앞마당에는 박꽃이 피어 있다. 당신은 빈털털이다. 당신에게는
돌아갈 집이 없다.
그런 꿈을 꾸지 않으려면 어떤 현실이 필요할까요?

—『이십억 광년의 고독』*

*116 쪽, 다니카와 타로, 김응교 역, 문학과지성사, 2009.

목차

1부
네 사람이 과수원에
들어갔는데

그들의 이름은

그날, 여정, 필립, 명우, 기철은 모두 스무 살이었다. 유월이었고 해가 뜨거웠다. 오후 5시 29분, 시멘트 바닥의 열기는 여전히 대단했다.

여정은 필립네 옥탑방 앞마당에 혼자 나와서 맥주를 마시는 중이었다. 여정은 기철에게 5분 전에 차였다. 기철에게 차인 것이 처음은 아니었지만, 여정은 오늘도 매우 분했다. 등신 같은 게, 저가 나보다 나은 여자 만날 수 있을 줄 알아? 돈은 한 푼도 없고 아직도 애새끼처럼 허세 부리는 것 말고 할 줄 아는 것도 없는 주제에. 여정은 그런 기철을 자신이 아직도 좋아한다는 데 생각이 미치자 더 분해졌다. 미지근한 맥주에서는 오줌 맛이 났고 배 속이 부글거렸다.

골목 아래쪽에서 명우가 두리번거리며 걸어 올라오는

모습이 보였다. 연신 손수건으로 땀을 닦으면서 주춤거리는 모양새가 보아하니 또 이 집을 못 찾는 모양이었다. 연신 스마트폰을 들여다보고 주변을 둘러보는 게 멍청하기 이를 데 없어 보였다. 얄밉기도 했다. 이 집에서 다 같이 모인 게 다섯 번은 되었는데도 아직도 길을 못 찾다니 말도 안 됐다. 공부는 그렇게 잘하면서 말이다. 부잣집 도련님이라 달동네는 낯설다 이거지? 여정은 명우를 못 본 척하고 필립의 집 안으로 들어갔다.

안에서는 설거지하는 필립 옆에 기철이 서서 라면을 먹으며 주절거리고 있었다.

"어휴, 필립아. 라면 다 퍼졌잖아. 여자는 말이야, 라면을 탱탱하게 끓여야 남편한테 사랑받는 거야. 이렇게 영감 엉덩이처럼 흐물흐물하게 라면을 끓이면…."

필립은 코웃음을 치고 설거지를 계속했다. 기철은 여정이 들어오자, 한 걸음 물러서서 라면 먹는 데에 열중하는 척했다. 아니, 진짜 그럴지도 몰랐다. 여정은 기철의 갈색 머리카락이 부드럽게 구불거리며 햇빛에 반짝거리는 것을 보자, 가슴에 날카로운 통증을 느꼈다. 입술을 아기처럼 오물거리는 모양이 귀엽고 친근했다. 이 자식이, 이 등신 새끼가 여전히 좋다. 이렇게나 좋다. 나란히 누워 엉켜서 텔레비전을 보던 날들로, 서로의 체취를 맡으며 잠들던 날들로 도대체 왜 돌아갈 수 없다는 것인지, 여전히 믿기지 않고 억울했다.

여정은 기철의 뒤통수를 후려쳤다.

"뭐, 이 등신아. 그럼, 네가 끓이지 그랬냐?"

기철은 화난 표정으로 여정을 노려보았지만, 이내 눈을 피하고는 밖으로 나갔다.

"딱 맛있구먼. 등신 새끼."

여정은 라면을 떠서 먹기 시작했다. 울고 싶지 않았지만, 눈물이 라면 그릇 속으로 후드득 떨어졌다. 눈물 맛이 나는 라면 국물 속 면발은 힘없이 흐물거렸다. 기철의 헛소리 속에도 맞는 말이 있었다.

"야—"

필립이 뒤에서 손가락으로 여정의 어깨를 찔렀다. 필립은 라면 냄비와 그릇을 내밀며, 상 위로 옮기라고 턱으로 상을 가리켰다. 필립의 표정 없는 작은 눈이 차돌멩이처럼 반들거렸다. 저런 애가 절친이라니. 여정은 필립의 무신경함과 에어컨도 없는 옥탑방의 열기가 너무 싫어서 몸이 떨렸다.

기철은 옥상 마당으로 나왔다. 여정에게 얻어맞은 뒤통수가 아직도 얼얼했다.

"배여정 정말 대단하다."

기철은 담배를 피우며 짜증을 달랬다. 옥상 마당에는

화분이 많았다. 꽃도 제법 피었고, 토마토나 고추 따위도 열려 있어서 보기가 좋았다. 기철은 이 집이 싫지 않았다. 비록 제대로 된 반듯한 모서리 하나 없이 사방이 모두 삐뚠 골때리는 집이긴 했지만 말이다. 담배를 마음껏 피울 수 있는 게 제일 좋은 점이다.

여정과는 정말 징한 사이였다. 고등학교 때는 어찌나 헤어졌다 붙었다 했는지 차라리 이럴 바에야 결혼이나 할까, 하는 생각을 한 적도 있었다. 그때 결혼을 하지 않은 것이 인생에서 가장 잘한 일 중 하나였다. 만약 여정과 결혼했으면 들볶이다 못해 산 채로 잡아먹혔을 것이다. 이제는 서로의 알몸도 얼마나 봤는지 여정의 가슴을 보는 건 꼭 기철 제 가슴을 보는 기분이었다. 그러니 이제 여정의 가슴이 아프면 기철의 가슴도 아플 것이다.

여정의 눈이 울어서 부어 있었다. 그게 기철의 마음을 무겁게 했다. 그러나 지금 그게 제일 중요한 문제는 아니다. 여정은 아무것도 모르고 있었다. 여정은 기철이 주식을 해서 말아먹었다는 것만 알지, 기철이 죽을 판이라는 건 몰랐다. 날아간 건 핸드폰 대리점에서 박박 기면서 모은 지난 반년 치 월급만이 아니었다. 대리점 사장형과 형 친구들 돈까지 같이 날아갔다. 주식은 지금 기철의 목덜미까지 쥐고 추락하고 있었다. 그제 기철은 관련 앱들을 다 지웠다. 계속 들여다보고 있자니, 정신을 붙잡을 수 없었다. 그랬다간 벌써 뛰어내렸을 거다. 그러나 기철에게는 아직 마지막 카드가 한 장 남아 있었다. 그리고 바로 지금, 그 카드가 땀을 흘리며 주변을 두리번거리는 것이 기철의 눈에 들어왔다.

기철은 꽁초가 된 담배를 힘껏 빨고 마당에다 던져서 발로 비벼 껐다. 게임은 끝날 때까지 끝난 게 아니다.

"명우야!"

기철은 힘껏 소리를 질러 명우를 불렀다. 기철은 자신의 목소리가 친근하고 편안하게 들리기를 바랐다.

택시 기사가 엉뚱한 곳에 내려준 덕에 명우는 삼십 분 넘게 뙤약볕 아래를 헤맸다. 낯선 골목에서 겨드랑이와 등은 땀으로 흥건하게 젖은 채, 명우는 절망감을 느꼈다. 필립네 집은 골목 끝에 있었던 것 같은데, 아무리 올라가도 골목은 끝이 나오지를 않았다. 어디에선가 보이지 않는 개들이 요란스레 대문을 긁으며 짖어댔다. 골목에 줄지어 선 낡은 다세대 주택 창에서는 낯선 외국어로 된 유행가와 영화 대사 따위가 흘러나왔다. 골목에는 화장실 배수구 냄새가 났다. 명우는 고요하고 시원한 오피스텔을 버리고 나온 자신을 원망했다. 이 죄의 대가를 언제까지 치러야 할지 몰랐다. 동네 사람들이 동네를 배회하는 명우를 수상하게 쳐다보는 것 같았다. 명우는 안절부절못했지만, 그런 기색을 감추려 애쓰며 조심스레 땀을 한 번 더 닦았다. 심장이 쿵쾅거려서 토해내고 싶은 기분이었다.

삼 주 만의 외출이었다. 지난 삼 주 동안, 명우는 대학 수업에도 들어가지 않았고, 편의점조차 가지 않았다. 학사경고를 받을 판인데도, 모든 걸 감수하고 집에서 침잠하고 있었다. 그랬는데 왜 하필 오늘 나와서 이 고생을 사서 하고 있을까. 겨우 기철, 여정, 필립, 이런 애들을 만나려고 이 고생한다니. 명우는 돌아가는 게 낫겠다고 생각했지만, 동네 사람들이 쳐다보는 가운데 돌아서는 것도 어려웠다. 그러면 더 수상하고 이상하게 보일 것이다. 그래서 명우는 그저 위로 위로 걸어 올라갔다. 명우의 사랑스러운 오피스텔로부터 명우는 계속 그렇게 멀어져갔다. 명우는 이 몹쓸 운명에 대해 체념했다. 자살이 몹시 말리는 날이었다.

"명우야."

갑자기 저쪽 건물 옥상에서 기철의 얼굴이 불쑥 튀어나왔다. 명우는 반가운 기색을 감추려 애쓰며 소리가 난 쪽을 향했다.

필립은 기철이 명우를 데리러 1층으로 내려가는 소리, 기철이 호들갑을 떨며 명우를 데리고 올라오는 소리를 들으며, 손을 닦았다. 라면을 끓여줬으니 할 일은 다 한 셈이

다. 일하는 편의점에서 과자도 몇 개 사왔다. 설거지와 뒷마무리는 기철이 다 하겠다고 했다. 비싼 양주와 초밥, 케이크 따위도 모두 기철이 사왔다. 기철이 어디에서 돈이 나서 저렇게 펑펑 쓰는지 모를 일이었다. 여정은 기철이 아직도 사고만 치면서 엉뚱한 일을 벌이고 있다고 했다. 그나마 핸드폰 대리점에서 일을 한다고 해서 정신 차렸나 했는데, 지난달에는 핸드폰을 팔다가 사기죄로 입건됐다가 풀려났다. 하긴, 이랬거나 저랬거나 필립의 알 바가 아니다. 알고 싶지도 않고 알 필요도 없다. 그저 오늘 조용히 왔다가 가주기만 하면 될 일이다. 귀찮지 않은 것도 아니지만, 반갑지 않은 것도 아니다. 어쨌든 필립의 유일한 친구들 아닌가. 필립에게 친구라는 게 있다면 말이다. 필립은 커다랗게 하품했다.

명우는 화장실에 가서 손을 씻고 손수건도 빨아서 널었다. 명우가 테이블을 물티슈로 닦고 수저도 갖고 온 것을 꺼내는 모습을 여정은 흘겨보았다. 기철은 호들갑을 떨며 명우 자리에 안주를 제일 좋은 것으로 골라서 올려놓았다. 명우가 자리에 앉자, 기철은 위스키병을 땄다.

"명우야, 너 위스키 좋아하지? 이 상표 좋아한다고 전에 그러지 않았냐? 우리 대리점 사장형도 이거 좋아한대."

명우는 말없이 잔을 받았지만, 기분이 좋아 보였다. 정말 좆같이도 생겼다. 우우우우웨에에엑. 여정은 기철이 아첨하는 꼬락서니를 보고 있자니 그날 먹은 맥주가 다 올라올 것 같았다. 여정은 이미 맥주를 많이 마셔서 위스키는 마시지 않으려고 했지만, 기철이 명우에게만 위스키를 권하는 게 짜증났다. 병을 빼앗아 큰 잔으로 가득 따라서 한 번에 들이키자, 머리가 핑그르르 돌았다. 속이 뜨끈해지면서 기분이 좋아졌다. 비싼 술은 역시 좋구나!

"명우야, 너 요즘은 학교 나가?"

여정의 질문에 명우는 답하지 않았다.

"너희 아버지가 너 학교 안 가는 거 뭐라고 안 해?"

명우는 얼굴이 하얘지더니 일어나서 화장실로 갔다. 스무 살이 넘은 새끼가 아직도 애비 이야기만 나오면 저러는 게 웃겼다. 기철이 여정의 팔을 잡고 "제발 명우 좀 그만 괴롭혀."라고 했다.

"내가 명우를 괴롭힌다고?"

여정은 코웃음을 치고는 팔을 뿌리쳤다. 명우의 애비는 조폭을 끼고 건설업을 하는, 위험하고 이상한 인간으로 악명이 높았다. 여정도 먼발치에서 그를 본 적이 있었다.

고등학교 1학년 때였다. 그때 기철과 여정은 처음 사귀었고 둘 다 나름 잘 나갔던, 그런 까마득한 시절 얘기다. 여정은 기철이 처음 보는 중늙은이에게 뛰어가서 인사하는 걸 뒤에서 기다렸다. 그는 작은 키에 화려한 양복을 입고 몹시 으스댔는데, 그 폼이 우스웠다. 기철이 인사하자 요란하게 웃었다. 그가 웃자 이상스레 팽팽한 황갈색 피부의 이마와 뺨이 깊이 팼다. 요란하게 비웃는 것 같기도 하고, 아니면 그저 인상을 찌푸리다 우연히 입이 벌어진 것 같기도 한, 기분 나쁜 웃음이었다. 그는 기철 뒤쪽의 여정을 발견하고는 묘하게 진지한 눈길로 아래위를 훑어보았다. 그의 시선이 여정의 다리를 맴돌더니 가슴에 끈끈하게 달라붙었다가 떨어졌다. 그는 여정의 얼굴에 시선을 고정하고 잠시 생각해보는가 하더니, 이윽고 얼굴을 펴고 다시 무심한 얼굴로 돌아가 기철의 뺨을 몇 번 더 툭툭 치고 갔다. 기철은 그의 뒷모습을 향해 허리를 꺾어 인사를 하고는 여정에게 돌아왔다.

"누군데?"

여정이 묻자, 기철은 그가 멀리 떨어졌음에도 낮은 목소리로 속삭이듯이 말했다.

"대림건설 사장. 이름만 건설 회사지, 사실은 조폭이야. 우리 반 애 아버지야. 진짜 나쁜 놈이래. 말 안 들으면 그대로 조져놓는다. 국회의원들하고도 친하고 연줄이 워낙 많아서 아무도 못 건드린대. 죽이지?"

기철은 부러움이 가득 담긴 목소리로 말했다.

"어휴, 이 등신아."

여정은 기철의 허리를 당겨서 바싹 끌어안고 기철이 입은 청바지의 허리선을 만졌다. 기철의 성기와 허벅지가 얇은 원피스 위로 느껴졌다. 여정은 자신이 대림건설 사장의 시험에 떨어졌다는 것을 알았고 다행스러웠다. 사람들만 없으면, 바로 기철의 위에 올라타고 싶은 기분이었다.

"뭐냐, 이 대낮에?"

기철은 투덜거렸지만, 기분이 좋은 모양이었다. 앞에서 대림건설 사장을 따라가던 양복 입은 깍두기 머리 남자들이 킬킬거리며 여정과 기철을 돌아보았다.

며칠 뒤 기철은 자기 반에 놀러온 여정에게 제일 뒷줄에 앉아 책을 읽고 있는 덩치 큰 애를 가리켜 "쟤가 명우야. 대림건설 사장 아들."이라고 했다. 명우는 애비와 전혀 닮은 데가 없었다. 명우는 자신의 큰 덩치를 숨기고 싶다는 듯이 어깨를 구부리고 눈을 내리깔고는 한 손에 손수건을 말아쥐고 책을 읽고 있었다. 무표정했으나 긴장한 기색이 역력했다. 흰 얼굴은 못생겼다고 밖에 할 수 없었다. 아주아주 좋게 봐주면 귀엽다고 할 수도 있으려나 싶었다. 딱 봐도 찐따였다.

"나 쟤랑 친해지려고."

"너 존나 더럽다."

여정이 말했다.

명우 주변에는 친해지려고 하는 일진 애들이 적지 않았지만, 명우는 수줍음이 워낙 많았고 친구를 잘 사귀지 않았다. 무던한 노력의 결과, 기철은 명우와 제법 친해졌다.

누구 덕에? 바로 여정 덕이었다. 여정은 명우가 필립을 좋아하는 걸 눈치챘다. 명우는 필립을 항상 쳐다보고 있었다. 저 시체 같은 애를. 여정은 말없이 가만히 앉아 있는 필립을 흘겨보았다. 여정과 필립은 절친이었다기보다는, 그저 서로에게 유일한 여자친구였다. 어쩌다 그렇게 되었는지는 여정도 모르겠다. 지금 필립은 스마트폰도 안 하고 술도 마시지 않고, 무릎을 세우고 끌어안고는 멍하니 앉아 있었다. 필립은 고등학교 때와 하나도 변하지 않았다. 그때 하던 편의점 아르바이트를 여전히 하고 있었고, 그때 학교와 집과 편의점만 오가던 것처럼, 요즘은 집과 편의점만 오가고 있었다. 필립의 방에는 여전히 아무것도 없었다. 필립의 모친이 재혼하기 전에는 그나마 텔레비전 따위 짐이 좀 더 있었는데, 모친이 재혼하면서 자신의 짐을 가져갔다고 했다. 고등학교를 졸업하자마자 모든 걸 다 내다 버린 것인지 교과서마저 한 권 없었다.

텅 빈 방에 침묵이 흘렀다. 명우가 일어나자 기철은 음울한 표정으로 입을 다물었고, 아까 전부터 말이 없던 필립도 그대로였다. 텔레비전 소리도 없고 음악도 없었다. 여정은 입을 열었다. 배 속에서 튀어나오겠다고 악다구니

를 벌이는 말들이 느껴졌다. 오늘은 꽤나 떠들게 될 거라
는 감이 왔다.

"이번에 내가 만든 파티 이야기해줄까? 거기에 연예인
들도 되게 많이 왔었다."

명우가 화장실에서 나왔을 때, 여정이 파티를 기획했다
고 떠드는 소리가 들렸다. 빤하게 보이는 거짓말에 명우
는 헛웃음이 나왔다. 재벌, 연예인, 명품, 파티, 연애, 약혼,
결혼, 불륜, 싸움. 삼류 인터넷 뉴스를 뒤섞어놓은 것 같
은 이야기를 여정은 걸핏하면 떠들어댔다. 명우는 조심스
레 자기 지갑과 핸드폰이 호주머니에 고이 있는 걸 확인
했다. 여정은 허언증이 있는 데다가, 친한 애들 물건을 슬
쩍 좀도둑질을 한다는 소문도 있었다. 숨겨놓은 남자친구
가 연예인이나 재벌 3세라거나, 유명기획사에서 연예인
으로 데뷔를 권했다거나, 중학교 때는 전교 1등이었다거
나 하는 이야기를 언제나 나불나불 떠들어댔다. 그 탓에
고등학교 때 여자애들 사이에서 왕따당했는데, 어쩐 일인
지 필립만은 여정을 상대해줬다. 필립은 여정과 정반대되
는 아이로, 아침에 학교에 도착하면 저녁에 집에 갈 때까
지 교실 창문 밖으로 운동장만 쳐다보았다.

열린 방문 사이로 여정이 짧은 치마를 입고서 양반다리
를 하고 앉아 있는 게 보였다. 치맛자락 아래로 속옷이 보

였고 명우는 그것이 정말 칠칠찮고 역겹게 보인다고 생각했다. 필립과 기철은 멍한 눈을 하고 제각기 다른 생각에 잠겨 있었다. 만난 지 한 시간도 안 됐다. 여름이라 아직 해도 지지 않고 환한 7시였다. 그러나 이 애들은 벌써 술에 취해서 허물어져 있었다. 그것도 신나고 재미있게 노는 것도 아니면서, 저렇게 칙칙하게 말이다. 명우는 이들과 어울리는 모습을 대학 친구들에게 들킨다면 죽고 싶을 거라고 생각했다. 하지만 누구를 만나도 불안한 명우가 유일하게 편하게 만날 수 있는 건, 이 인간들뿐이었다. 이 셋과는 고등학교 1학년 때부터 친구였다. 우등생이었던 명우와 말썽꾸러기였던 이 셋은 공통점이 없었다. 명우는 어떻게 이들과 친해졌는지 기억나지도 않았다. 넷 중 대학에 간 건 명우 혼자였다. 명우는 진학하면서 이들과 만날 일이 없어질 거라고 생각했지만, 넷은 용케 계속 만나고 있었다. 명우는 넷 모두 제대로 된 어른이 되는 데 실패했기 때문일 거라고 생각했다.

그렇지만 결국 인생이 제일 엉망진창인 것은 나다. 기철은 날라리 삼류 건달의 삶을, 여정은 허언증 걸린 여자의 삶을 나름 그럭저럭 살아간다. 필립이야 당연히 아르바이트를 전전하는 가난뱅이의 삶을 성실히 산다. 그러나 명우는 대학 생활에 적응하지 못했고 오피스텔에 처박혀서 게임만 하고 있었다. 눈꺼풀이 무거워 견딜 수 없을 때까지 게임을 하다가, 쓰러져서 자곤 했다. 아침에 일어나면 냉장고에서 소주를 꺼내 병째 마셨다. 20살, 소위 명문대 신입생 주제에, 인생이 이따위였다. 이번 학기는 학사경고를 피할 수 없었다. 애비가 알면 무슨 일이 벌어질지 생각하면, 술을 마시거나 게임을 하지 않고는 참을 수가 없었다. 명우는 애비 생각이 나자, 또 술을 맹렬하게 마시고 싶었다.

명우가 방으로 들어가려고 하자, 여정이 술잔을 더 가져오라고 말했다. 명우는 짜증이 났지만, 찬장으로 향했다. 명우는 싱크대 위 찬장을 열었다. 찬장 바닥에는 누렇게 변한 신문지가 깔려 있고, 그 위에 몇 안 되는 그릇과 잡동사니가 있었다. 그사이에는 낡은 수첩이 한 권 있었다. 수첩 표지는 새것처럼 까맣게 반들거렸다. 사람 머리카락 같은 까만 실로 촘촘하게 짠 특이한 천이었다. 수첩에서는 한약 같기도 하고 곰팡내 같기도 한 묘한 냄새가 났다. 명우는 수첩을 열어보았다. 내지는 금방이라도 바스러질 것처럼 변색해서 나달거렸다. 명우는 조심스럽게 페이지를 넘겼다. 알아볼 수 없는 작은 글씨의 메모가 가득했다. 처음에는 한문이나 한글인가 했지만, 둘 다 아니었다. 군데군데 그림도 있었다. 도끼나 삼지창 따위의 무기, 북과 피리 등의 옛날 악기, 염소, 소, 코끼리, 개, 뱀 등 동물 머리를 한 사람들, 그 사람들이 성교하는 모양, 또는 머리가 여럿 달린 사람들이 세밀하게 그려져 있었다. 사람의 해골, 동물의 해골, 신체 여러 부위의 뼈 그림도 있었다. 어린아이의 그림처럼 서툴게 보이기도 하고, 또 다르게 보면 전문가가 세심하게 그린 것 같기도 했다. 명우는 그 그림들이 마음에 들었다. 특히 하나가 특별하게 느껴졌다. 목이 잘린 벌거벗은 여자가 한 손에는 잘린 머리를, 한 손에는 칼을 들고 있는 그림이었다. 그 여자가 명우를 바라보는 것 같았다. 그 순간 명우는 뒤통수와 정수리에 전기가 통하며 발가락 끝까지 찌릿한 느낌이 들었다. 머리가 하얘졌다. 그때 뒤에서 누가 수첩을 가로채는 통에, 명우는 정신이 들었다.

필립이 불붙은 돌멩이 같은 눈으로 명우를 노려보고 있었다. 필립은 수첩을 품속에 넣고 방으로 돌아갔다.

수정같이 맑은 대리석에 이르렀을 때

명우는 잠시 멍하니 서 있다가 정신을 차렸다. 방에 들어가니, 필립은 상 모서리 자리에 앉아 과자를 먹고 있었다. 필립은 화가 난 것 같았다.

"필립아, 그 수첩 나한테 팔래?"

필립은 명우를 노려보고는 다시 고개를 돌리고 못 들은 척 과자만 씹었다.

"너 달라고 하는 대로 줄게."

명우는 통장에 잔고가 얼마나 있나 생각했다. 이리저리 모으고 합치면 천만 원은 될 것이다.

"싫어."

필립은 잘라 말했다.

"천만 원 주면 그 수첩 팔래?"

"아니. 싫은데."

옆에서 기철이 농담했다.

"왜 그러는데? 그 수첩에 로또 번호라도 적혀 있어?"

명우는 기철의 말을 무시하고 다시 필립에게 물었다.

"내가 어떻게 하면 그 수첩 팔 건데?"

"뭘 해도 싫어."

필립이 잘라 말했다.

"그놈의 수첩, 수첩, 수첩. 그만 좀 해."

갑자기 여정이 역정을 냈다.

"너나 그만 해. 너 따위가 뭔데 끼어들어?"

명우는 여정을 노려보았다. 명우는 말해놓고 나서 자신에게 놀랐다. 남에게 이렇게 단호하게 말한 적이 있나 싶었다. 여정도 잠시 당황했다가 말을 이었다.

"너 따위? 야, 조명우, 너 진짜 웃긴다. 내가 왜 못 끼어들어? 내 친구 일인데?"

"친구는 무슨. 네가 무슨 필립이 친구야. 네가 필립이를 친구로 생각하긴 해?"

"너 지금 뭐라고 그랬어?"

여정은 소리를 지르며 일어나 명우 앞에 섰다.

"여정아, 그러지 마. 명우는…."

기철이 끼어들었다.

"너는 빠져."

여정이 날카롭게 소리를 질렀다. 명우는 여정이 그렇

게 소리를 질러대는 것이, 연기처럼 보여 우스웠다. 명우
는 누가 화를 내는 게 질색이었다. 누가 화를 내면 자신도
모르게 움츠러들었다. 그러나 지금은 자신을 얕잡아 보는
여정의 얄팍한 속셈이 빤히 보이는 것 같았고, 그건 무섭
지 않았다.

"너희 다 가."

필립이 갑자기 일어서서 술상을 치웠다.

"필립아, 왜 너까지 그래."

기철은 필립을 말렸다.

"명우만 가라고 해."

여정이 말했다. 필립은 이마를 찌푸리고 생각하더니,
명우를 똑바로 보고 천천히 말했다.

"조명우, 너는 가. 지금 바로."

명우는 제 몸속에서 뭔가가 우두둑 부서지는 소리가 들
린 것 같았다. 명우는 그 말에 따라야 하고 따를 수밖에 없
다고 느꼈다. 얼른 달아나고 싶었고 다시는 이 집에 발을
들이고 싶지 않았다.

그러나 명우는 그럴 수 없었다. 얼어붙은 것처럼 손가
락을 움직일 수 없었다. 수첩은 자석처럼 명우를 끌어당
겼다. 명우는 양쪽에서 잡아당기는 힘 사이에서 찢어발겨
지는 기분이었다.

"가라고. 집주인이 가라고 하잖아."

여정이 명우의 가슴팍을 밀었다. 명우는 비틀거렸고 그 덕에 몸이 움직여졌다. 명우는 자신도 모르게 필립이 입은 겉옷의 호주머니를 뒤지려고 했다. 나중에 명우가 이 날 밤을 돌아보았을 때, 바이러스에 점령된 것처럼 머릿속이 까맸다고 생각했다.

필립은 명우의 손이 닿기 전에 몸을 피했다. 명우는 기름 웅덩이라도 밟은 양 콰당, 바닥에 넘어졌다. 허리가 부딪혔는지 숨이 안 쉬어질 만큼 아팠다. 그 날카로운 통증에 명우는 정신을 차렸다. 부끄러워서 억지로 일어나려고 했지만, 허리 통증 때문에 쉽지 않았다.

"이제 진짜 가."

필립이 명우의 팔을 잡아 일으키면서 명우의 눈을 보고 말했다.

"너희 집으로 뛰어가."

필립의 눈동자는 까맸고 불에 달군 돌멩이처럼 뜨거웠다. 그 눈동자의 시선이 닿은 곳이 인두로 지진 것처럼 아팠다. 명우는 허우적거리며 문밖으로 나왔다. 기철이 따라 나오려고 했으나, 여정이 말렸다.

"그냥 가게 둬."

명우는 1층까지 내려왔지만, 여정이 자신을 욕하는 소리가 또렷하게 들렸다. 바로 옆에서 이야기한 것만 같았다.

"저 쪼다 새끼, 미친 거 아니야?"

명우는 숨도 제대로 쉴 수 없었다. 가파른 골목을 뛰어 내려갔다. 굴러떨어지다시피 했다. 바닥이 얼굴 가까이 뛰어 올라왔다. 한참을 허둥지둥 내려가던 명우는 결국 미끄러졌다. 넘어진 김에 잠시 그대로 누워 있고 싶었다. 아픈 옆구리를 움켜쥐고 숨을 몰아쉬었다. 달동네의 달은 너무 가까웠다. 달이 노랗고 추한 얼굴을 하고 명우를 비웃었다. 개들이 컹컹 짖었다. 그게 신호라도 된 것처럼 명우는 벌떡 일어나 다시 뛰었다. 집 앞 골목에는 식물을 심은 스티로폼과 낡은 화분들이 즐비했다. 명우는 제일 큰 화분을 걷어찼다. 화분이 넘어져 흙이 쏟아졌다. 명우는 낯선 골목을 비틀거리면서 달렸다. 산동네 꼭대기에서부터 뛰어 내려가는 명우의 눈 속에서, 도심의 불빛이 일렁거렸다. 그 불빛은 어떤 암호 같았지만, 명우는 그 암호를 해독할 수 없었다.

명우가 오피스텔로 돌아와 문을 닫고 섰을 때 시간은 새벽 세 시 반이었다. 명우는 엉덩방아를 찧듯 주저앉았다. 몸의 근육이 다 터져버릴 지경이었다. 종아리는 돌이 된 듯 단단했고, 옆구리는 경련이 일었다. 넘어질 때 삐었는지 허리도 가차 없이 아팠다. 온몸에 끈적한 땀과 흙먼지가 붙어 있었다. 명우는 필립의 집에서 뛰어나온 후, 계속 뛰었다. 이따금 택시 승차장이나 버스 역을 지나칠 때면 택시나 버스를 타야 한다는 생각이 들기도 했다. 그러나 그런 생각은 금방 잊혔고, 다리는 앞으로 앞으로 움직였다.

욕실로 갈 때는 기어서 갔다. 뜨거운 물줄기와 샴푸의 향기가 쏟아지는 아래에서 명우는 그동안 참았던 오줌을 눴다. 오줌이 빠져나가고 뜨거운 물이 근육을 달래주는 동안, 명우는 숨을 몰아쉬었다. 나와서 에어컨을 틀고 속옷 바람으로 소주를 병째로 마셨다. 소주는 맹물 같았다. 무슨 일이 있었는지 가늠이 되지 않았다. 오피스텔에 돌아왔지만, 남의 집처럼 낯설었다. 오피스텔은 명우가 애정하는 최신형 컴퓨터와 게임기, 오디오 따위로 가득했다. 모두가 알다시피, 최신형 모델이 뿜어내는 성스러운 아우라는 치유 효과가 있다. 그 사이에 있으면 마음이 경건해지고 그나마 인생을 살아갈 힘이 좀 채워진다. 물론 그것은 최신형 모델만이 가능한 힘이라, 새 모델이 나오면 구모델의 아우라는 곧 시들고 만다. 바로 지금 명우의 애장품들은 갑자기 구모델이 된 것처럼 구질구질해 보였다.

핸드폰이 울렸다. 기철이였다. 이미 부재중 전화가 열 통도 넘게 기록되어 있었다. 명우는 망설이다 전화를 받왔다.

"명우야, 잘 들어갔어? 전화 안 받아서 걱정했잖냐."

"어."

"너 그렇게 그 수첩이 갖고 싶어?"

명우는 기철이 질문하자, 다시 수첩에 대한 갈증이 살아나는 게 느껴졌다. 그러나 이제는 그만하고 싶었다.

"기철아, 나 피곤하다."

"잠깐만. 잠깐이면 돼. 나 그 수첩에 대해서 좀 알아."

"네가 안다고?"

"그래, 안다니까. 그 수첩, 필립네 할머니 거였대. 가리교라고, 그 중국 사이비 종교 있잖아. 왜 우리나라 사람들도 중국으로 건너가서 난리나고 했던 거 기억 안 나? 교주랑 교인들이랑 다 같이 자살해가지고, 우리 어릴 때 신문에 실리고 그랬잖아. 필립네 할머니가 가리교였는데, 중국에서 그 수첩을 가지고 왔대."

기철은 명우가 전화를 끊을까 걱정이 됐는지 빠르게 쏟아냈다.

"가리교…."

명우도 가리교를 기억했다. 명우가 초등학교 때 중국에서 유행했던 사이비 종교였다. 세상이 머지않아 멸망할거라고, 그러면 자기들만 살아남을 거라고 하는 종교였는데, 한국에도 교인들이 꽤 있었다. 한국에서도 집을 나가 가리교에 투신한다고 중국으로 사라져버린 사람들이 많다고 뉴스와 신문에 나왔었다. 중국 정부에서 가리교를 금지하고 교주를 체포하려고 하자, 교주는 교인들과 함께 집단 자살했다. 84명이 한꺼번에 죽었고, 그중에는 외국인도 제법 있다고 했다.

"필립네 할머니가 전 재산을 가지고 중국에 가서 가리교 교주한테 바쳤대. 그래서 필립네 엄마가 빠쳐서 할머니랑 인연을 끊었는데, 교주가 자살한 다음에 할머니가 돌아온 거야. 수첩은 할머니가 가져온 거래."

명우는 기철의 이야기를 믿어야 할지 말아야 할지 헷갈렸다. 어쨌든 기철이 꾸며냈을 것 같지 않은 이야기였다.

"그래서 그 수첩이 뭔데?"

"그건 나도 몰라."

기철은 시무룩하게 답했다.

"그 이야기는 어떻게 알게 된 건데? 여정이한테 들었어?"

명우는 여정의 허언증에 대해서 생각했다.

"필립이가 해줬어."

"걔가 왜?"

"진짜야. 걔가 나한테 와서 말해줬어. 물어본 것도 아닌데."

"…."

"아, 너 안 믿냐? 아, 씨발 모르겠다. 다 이야기해 줄게. 그러니까, 여정이가 고등학교 때 죽으려고 했단 말이야. 약 먹고 걔네 아파트에서 뛰어내렸어. 두 번이나 그랬는데, 그동안은 내 전화도 안 받고 잠수를 타놓고서는 그런 적이 없다는 거야. 걔는 자기는 절대 안 그랬대. 처음에는 불쌍해서 참았는데, 생각하면 할수록 열 받고 이건 아니라는 생각이 들어서 헤어졌어. 그때도 여정이가 울고불고 난리를 쳤는데, 그래도 그때는 도저히 못 참겠어서 끝냈지. 그런데 며칠 뒤에 필립이 찾아와서 그러더라. 여정이 이상한 거는 수첩 때문이니까 조금만 참으라고, 고등학교 졸업할 때까지만 옆에 좀 있어주라고 그랬어."

"그러면 필립이 시켜서 여정이랑 사귀었던 말이야?"

"내가 필립이 부하냐? 그건 아니지. 그냥 어쩌다 보니까 못 헤어진 거지. 여러 번 헤어지려고 했어. 걔가 계속 붙잡으니까, 불쌍해서 못 뿌리치다가 다시 붙고, 또 헤어졌다가 붙잡으면 다시 붙고 그렇게 된 거지. 아무리 그래도 떡정도 정이라고 하잖냐. 졸업하고 나서는 완전히 헤어졌어. 아무튼 그때 필립이가 자기 할머니랑 수첩 이야기를 해줬어. 걔네 그렇게 보여도 친해. 필립이 걔가 그렇게 안 보여도 의리는 있더라."

"그럼, 그 수첩 때문에 여정이 자살을 했단 거야?"

"무슨. 그냥 말이 그렇다는 거겠지. 필립이 말로는 수첩이 무슨 꿈을 꾸게 한다던데, 여정이가 무슨 꿈을 꿨다던가…. 뭐라고 말했는데, 기억이 안 나."

기철은 자신 없는 목소리였다. 명우와 기철은 잠시 침묵했다.

"어쨌든 그건 그렇고, 내가 그 수첩 구해줄까?"

기철이 침묵을 깨고 활기 넘치는 목소리로 물었다.

"어떡해?"

"말로 하기는 좀 그런데, 구할 수 있을 거 같아. 구해줄까?"

"너 수첩 본 적 있어?"

"아니. 그래도 네가 어떻게 생겼는지 말해주면 되잖아."

"수첩은 어떻게 구할 건데?"

"그건 그냥 묻지 마. 구할 수 있어. 할 수 있을 것 같아. 대신에 나 돈 좀 빌려줘라. 내가 주식으로 돈 버니까, 대리점 사장형이 자기 돈도 투자를 좀 해달라고 하더라고. 좀 오르니까, 형 친구들까지 다 몰려와서 내가 관리를 해주기로 했지. 하도 징징거려서 넣어줬는데, 지금 주식 가격이 떨어지니까 당장 돈 내놓으라는 거야. 조금만 더 참으면 금방 오른다고 아무리 이야기해도 무식해서 못 알아들어. 사장형은 진짜 좆도 아닌데, 그 형이 아는 사람들이 많아. 위험한 사람들도 있고… 그래서 내가 지금 좀 그래. 너도 알잖아, 그런 거. 그러니까 네가 잠시만 돈을 빌려주면 될 것 같아. 이자도 잘 쳐줄게."

"필립이 안 팔겠다는데, 그걸 어떻게 구해?"

"다 할 수 있어."

"돈이 얼마나 필요한데?"

"오천만 원만 빌려줘. 주가 회복되면 바로 갚을게."

명우는 헛웃음이 나왔다. 기철은 이제까지 명우에게서 돈을 여러 번 꿔갔지만, 단 한 번도 돈을 갚은 적이 없었고, 꿔간 돈을 갚겠단 말도 한 적이 없었다. 명우는 기철에게 받을 돈이 340만 원이라는 걸 기억하고 있었다. 기억하는 게 별 의미가 없긴 했지만 말이다. 요즘 들어 뜸해졌다 싶더니, 한 방에 뜯어갈 작정인 모양이었다. 어쩐지 가리교부터 여정이까지 이야기가 길다 했더니, 기철에게 돈을 받아야 하는 누가 지어준 모양이었다. 그러나 믿어주기에는 너무 허술한 이야기였다. 하긴, 기철에게 주식에 투자하라고 돈을 맡기는 대가리라면, 이런 이야기를 믿으라고 할 수도 있겠다 싶다. 여정이도 같이 짰는지도 모른다. 뒤에서 키득거리고 있는 여정의 얼굴이 보이는 것 같았다.

"나 그런 돈 없어. 피곤하다. 자야겠어."

"명우야, 명우야."

명우는 기철이 부르는 소리를 무시하고, 핸드폰을 끄고 던져놓았다. 명우는 기철에게 차라리 고마움을 느끼며 이

불 속으로 들어가, 수면유도제를 먹었다. 애비 덕에 내가 요즘 스트레스가 많긴 했지. 술을 좀 줄이고 게임 시간도 줄여야 할 것이다. 그래, 나만 등신이냐. 그 추한 몰골을 보인 것이 대학 동기들이 아니라, 필립, 여정, 기철이었다는 것에 대해 명우는 각별한 안도감을 느꼈다. 등을 누이자마자 술과 수면유도제의 기운이 마블링처럼 머릿속에 번져갔다. 광폭한 잠의 갈퀴가 명우를 낚아챘다.

명우는 침대에 누워 있는 자신을 발견하고 어리둥절했다. 눈을 깜박거리는 것도 잊고 한참 동안 천장 조명을 바라보았다. 눈이 시리고 눈물이 났다. 명우는 비틀거리며 일어나 화장실에 갔다. 거울을 보니 얼굴은 부어 있었다. 부어오른 얼굴이 낯설게만 보였다. 명우는 서서히 정신을 차렸고, 자기가 자신이라는 걸 깨달아갔다.
꿈을 꿨었다.

꿈에서 명우는 어젯밤 필립네 집을 나와서 뛰어다녔던 그 거리로 돌아가 있었다. 도로에는 사람도 차도 없었다. 도로는 부서졌고, 도로 옆 건물들도 다 무너져 있었다. 그 건물들을 비집고 식물들이 자라났고, 식물들은 이상한 연기 같은 걸 토해냈다. 그 도로 한가운데를 수십 마리의 개들이 뛰어다녔다. 명우도 개들을 쫓아 달렸다. 해가 지고 있었고, 하늘은 까맣게 되기 직전의 어두운 푸른색이었다. 붉은빛 아지랑이가 곳곳에서 피어올랐다.

주먹만 한 작은 개부터, 사람만큼 큰 개까지 개들은 다양했다. 개들의 눈이 달궈진 돌멩이처럼 이글거렸다. 앞서 달리던 개들이 모퉁이를 돌 때마다 사라져, 개들의 숫자는 갈수록 줄어들었다. 한참 뒤, 개들은 모두 사라지고 명우는 혼자 남아 달렸다.

명우는 걸음을 멈추고 주변을 둘러보았지만, 개들은 어디에도 없었다. 도로의 한쪽 구석에 시멘트블록이 깨진 구멍이 있었다. 그 구멍 속에서 물이 끓는 소리가 들렸고, 붉은 아지랑이가 올라왔다. 소리는 사람의 숨소리나 웃음소리처럼 들리기도 했다. 가까이 가보자 의외로 구멍은 작았다. 안은 어두워서 아무것도 보이지 않았다. 구멍은 주먹 하나가 들어갈 만한 크기였다. 명우가 손을 넣어보자, 팔꿈치까지 안으로 들어갔다. 안에는 미지근하고 끈끈한 액체가 흐르고 있었는데, 그 액체가 명우를 잡아당겼다. 팔을 뺀 다음, 명우는 무릎을 꿇고 앉아 그 구멍에 눈을 갖다 대었다. 뭔가가 보였다.

지하에는 드넓은 바다가 있었다. 바다 가운데 집 한 채만한 작은 섬이 있었다. 섬에는 벌거벗은 여자가 혼자 서있었다. 그 여자는 제 머리를 잘라서 한 손으로 들고 있고, 그 머리가 잘린 목에서는 피가 분수처럼 솟아올랐다.

잘린 머리의 입이 그 피를 받아마시고 있었다. 피에서 오색의 빛이 뿜어져 나와 오로라처럼 지하 세계를 가득 메웠다.

어디선가 "박쑤우~" 하는 목소리와 요란한 박수 소리가 들려왔다. 여자의 피가 명우에게까지 튀었다. 피가 명우의 눈으로 들어가자 눈이 불타는 것처럼 뜨거워졌다. 명우는 걷잡을 수 없는 고통과 공포를 느꼈다.

그리고 명우는 깼다.

명우는 찬물로 얼굴을 씻었지만, 아직도 꿈에서 돌아오지 않은 기분이었다. 꿈은 현실보다 더 생생했다. 명우는 자신이 꿈속에서 어떻게 느끼고 생각했는지 하나하나 다 기억이 났다. 꿈속에서 자신은 그것이 꿈이 아니라 현실이라고 확신하고 있었다. 달릴 때는 숨이 찼고 개들이 사라졌을 때는 외롭고 당황스러웠다. 해가 저무는 하늘의 짙은 푸른색, 불타고 남은 폐허의 회색, 정체를 알 수 없던 붉은 아지랑이. 지금 수건의 촉감과 얼굴의 물기가 오히려 희미하게 느껴졌다. 이 현실이 진짜이고 꿈이 가짜라는 게 믿기지 않았다. 명우는 자신이 드디어 미쳐가는지도 모르겠다고 생각했다. 그러나 기분은 편안하고 침착했다. 악몽이었고 꿈속에서는 두렵기만 했는데도, 명우는 꿈속이 그리웠다. 그 생생하던 감각의 세계로 돌아가고 싶었다. 명우는 이상스레 기뻤다. 손가락 끝까지 온몸에 기쁨이 꽉 차올랐다. 자신감도 느꼈다. 지구가 폭발한다고 해도 명우는 자기 혼자 살아남을 것 같았다. 마블 영화 속 히어로처럼 말이다. 특별한 존재가 된 기분이었다.

명우는 어제 수첩을 발견했을 때의 기분과 지금 기분이 같다는 생각이 들었다. 지금 이 짜릿한 기분, 공포를 느꼈다가 공포가 사라지면서 희열로 바뀌고 그 희열이 자신감과 기쁨이 되는 이 기분. 냉탕에 있다가 온탕에 들어간 것처럼, 긴장이 온몸에서 풀리는 뭉글뭉글한 기분. 그 수첩을 들었을 때도 이랬다. 꼭 내가 나이지 않아도 되는 것 같은 이 기분.

명우는 다시 침대에 누워, 팔다리를 죽 폈다. 마약을 해본 적은 없었지만, 좋은 마약을 하면 이런 기분이 들 것 같았다. 세상의 비밀을 다 알 수 있을 것 같았다. 문득 자위가 하고 싶어져 명우는 오랜만에 공들여 자위했다. 나쁘지 않았지만, 금방 느꼈던 그 말 못할 쾌감에 비할 바는 아니었다. 시시했다. 그저 더, 더, 더 올라가려는 충동만 들었다. 충동은 안달나게 하고, 안달나는 느낌이 끝나면 암전이 내린듯 차분해지고, 모든 게 끝난다. 그러나 수첩과 꿈이 준 쾌감은 이런 게 아니었다. 그것은 영원히 끝나지 않을 것 같은 것이었다. 명우는 혼자 방 안을 왔다 갔다 했다. 마음이 들떠서 앉아 있을 수가 없었다. 아직도 온몸의 근육이 아프다고 비명을 질렀지만, 명우는 그 고통에 초연했다. 그건 중요한 게 아니었다.

명우의 눈에 튀었던 그 빛줄기, 그 빛에 온몸을 적실 수 있다면!

전화가 왔다. 명우는 벨 소리를 들었을 때, 그 전화가 둘째 고모에게서 걸려온 전화일 거라는 걸 알았다. 전화를 무시할까 했지만, 급한 일일 것 같았다. 불시의 훼방에 명우는 짜증이 났다.

둘째 고모는 모친 대신 명우를 키웠다. 명우가 대학에 가서 집을 떠난 후, 둘째 고모는 이따금 전화해서 하소연하곤 했다. 주로 돈이 궁하다는 얘기였다. 명우는 둘째 고모가 전화하면, 오십만 원씩 보내줬다. 둘째 고모는 명우에게 돈이 어디서 났냐고 묻지 않았다. 명우가 다른 아들들처럼 애비에게서 용돈을 받았냐 하면, 그건 천만의 말씀이다.

명우의 애비가 돈을 펑펑 쓰는 사람이긴 했다. 애비와 같이 일하는 삼촌들은 늘 그 애비가 후하다고 했다. 뇌물을 줄 때도 상대 예상치를 훌쩍 웃도는 돈을 찔러 넣어주었는데, 그게 사업의 핵심 비결이라고 애비는 자랑하곤 했다. 만나고 다니는 여자들에게도 펑펑 썼다. 그는 젊고 아름다운 여자들이 자신을 만나는 이유를 모를 정도로 멍청하지는 않았다. 하지만 애비는 집의 현관을 넘어 들어오면 알뜰하다 못해 치사하게 변했다. 집과 명우를 돌보는 건 세 고모의 몫이었는데, 고모들에게 애비는 쥐꼬리만큼만 돈을 줬다. 고모들은 애비에게는 아무 말도 못 했지만 명우에게 자주 애비 흉을 봤다. 명우의 애비는 여자들에게 선물을 마음껏 안겼지만, 여자가 마음에 안 들면 두들겨 패서라도 선물을 다시 뺏어왔다. 고모들은 투덜거리며 그 선물을 나눠 가졌다.

첫째 고모는 애비의 누나였고 아버지 사무실에서도 일했다. 가끔 집에 들리면, 작은고모들에게 잔소리하고 명우를 야단치고 돌아갔다. 실제로 집안일을 하는 건 둘째 고모였다. 둘째 고모는 소식통이기도 했다. 셋째 고모와 명우에게 애비의 일들을 전해주는 건 모두 둘째 고모였다. 애비 사업이 잘 안되어가니 비위를 거스르지 않게 조심하라거나, 요즘 만나는 여자에 빠져 한동안 집에는 안들어올 테니 좀 마음 편하게 있으라는 얘기나, 모두 둘째 고모를 통해 들었다. 셋째 고모의 사연을 명우에게 얘기해준 것도 둘째 고모였다.

셋째 고모부는 잘생기고 입 바른말도 잘하는 멋쟁이 택시 기사였다고 한다. 애비와 다투고 안 죽을 만큼 두들겨맞은 다음에는 셋째 고모를 떠나버렸다. 셋째 고모는 그뒤로 아이를 낳았는데 아이는 곧 죽었다. 그 뒤로 셋째 고모는 좀 이상한 사람이 되었다. 신을 받으려고 애를 썼는데 잘 안되었고, 장사도 하려고 했는데 그것도 망했다. 아버지는 셋째 고모에게 기분 내키면 쥐꼬리만큼 돈을 던져주고 나서 셋째 고모를 앉혀 놓고 동생을 챙기는 자신에 대해 끝없이 공치사를 늘어놓았다. 셋째 고모는 불퉁한 얼굴로 말없이 앉아 있다가 애비에게 "고마운 줄도 모르는 년"이라고 욕을 먹고는 했다. 그게 돈 받는 값이었다.

"너희 아버지는 남이 잘되는 꼴을 못 보지."

둘째 고모가 명우에게 한 말이다.

그런데도 셋째 고모가 애비의 집에 오는 이유는 명우 때문이었다. 셋째 고모는 명우를 끔찍하게 아꼈다. 가끔 명우를 자기 아들이라고 생각하는 것 같았다. 명우는 이런 고모들에게 둘러싸여서 컸다. 하지만 둘째 고모도 명우에게 엄마 이야기는 해주지 않았다. 명우는 엄마에 대한 기억이 있다. 따뜻하고 커다란 손, 그 손에 안기면 마음이 편안해지던 두 손이 있었다는 기억뿐이지만. 그 두 손은 어느 날 사라졌다. 이야기의 끝은 불행할 것이다. 둘째 고모는 명우가 조르면 마지못해 이야기를 해주겠다는 듯이 몇 번인가 엄마에 관한 이야기를 꺼내곤 했다. 하지만 항상 결정적인 순간에 약을 올리듯이 이야기를 관뒀다. 명우는 몇 번 더 이야기를 마무리해달라고 졸랐지만, 이제는 포기했다. 둘째 고모가 엄마에 대해 아는 게 있을

지도 의심스러웠다. 명우는 어렸을 때는 엄마에 대한 꿈을 가끔 꿨는데, 때때로 엄마는 셋째 고모의 얼굴을 하고 나타나기도 했다. 또는 귀신이 되어 나타나기도 했다. 그런 꿈을 꾸고 난 다음에는 몸이 덜덜 떨렸다. 셋째 고모는 명우가 중학생 때 사라졌다. 둘째 고모는 셋째 고모가 죽었을 거라고 말했다. 애비는 남자를 만났을 거라고 했다. 셋째 고모가 사라진 뒤로 명우는 잠을 잘못 잘 때가 많았다. 명우는 꿈을 꾸는 것을 두려워했다. 끔찍한 꿈을 꿀까 봐, 그것이 알고 싶지 않은 뭔가를 가르쳐줄까 봐 두려워했다.

중요하지 않은 이야기다.

뭐가 중요할까?

"계집애 같은 놈."

명우의 애비는 늘 귀가 닳도록 명우에게 이 말을 하고 또 했다. 명우는 이 말뜻을 알 수 없었다. 명우는 외모가 투박하고 덩치가 컸으니, 본인이 만나는 여자들처럼 곱게 생겼다는 뜻은 아니었다. 왜소한 명우의 애비는 명우를 늘 비웃었다.

"저 배 좀 봐라. 저게 저 나이 때 애 배야? 저 새끼는 평생 여자도 못 만나고 돈도 한 푼 못 벌면서, 내 재산만 야금야금 축내면서 살겠지. 아마 내가 죽으면 춤추면서 동네를 돌걸. 한 재산 챙겼다고. 애비 잘 만나서 횡재한 거지."

명우의 애비는 명우에게 용돈을 주는 법이 없었고, 명우에게 용돈을 주는 건 고모들이었다. 셋째 고모는 있는 대로 돈을 주었으나 돈이 잘 없었고, 둘째 고모는 한 번 돈을 줄 때마다 잔소리를 엄청나게 했다. 명우는 공부를 꽤 잘했는데, 애비는 그것마저 경멸했다.

"친구도 하나 없는 놈이야. 같이 놀 친구가 없으니, 계집애같이 책이나 들여다보고 공부만 하지. 사내새끼가 늘 책만 끼고 저렇게 있으니, 성적이 좋을 수밖에."

무학으로 자수성가한 애비는 학교 공부를 잘하는 것을 비겁하고 이상한 짓이라고 비웃곤 했지만, 성적이 떨어지면 매질했다. 고모들은 명우가 공부를 잘하는 것을 자랑스러워했으나, 어딘가 미심쩍어하기도 했다.

명우는 고등학교 때 '내가 대학만 가봐'하고 나름의 패기가 있었다. 그 패기로 명우는 열심히 공부했고, 소위 명문대 인기 학과에 진학했다. 그러나 막상 대학에 입학해 혼자 살기 시작하자마자 명우의 패기는 고갈되었다. 애비의 예언은 적중했다. 명우는 애비가 말하는 무기력한 인간이 되었고, 그것을 깨달으면 깨달을수록 꼼짝도 할 수가 없어졌다. 점점 더 애비의 예언은 실현되어 가는 중이었다.

"명우야, 둘째 고모다."

고모의 목소리는 긴장해 있고 무뚝뚝했다. 옆에 애비가 있을 때면 그랬다. 오늘 명우는 고모 옆에 서서 통화 내용을 듣고 서 있는 애비의 숨소리까지 들리는 것 같았다.

"다른 대학생들은 방학했다고 오던데, 너는 안 오냐?"

명우는 침착하려고 애썼다.

"방학 때도 학교에 나가야 해서요. 공부할 게 있거든요."

"다른 집 애들은 성적표가 나왔다던데?"

성적표는 명우가 이미 받아서 버렸다.

"곧 도착할 거예요, 곧."

명우는 숨이 가빠왔다. 포토샵으로 대충 만들어서 진작 보냈어야 했는데, 타이밍이 늦었다. 안 보내면 성적표 따위 생각도 못 할 텐데, 괜히 보냈다가 긁어 부스럼을 만들까 봐 걱정되어서 말았다. 내가 왜 그랬지? 아, 생각하기도 싫었던 일들은 꼭 이렇게 터진다. 애비의 목소리가 들렸다.

"지금 바로 오라고 해. 방학이 시작됐는데 전화도 한 통 안 해? 애비는 그저 학비만 내라 이거야?"

애비가 소리를 질렀다.

"명우도 공부하느라 바빴겠죠."

말리는 고모의 목소리.

"너 지금 저 새끼 감싸고 도냐? 네가 그러니까, 저 새끼가 저 모양으로 애비 무시하는 후레자식으로 큰 거 아냐. 이번에 내려오면 교육 단단히 해서 보낼 거니까, 각오하고 와라. 사내답게 말이야."

애비의 목소리에는 즐거운 기색도 있었다. 그는 다른 사람들을 훈계하며 겁주는 걸 즐겼다. 그에게는 그것이 자신이 괜찮은 놈이고, 잘살고 있고, 그가 증오하고 두려워하던 다른 놈들의 불알과 달리, 자기 불알은 아직 죽어 뭉개지지 않았고 살아 있다는 충만감을 안겨주는 게 틀림없었다. 명우는 귀와 심장에 끊어질 듯 아픈 통증을 느꼈다.

"죄송해요."

명우는 울음을 참고 말했다.

"이 새끼가 어디 전화로? 당장 내려와서 똑바로 말해."

"명우야, 뭐하냐. 그냥 전화 끊고 바로 와. 네가 와야 끝나지 이대로는 안 될 것 같다."

고모가 전화를 바꿔 말했다. 이제 바로 나가야 할 것이다. 꾸물거리는 건 매를 더 벌 뿐이었다. 반년 만에 다시 애비를 마주할 생각에 명우는 눈앞이 흐려졌다.

씨발 제발 좀…. 제발, 어떻게 좀…. 명우는 알지 못하는 신에게 기도했다. 씨발로 시작되는 딱히 경건한 기도는 아니었을지라도, 명우는 진심이었다. 바로 그때였다. 오피스텔 창문으로 보이는 맞은편 고층 건물에 붙여놓은 스크린에 [청호건설 김정호 대표 입건]이라는 자막이 나왔다. 화면에는 낯익은 대머리 양복쟁이가 체포되는 장면이 나오고 있었다. 정치권에 뇌물을 뿌렸다는 혐의였다. 명우는 김정호가 전에 애비 회사의 상무였다가 독립해서 청호건설을 차렸고, 애비가 내내 이를 갈며 욕하던 게 기억이 났다. 청호건설이 계약을 땄다는 풍문이 들리는 날은, 애비의 눈을 피해야 했다. 걸리면 따귀 한두 대로는 끝이 나지 않았다. 하지만 지금 김정호는 명우를 살려줄 수 있다는 걸 명우는 확신했다.

"고모!"

명우는 수화기에 대고 소리를 질렀다.

"놀라라. 왜 너까지 소리를 질러?"

"지금 거실이면 텔레비전 좀 틀어보세요. 청호건설 대표가 입건됐대요."

"그게 너랑 무슨 상관이야? 빨리 내려와."

"고모, 제발요. 제발 빨리 텔레비전 켜서 JTBC 틀어보세요. 빨리요."

"알았다, 그런데 텔레비전 리모컨이 왜 안 보이냐… 내가 텔레비전 틀 테니까, 어서 전화 끊고 터미널로 가. 너 이러다가 큰일 내겠다."

"고모, 아버지 옆에 있어요?"

"그래, 지금 쳐다보고 있다. 너 빨리 전화 끊어. 어쩌려고 그래. 전화 바꾸래."

"고모, 제발요. 제가 한 번만 이렇게 부탁드릴게요. 빨리 텔레비전 좀 틀어보세요."

고모는 그제야 리모컨을 찾는지 부스럭거리며 움직였다. 명우는 뉴스가 바뀌지 않기를 기도했다. 수화기 너머로 뉴스 진행자의 낭랑한 목소리가 들렸다.

[현금을 가득 채운 사과 상자를 명절 때마다…]

"틀었다. 도대체 왜 그래?"

"고모, 아버지한테 제가 정말 정말 중요한 일이 있어서 학교에 내일 가봐야 한다고 말씀 좀 드리세요. 전화 못 드려서 죄송하다고요."

고모와 아버지의 이야기 소리가 들렸다.

"네 마음대로 하라고 하네. 진짜 변덕은…. 아까는 금방이라도 애 잡을 것처럼 불러오라고 하더니만."

벌써 애비는 거실 밖으로 나간 모양이었다. 둘째 고모의 목소리에 여유가 돌아왔다.

"고모, 고마워요."

"그런데 텔레비전은 왜 틀라고 한 거야?"

"아버지가 좋아하실 거 같아서요."

"어쨌든 네가 눈치가 있긴 하지. 김정호라면 너희 아버지가 워낙 이를 갈긴 했으니까. 그 새끼가 우리를 배신한 건 한 거잖아. 너 어쨌든 빨리 내려와라. 그냥 빨리 와서 맞는 게 나아. 그래야 한 대라도 덜 맞지, 이번에 이렇게 넘어간다고 안 내려오고 버티면 다음에 오빠 성질났을 때 곱으로 맞는다."

"알았어요."

명우는 전화를 끊고는 침대에 드러누웠다. 등에도 손바닥에도 땀이 가득했다. 하지만 살았다! 아직도 어린아이처럼, 애비를 무서워하는 게 쪽팔렸다. 하지만 이제 살았다.

그리고, 어쩌면, 어쩌면 이긴 하지만, 다음은 없을지도 모른다. 그런 생각이 머리에 들었다. 애비에게 겁이 나 울면서 도살장에 끌려가는 소처럼 집으로 기어가는 그런 일은 더는 없을지도 모른다. 명우는 어떻게 자신이 그 뉴스를 틀면 상황을 모면할 수 있을 줄 알았는지 이해가 되지 않았다. 그러고 보면, 전화벨 소리만 듣고도 고모인 줄 직감했다. 어떻게 알았던 거지? 명우는 알 수 없었다. 명우 자신의 일인데도 모르겠다. 그냥, 그때 이미 알고 있었다. 처음부터 알고 있었던 것처럼. 그냥 우연히 그렇게 생각했나? 전화 오는 곳이 별로 없으니까? 오전 11시니까? 하지만 막연히 추측했던 게 아니라, 전화가 오던 바로 그 순간, 명우는 그것이 둘째 고모라는 걸 알았다. 그리고 청호건설 뉴스는 어떻게 된 걸까? 뉴스는 우연히 그때 방송된 것일 테고, 청호건설 대표와 애비와의 관계를 명우는 잘 알고 있었다. 그러니 애비가 뉴스를 보면 마음을 바꿀 거라고 추론하거나 상상할 만했다. 그러나 그때 명우의 생각은 그런 추론이나 상상과 달랐다는 걸 명우는 인정할 수밖에 없었다. 애비가 그 뉴스를 보면 명우 일을 귀찮게 느끼게 될 가능성이 있다고 머릿속으로 짐작한 게 아니라, 명우는 알고 있었다. 미래에 일어날 일이 아니라, 과거에 이미 있었던 일을 돌아볼 때 아는 바로 그 기분으로. 좀 이상한 시선으로. 명우는 계속 생각이 꿈 쪽으로, 수첩 쪽으로 향하는 걸 막을 수 없었다. 명우는 컴퓨터를 켰다. 명우는 '가리교'를 검색했다.

가리교 공식 한국 홈페이지는 아직 남아 있었다. 그러나 누구도 관리하지 않아 게시판에는 광고만 가득했다. 명우는 가리교와 가리교의 수첩에 대해 알고 싶다고 홈페이지의 메일 주소로 메일을 보냈지만, 답장은 기대하지 않았다. 검색했더니, 한글 자료에는 가리교 관련 기사들과 홍보 자료밖에 없었다. 영어와 중국어로는 가리교 관련 기사와 영상들이 꽤 있었다. 하지만 그것들도 대부분 가리교 쪽 광고 자료거나 중국 정부에서 만든 가리교 비방 자료였다. 수첩에 관한 이야기는 어디에도 없었다. 그나마 영어로 된 학술 논문이 두세 편 중립적인 게 있었지만, 큰 도움은 되지 않았다.

　가리교는 도교 연단술과 불교 밀교 수행, 지역 샤머니즘, 기독교 신앙까지 각종 다양한 종교적 레퍼런스를 섞어서 만든 잡탕 신흥 종교다. … 교주인 렁왕웨이는 신의 환생으로 완전무결한 존재로 여겨졌다. 신도들은 렁왕웨이가 예지능력과 치유 능력, 텔레파시 등 갖가지 초능력을 가지고 있다고 믿었다. … 렁왕웨이는 스스로 자신이 소수민족의 멸망한 왕족의 후손이라고 주장했으나, 실제로는 평범한 무역상 집안 출신이었다. 젊은 시절 불교 승려로 출가했다가 다시 환속했고, 이후에는 기독교로 개종해 지역 기독교 커뮤니티에서 적극적으로 활동했다. 당시 공산당 첩자였다는 소문이 있다.

　이후 종교 활동을 접고 사업을 시작했다. 중국과 티베트 접경 지역과 몽골 외곽 등에서 골동품을 수집하여 신흥 부유층에 팔면서 큰돈을 벌었고 인맥을 쌓았다. 그 뒤에 예지능력을 갖춘 종교 수행자를 자처하면서 가리교를 창단, 신도를 모았다. 신자 수는 빠르게 늘어나, 공산당을 비롯해 사회 고위층에도 신자가 상당했던 것으로 알려져 있다. 초기 가리교는 중국 정부 정책을 적극적으로 선전하며 비호받았다.

　가리교는 초기에는 꿈 명상법을 내세우며 명상 운동

단체임을 내세웠다. 중국 태극권 체조, 티베트 불교의 꿈 요가, 서구 자각몽 연구를 결합, 계승했다고 자처했다. 사방을 완전히 검게 만든 다크룸과 무중력실을 이용한 환각 체험도 제공되었다. 최면과 환각 체험, 고강도 명상 캠프, 세뇌 작업을 통해, 신자들은 신비 체험을 하고 렁왕웨이를 신으로 확신하게 된다. 이런 신비 체험이 렁왕웨이의 신성의 증거로 여겨졌다.

그러나 렁왕웨이가 해외에서 인기를 끌고 재산을 해외에 은닉하면서 중국 정부와 갈등이 시작되었다. 렁왕웨이는 신의 환생이라고 자처하고 돌출행동을 거듭했다. 이후, 렁왕웨이는 청부 살인과 횡령, 사기, 성폭력과 폭행 등 여러 혐의로 조사를 받았고 출국이 금지되었다. 체포영장이 발부되자 렁왕웨이는 교인 83인과 함께 집단 자살을 하여 세계를 충격에 빠트렸다.

어디에도 수첩에 관한 내용은 없었다. 교주인 렁왕웨이는 추한 얼굴의 중년 사내로 그 눈에는 알 수 없는 허기가 가득했다. 그의 얼굴에 늘어진 주름살은 욕심으로 꽉꽉 채워진 것 같았다. 렁왕웨이가 개조한 중국 전통의상을 입고서 거들먹거리는 모습은 신비롭지도 영험해 보이지도 않았다. 성자라면서 렁왕웨이는 늘 짧은 치마를 입은 화려한 여자들에게 둘러싸여 시중받았다. 렁왕웨이가 걸어가면 사람들은 환호하면서 손을 뻗었다. 정말 신이라도 보는 양, 황홀한 표정으로 올려다보았다. 한 동영상에서 렁왕웨이는 암 환자에게서 암을 긁어냈다고 하며 시뻘건 내장 같은 걸 손에 쥐고 흔들어댔다. 뻔한 사기인 것 같은데, 렁왕웨이가 내장을 들고 포효하자 신자들이 눈물을 흘리며 감동했다. 명우는 혐오감을 느끼면서도 영상에서 눈을 돌릴 수 없었다. 몇백 명이 넘는 사람들이 렁왕웨이 앞에서 절하는 모습, 무릎을 꿇고 앉아 손을 합장하고 노래를 부르는 모습…. 그들이 렁왕웨이를 바라보는 눈빛은 순수한 동경과 애정으로 가득 차 있었다. 렁왕웨이가 죽은 지금에도 미국의 가리교 사이트에서는 렁왕웨이가 순교했고, 그의 죽음으로 세상의 멸망이 더 가까워졌다고 했다. 명우는 헛웃음이 나왔다. 수많은 재산은 다 중국 정부에 압수당했고, 살아남은 신자들은 체포되었다. 몸을 피한 신자들은 뿔뿔이 흩어져 달아났다. 강제수용소, 강제노동, 외국인 추방… 명우도 다 알고 있는 내용이었다. 수첩에 관한 이야기는 어디에도 없었다.

답답했다. 혹시나 하는 마음으로 명우는 인터넷에서 찾은 식당이나 전자제품 대리점 따위에 전화를 걸었다. 그리고 대수롭지 않은 질문을 하고는 다시 전화해서 알려달라고 말했다. 모르는 번호로 몇 통인가 전화가 왔으나, 어떤 곳에서 전화가 온 것인지 명우가 미리 알 수 있었던 적은 한 번도 없었다. 혹시나 하는 마음으로 복권 추첨 쇼나, 퀴즈 쇼도 봤지만, 딱히 모르는 문제의 답이 떠오르지도 않았다. 어느새 꿈에서 느꼈던 그 생경하고 신선한 기분도 잊혀 갔다. 명우는 스스로가 바보스럽게 느껴졌다. 애비는 지금 명우에 대해서 잊었지만, 또 기분이 나빠지면 전화해서 내려오라고 할 것이다. 얼토당토않은 핑계를 대서 매질을 할 것이다. 그걸 돈 내고 키워준 데서 오는 권리라고 믿으니까. 명우는 다시 술을 들이키고 싶어졌다. 다음은 올 것이다. 그때가 오면 명우가 할 수 있는 것은 아무것도 없을 것이다.

사흘 뒤, 명우는 다시 예전과 다르지 않은 기분으로 소주를 물컵에 가득 따라 마시면서 게임을 하고 있었다. 오히려 며칠 전 고무되었던 기분 때문에 더 울적했다. 필립네에 다녀온 이후로 몸살이 시작됐다. 아직도 온몸이 쑤시고 으슬으슬했다. 술기운이 좀 올라야 불만족스럽고 불안한 기분이 가셨다.

명우의 캐릭터인 성전사는 던전으로 들어갔다. 캄캄한 그늘에서 시커먼 몬스터가 뛰어나왔다. 명우는 칼을 휘둘러 그놈을 잡았는데, 놈은 아이템은 떨구지 않고 아주 천천히 죽어갔다. 그 장면이 너무 현실적이고 느려서 명우는 모니터에 눈을 가까이하고 자세히 보니, 그것은 게임이 아니었다. 성전사의 피에 젖은 손은 명우 자기 손이었고 질퍽한 늪으로 된 바닥이 끈적거리며 달라붙어 있는 것도 명우의 발이었다. 죽어가는 몬스터마저 명우였다. 명우는 다시 한번 모니터 쪽으로 눈을 가까이 댔다. 그러자 모니터에서 빛이 레이저처럼 쏟아져 눈 안으로 들어왔다. 명우는 놀라서 잠이 깼다. 꿈이었다. 모니터 속 캐릭터는 죽어 있었다.

컴퓨터를 끄려고 하니, 메일에 답장이 와 있었다. 가리교 공식 홈페이지에 문의했던 메일에 대한 답장이었다. 메일 안에는 사진 파일만 들어 있을 뿐, 다른 내용은 아무것도 없었다.

그것은 한 장의 명함이었다. '신점, 타로, 손금/ 가리교 권사 심옥희'라는 글씨 아래, 핸드폰 번호와 카페 이름과 주소가 있었다. 명함에는 붉은 하트에 세 개의 칼이 꽂혀 있는 그림이 있었다.

명우는 급히 전화를 걸었다. 나이 든 목소리의 여자가 전화를 받았다. "가리…"까지 말이 나왔지만, 명우는 뒤의 말을 삼켰다. 명우는 고쳐 말했다.

"지금 타로를 볼 수 있나요?"

"그럼요."

전화기 저편의 목소리는 웃음을 참는 것 같았다. 명우는 속마음을 훤히 들킨 기분이었다.

"공룡동 새작 공원으로 와요."

명우는 급히 겉옷을 걸치고 나갔다. 땀 냄새와 술 냄새를 풍기며 손수건도 없이 택시를 탔다. 언제 이렇게 망설이지 않고 집 밖으로 나왔었는지 명우는 기억나지 않았다. 벌거벗은 기분이 들었다. 후련하기도 했다.

새작 공원은 시외의 작은 공원이었다. 밤의 공원은 한적했다. 하늘은 어둑하게 푸르스름했고 차는 드물었다. 공원 안쪽에 돗자리를 깔고 앉아서 놀고 있는 네 명의 늙은이들이 있었다. 명우는 그들이 자신이 찾는 사람일 거라고 직감했다. 네 사람은 공원 구석의 나무 그늘에서 종이 상자를 테이블 삼아놓고 놀고 있었다. 그들은 명우가 가까이 오는 것을 지켜보았다. 노숙자치고는 옷차림이 좋았지만, 멀쩡한 집이 있는 사람들일 것 같지 않았다. 한국인 같지도 않았다. 이방인들이었다.

가장 눈에 먼저 들어오는 건 빨간 립스틱을 바른 노파였다. 키도 작고 비쩍 마른 사람이었는데, 백발을 쪽지고 가슴골이 드러나는 빨간 민소매를 입고 느긋하게 담배를 피우고 있었다. 그 왼쪽에 앉은 여자는 흰색으로 온몸을 덮고 있었다. 흰 레이스 원피스, 흰 스타킹, 흰 구두로 치장한 인형 같은 옷차림이었지만, 주름진 두꺼운 턱선으로 보아 중년인 것 같았다. 챙이 넓은 모자와 커다란 검은 선글라스 때문에 얼굴은 하나도 보이지 않았다. 여자는 구두를 벗지 않고 돗자리에 비스듬히 앉아 통통한 종아리를 돗자리 밖으로 뻗고 있었다. 선글라스를 쓴 여자의 맞은편에는 러닝셔츠와 짧은 반바지만 입은 대머리 남자가 앉아 있었다. 그 남자는 쌍꺼풀이 진하게 진 커다란 눈으로 싱글벙글 웃고 있었다. 남자는 명우를 향해 사람 좋게 웃으면서 손짓했다. 그 맞은편의 단발머리 여자는 아픈 사람처럼 얼굴이 누렇고 부어 있었다. 낡고 헤져서 목이 늘어진 티셔츠를 입고서 초점을 잃은 눈으로 먼 곳을 바라보고 있는 자세가 세상에 관심이 없는 사람 같았다. 그들 앞에 놓인 종이 상자에는 과자봉지와 맥주병, 종이컵 등이 놓여 있었다. 대머리 남자가 말했다.

"여기야, 여기."

"타로를 보러 왔는데요."

"거짓말."

선글라스를 쓴 여자가 명우의 말을 잘랐다.

"애 겁먹게 그러지 마, 누이. 괜찮아, 잘 왔어. 우리한테는 솔직하게 말해도 돼. 우리는 어차피 다 알고 있으니까."

대머리 남자가 말했다.

"타로 보러 왔다니까, 봐주지 뭐. 진정한 수행자라면 점은 보지 않겠지만, 나야 사이비니까 점을 종종 보지. 다 먹고 살려고 하는 짓이니까, 우리 예쁜 부처님도 봐주실 거야. 그렇지?"

명우의 생각과 달리 노파는 한국어를 잘했다. 노파는 명우를 보며 장난스레 한쪽 눈을 윙크했다. 노파는 앞니가 하나 없었고, 머리카락은 완전히 하얗지만, 얼굴에 주름살은 얼마 없어서 나이를 가늠하기 힘들었다. 노파는 카드를 명우 앞에 펼치더니, 손짓으로 뽑으라고 했다. 명우는 노파가 시키는 대로 카드를 계속 뽑았다. 노파는 한 장씩 제 앞에 배열했다. 그러더니 다른 카드 한 벌을 품에서 꺼내 펼쳤고, 거기에서 몇 장을 자기가 뽑았다. 탑이 벼락을 맞아 무너져 내리는 카드, 무지개 아래 남자와 여자가 알몸으로 서 있는 카드, 염소의 뿔을 한 악마가 있는 카드 등이 두서없이 나왔다. 노파가 뽑은 카드에서는, 누군가의 목을 베어 한 손에 잡고 다른 한 손에는 칼을 들고 하늘로 떠오르는 여자, 그리고 사람의 눈이 그려진 산자락, 그리고 염소를 닮은 우스꽝스러운 일각수가 하늘을 나는 풍경 따위가 제각각 나왔다. 제대로 된 타로카드 한 벌이 아니라, 두세 벌의 서로 다른 카드들이 섞인 것 같았다. 카드는 크기도 서로 달랐고, 어떤 것은 고풍스러운 중세풍 그림이었고 어떤 것은 만화 같은 일러스트였다.

노파는 눈빛이 매서워지더니, 카드를 이쪽부터 저쪽까지 살폈다.

"공든 탑이 무너져 내리는구나. 새로운 세상이 벼락같이 오겠지만, 그것이 하강이 될지 상승이 될지는 누가 알겠느냐. 기세 좋게 하늘을 날아본들 제 마음속에 있는 것도 모르는데, 그걸 가지고 진정한 왕이라고 할 수 있으랴. 겨울밤 서리 내리는데 칼을 휘두르니, 그 칼에 맞아떨어진 목은 누구 목일꼬?"

노파는 잠시 후 긴장이 풀린 히죽거리는 표정으로 돌아와, 알 수 없는 말을 흥얼거렸다.

"그래서 수첩은 어디에 있어?"

"네? 수첩이라니, 그게 무슨 말씀이죠?"

명우는 놀라서 반문했다.

"가리교 수첩에 대해서는 어디에서 들었어?"

노파는 웃음을 거두고 협박조로 물었다.

"그게 뭔데요?"

명우는 자신이 메일에 가리교 수첩에 대해 질문했다는 사실을 일단은 숨기기로 했다. 그저 지나다가 타로를 보러 온 사람일 수도 있지 않은가?

"하하, 요것 봐라."

노파가 명우의 한 손을 단단히 잡고는 테이블 역할 중인 종이 상자 위로 올렸다. 다른 한 손으로 품 안에서 칼을 꺼내 치켜들었다. 그러고는 명우의 손등 위로 칼을 내리꽂았다. 벼락같이 재빠른 손놀림이었다. 칼날은 못이 박히듯 명우의 손을 관통하고 종이 상자까지 꿰뚫었다.

명우는 고통에 찬 비명을 질렀다. 그러나 노파는 눈도 깜짝하지 않고 그 칼을 비틀었다.

"수첩 어디 있냐고? 빨리 말해."

명우는 거세지는 통증에 정신을 잃을 지경이었다.

"제 친구가 갖고 있어요. 필립이라는 앤데, 걔네 할머니가 개한테 줬대요."

"흥. 양모가 우리를 배신했다 이거군."

"엄마, 내가 그럴 거라고 했잖아."

노파의 말에 흰 모자를 쓴 여자가 대꾸했다. 노파는 칼을 쥔 손을 다시 들어 올렸다. 그러나 노파의 손안에서 칼은 마법처럼 사라졌다. 명우의 손에는 피 한 방울 흐르지 않았다. 그러나 명우는 아직도 어릿하게 통증이 남아 있는 것 같았다. 명우는 어리둥절했다.

"어어, 이게?"

명우는 주변을 둘러보았다. 대머리 남자가 명우의 어깨에 팔을 둘러 어깨동무하고는 친한 척했다.

"좀 놀랐지, 젊은 친구? 오줌은 안 쌌어? 우리 권사님 솜씨에 놀라 뒤집어져서 첫 박에 오줌 싸는 애들도 많았는데."

명우는 그 팔을 뿌리치고는 다시 손을 들어 천천히 보았다. 손에는 어떤 상처도 남아 있지 않았다.

"그 친구 할머니 이름이 양정애 맞지?"

"몰라요."

노파와 흰 모자를 쓴 여자가 서로 눈짓했다.

"모르는 것 같아. 그리고 수첩을 가지고 있지도 않고. 그래도 수첩을 만지기는 했네."

"그거야 뭐 나도 알겠소. 수첩을 가졌으면 이렇게 앉아 있겠나. 만져봤으니 이렇게 애가 닳아서 여기까지 헐레벌떡 뛰어왔겠지."

대머리 남자가 투덜거렸다. 명우는 달아나고 싶었다. 명우는 자기 손이 멀쩡한 상태와 칼에 꿰뚫려 피 흘리는 상태 둘 사이에서 진동하는 것처럼 느껴졌다.

"왜 벌써 가려고 그래?"

흰 모자를 쓴 여자가 명우의 등을 부드럽게 쓸어내렸다. 여자의 새까만 선글라스 알이 명우를 비췄다. 그 비친 상은 이상하게 이지러지며 제멋대로 움직이는 것 같았고, 명우의 반사된 상이 아니라 여자에게 사로잡힌 귀신처럼 보였다. 명우는 여자의 눈, 아니, 자기 눈을 피했다.

"그래서 어쩔 거야? 수첩이 갖고 싶지? 그래서 우리한테 온 거지? 뭐 계획이라도 있어? 수첩을 훔칠 거야?"

노파가 담배 연기를 뿜으며 히죽거리며 물었다. 담배 연기에서는 케케묵은 꽃 냄새와 한약 냄새가 뒤섞여 풍겼다.

"제가 그런 짓을 왜 해요? 저는 도둑질 같은 거 안 해요."

지금까지 계속 말이 없던 병색이 짙은 여자가 처음으로 입을 뗐다. 여자는 고개를 숙이고는 양말을 신은 제 발을 이리저리 누르고 있었는데, 여자가 말했다.

"할 거야. 하게 되어 있어."

"그럼, 그럼."

노파가 대견하다는 듯이 덧붙였다.

"수첩이 뭔데요?"

명우는 간절하게 물었다.

"난들 아나?"

노파는 심드렁하게 답했다. 하지만 잠시 후, 깊이 담배 연기를 마시고는 한숨을 토하듯 연기를 내뿜으며 말을 이었다.

"렁왕웨이는 기독교 목사 행세를 했지만, 실은 중국 정부 프락치였단 말이야. 프락치를 해서 돈을 좀 모은 뒤에는 골동품 장사를 했어. 중국 변방의 소수민족 노인들 등쳐먹으면서 골동품을 헐값에 사 모았지. 그러다가 수첩을 구했어. 수첩을 갖고 나서는 몇 가지 잔재주를 피우는 법을 배우고 그 재주로 사람들을 모았지. 처음에는 그 약은 놈이 정부 비위를 살살 맞췄어. 정부 사업 홍보를 하고 달라이 라마 욕도 하고 시진핑 찬양도 하고, 그러면서 포교

허락을 받았지. 그러다가 어느 순간 맛이 갔어. 제가 신이라도 된 줄 안 거야. 제가 하는 모든 건 성스러운 뭐라고 생각했어. 횡령, 사기, 린치, 납치, 강간, 살인, 다 해도 자기가 하면 좋은 짓이라고 믿었지. 미쳐도 곱게 미쳐야지, 더럽게 미쳐서 사람 여럿 잡았어. 그놈은 신자들한테 제 침이랑 똥을 먹이고 때리고 강간했는데, 전부 그게 다 축복이었다고 믿었어. 사람도 두셋은 죽였을걸? 쓰레기 같은 놈. 아는 게 많은 놈이라 처음엔 정부도 참았겠지만, 렁왕웨이는 결국 끼이이이이이익, 처리됐지. 주제에 겁은 많아서 신자들까지 끌어들여서 같이 저세상으로 도망갔어."

노파는 우울해 보였다.

"그 재주라는 게 무슨 말이에요? 미래 알아맞히고 암 치료하고 그런 거 다 가짜 아니었어요?"

"맞아, 가짜였어. 우리가 미리 사전조사해서, 새로 온 교인들 신상정보 올려주면 렁왕웨이는 초능력으로 알아낸 척했지. 프락치 때부터 갈고닦은 연기력 아니겠어? 어찌나 근엄한 척했는지, 내가 다 조사해줬는데도 나까지 믿을 뻔했다니까."

"그럼, 수첩은 아무것도 아니었단 거죠?"

명우는 힘없이 물었다.

"말했잖아, 얘야. 재주를 배웠다고. 렁왕웨이가 더러운 거짓말쟁이 사기꾼이긴 하지만, 그게 전부는 아니었단 말이야. 거짓말쟁이 사기꾼이 세상에 얼마나 많은데, 그놈들이 다 그렇게 떵떵거리고 살던? 수첩에서 배운 재주 가지고, 시골 가짜 목사 노릇하던 렁왕웨이가 개인 제트기를 타고 다니는 세계적인 교주가 됐어. 그게 보통 일인 거 같니? 돈? 명예? 네가 원하는 건 다 얻을 수 있어. 어때? 끌리지? 당기지? 어떻게든 갖고 싶지? 수첩을 구해와. 우리가 너한테 방법을 가르쳐줄 테니."

"그러면 왜 수첩을 직접 가지러 가지 않으세요? 어디 있는지 몰라서요?"

"허허, 요놈 맹랑하네. 말이 많구나. 그건 네가 신경 쓸 일이 아니고, 너는 이것만 알고 있으면 돼. 준비 없이 수첩을 보면, 미치거나 죽는다. 그러나 준비하고 수첩을 접하면, 신처럼 될 수 있어. 우리가 너를 신처럼 만들어줄 수 있다니까. 수첩을 구하게 되면 바로 우리에게 달려와. 알았지?"

"그러니까 수첩이 뭐냐고요?"

"궁금한 게 많으면 빨리 죽는다. 그래도 만난 인연이 있으니, 이거 하나만 말해주마. 수첩은 너를 꿈꾸게 해준다. 그 꿈에서 너는 너한테 맞는 재주를 배우게 돼. 그게 전부다. 뭘 배우는지는 너한테 달려 있어. 수첩은 악마가 만들었다는 말도 있고, 부처가 만들었다는 말도 있지. 그러니까, 결국 색즉시공, 공즉시색, 다 마음먹기에 달린 거란 소리야."

노파가 말했다.

"그러니까, 수첩이 뭔데요?"

"말로 해서 못 알아듣는 놈이네."

노파가 인상을 썼다.

"그러니까, 바로 이런 거지."

라고 말한 것은 누런 얼굴의 여자였다. 여자는 엉거주춤 몸을 일으켜 명우에게 다가왔다. 그리고 한쪽 팔을 천천히 들어 올렸는데, 그 팔의 주먹이 번개같이 명우의 얼굴을 쳤다. 핵폭탄 같은 주먹이었다. 하지만 그 주먹이 뺨을 스치자마자 명우는 이제 끔찍한 고통이 시작될 줄 알았는데, 그 주먹을 0.1퍼센트쯤 맞는 것으로 끝이 났다. 그 0.1퍼센트의 조우 뒤에 명우는 갑자기 파리가 되어 주변을 윙윙거리면서 날아다녔다. 명우는 이것이 환각일 거라고 알아차렸지만, 파리가 된 감각은 너무 생생했다. 심지어 명우는 곧 이성을 상실하고 파리의 본능에 빠져 냄새에 탐닉해서 날아다녔다. 거리는 습하고 하늘은 높고 매연도 적당했고… 명우는 한편으로는 자신이 명우이고 인간이라는 걸 알았지만, 다른 한편으로는 하늘을 나는 파리가 되어 날았다. 두 손을 비볐고, 개똥 같은 것을 찾고 싶은 충동에 휩싸였다. 그런 가운데 명우는 공룡동의 공원 속으로 자신이 들어가고 있는데, 두 발로 걸어가는 것이 아니라 질질 끌려서 가고 있는 걸 의식했다. 그러나 의식의 반은 여전히 하늘을 날고 있었다. 몇 개의 손이 명우의 옷을 뒤졌고 지갑 속 현금을 꺼내고 루이뷔통 여름 재킷을 벗겼다. 노파가 말하는 소리가 환청처럼 들렸다.

"다음에 만나면 심 권사라고 불러라. 우리는 또 보게 될 거니까."

명우는 개똥을 찾아 하늘을 날아다녔다. 개똥, 개똥, 개똥. 따뜻하고 향긋한 개똥.

명우가 일어난 것은 새벽의 차가운 공기 속에서였다. 아끼던 재킷도 현금도 없어졌지만, 신용카드와 핸드폰은 남아 있었다. 그러나 명우는 이제 확신했다. 적어도 한 가지는 알 수 있었다. 수첩이 있으면 힘이 생긴다. 그게 뭐든지 상관없다. 최면술이든, 눈속임이든, 초능력이든, 어쨌든 그것만 있으면 애비를 두려워할 일은 없다. 지지부진한 삶이 달라질 수 있다. 그러나 심 권사에게는 절대 절대로, 다시는 연락하지 않을 것이다. 택시 안에서 추위에 덜덜 떨면서 명우는 범죄 신고 번호를 눌렀다가 통화를 취소했다.

명우는 대신 기철에게 전화를 걸었다. 기철은 한참 벨이 울린 뒤에야 전화를 받았다.

"명우야, 웬일이야?"

자다가 깬 목소리였다.

"아무것도 안 물어볼 테니까, 그 수첩 갖다줘. 오천 빌려줄게. 차용증 쓰고 일 년 뒤에 갚아. 일단 오백만 원 입금해 줄게. 수첩 받으면 나머지 보내주고. 일주일 안에 갖다주면 오백만 원 더 줄게."

기철은 당황했는지, "웅"이라는 말만 반복했다. 택시 기사가 명우를 곁눈질했으나, 명우는 신경 쓰이지 않았다. 요 며칠 동안 넘어지고 밤새 달리고 두들겨 맞은 몸이 통증을 호소했지만, 그조차 아무것도 아닌 것처럼 느껴졌다. 비가 오기 시작했다. 장대비가 내렸다. 빗줄기가 택시의 창문을 두들겼다. 택시가 빗물에 젖은 거리를 달리자, 빗물이 유리창까지 튀어 올랐고 바퀴는 새된 소리를 냈다. 갑자기 모든 것이 폭력적으로 아름답고 신비롭게 느껴졌다. 이른 새벽 도로에 차들이 서서히 늘어났다. 명우는 이 모습 뒤에, 폐허가 되어 식물로 뒤덮인 도시, 저 밑에는 핏물로 출렁이는 바다를 간직한 본모습이 보이는 것 같았다. 수첩만 가지게 되면, 모든 게 괜찮을 것이다. 더이상 아무것도 두렵지 않을 것이다.

거짓말을 하는 자는 나의 목전에 서지 못하리라

그제 여정은 기철의 전화를 받았다. 여정은 급히 전화를 받으려다 꾹 참고 속으로 숫자를 다섯까지 헤아리고 받았다. 기철이 먼저 전화를 한 것은 고등학교를 졸업한 뒤로 처음이었다. 하지만 전화를 받자마자, 반가움에 소리를 지른 건 어쩔 수 없는 일이었다.

"야, 박기철! 웬일이야?"

"시끄러워. 귀 떨어지겠다. 지나가는 아저씨도 지금 너 목소리 듣고 놀라서 나 쳐다본다."

기철의 목소리에는 웃음이 배어 있었다. 여정은 그 어린아이 같은 웃음소리가 좋았다. 결국 다시 사귀자고 말하려는 건지도 몰랐다. 하긴, 네가 어디에서 나만한 여자를 만나겠니? 누가 너를 나만큼 좋아해주겠니?

"요즘 갖고 싶은 거 있어?"

기철은 뜬금없는 소리를 했다.

"미우미우 원피스."

"얼만데?"

"120만 원. 요즘 세일해. 70퍼센트."

"세일하면 얼만데?"

"세일해서 120만 원이야."

"씨발, 뭐 옷에 금이라도 발랐냐?"

"아, 존나, 그러면 왜 물어봐?"

"사줄게."

"뭐?"

"사준다고. 거기 쇼핑몰 주소 좀 보내봐."

그러고 나서 기철은 시시껄렁한 농담을 하고는 전화를 끊었다. 쇼핑몰 주소를 보내기는 했다. 하지만 기철이 미우미우 원피스를 사줄 돈이 있을 리가 있나. 상상도 하지 못했다. 맹세컨대, 진짜로.

그런데 하필 여정이 쉬는 날인 오늘, 택배가 도착했다. 쇼핑몰 상표가 찍힌 택배 상자를 열면서도 여정은 설마 했다. 여정은 상자를 열자마자 즐거운 비명을 질렀다. 비닐에 싸인 옷을 꺼내 들고 여정은 기철에게 전화했다.

"원하는 게 뭐야? 결혼해줄까?"

"그런 무서운 소리는 하지도 마."

기철은 의기양양하게 말했다. 여정은 통화를 하며 옷을

벗고 원피스를 걸쳤다. 흰 동백이 그려진 검은 원피스는 화면으로 보던 것보다 더 마음에 들었다. 까슬한 치맛자락이 맨다리를 스치는 느낌마저 짜릿했다.

"내 부탁 들어줄 거지?"

"당연하지. 뭔데? 말해봐."

"별거 아냐. 오늘이나 내일 필립이 좀 만나. 그래서 밤 12시까지만 필립이 집에 못 들어오게 해줘."

"그게 다야?"

"응. 별거 아니지?"

"그걸로 끝이야?"

"응. 그게 다야. 나 지금 손님 왔다. 전화 끊어. 필립이랑 약속 잡으면 연락해."

허둥지둥하는 목소리. 그리고 전화가 끊어졌다. 여정은 뒤통수가 지독하게 땅겼다. 뭘까. 뭐지?

명우 새끼구먼.

갑자기 입맛이 썼다. 기철은 그 웃기지도 않는 수첩을 훔쳐낼 작정인 모양이었다. 그 수첩인지 뭔지를 천만 원에 사겠다는 명우나, 그게 싫다는 필립이나, 안 팔겠다고 하니 이제 그걸 훔치겠다는 기철이나 다 웃기는 인간들이었다. 여정은 원피스를 벗고 상자에 넣어 반품해야겠다고 생각했다. 진짜로, 진짜로. 하지만 거울 속 여정과 눈이 마주치자, 결심은 주춤 물러섰다.

거울 속 여정은 뾰로통한 얼굴로 이 원피스가 여정을 위한 물건이라는 걸 왜 모르냐고 말하는 것 같았다. 이 원피스를 입은 그 누구도, 광고 속 모델까지도 여정처럼 잘 어울리지는 않았다. 물론 내가 그 모델만큼 예쁘지 않다는 건 알지. 그렇지만 어울리는 건 다르단 말이야. 게다가 이건 기철이가 나를 위해 보낸 거라고. 여정은 이쪽저쪽으로 원피스를 입은 자신을 자세히 살펴보았다.

여정은 필립에게 오늘 저녁 시간이 어떤지 문자를 보냈다. 필립에게서 바로 답이 왔다. 오늘 저녁 시간이 된다고 했다. 그 답 문자를 보고 있으니, 여정은 속이 뜨끔뜨끔했다. 이건 좀 아닌데. 하지만 거울 속 여정은 너도 원하는 걸 가질 권리가 있다고 속삭였다. 이걸 이제 와서 돌려보내면 기철이가 얼마나 실망하겠어? 아, 모르겠다! 기껏해봤자 수첩일 뿐이다. 이 원피스는 신상품일 때부터 여정을 애태웠다. 이 원피스가 세일을 시작하자 여정은 앓았다. 여정은 대학로에서 보자고 필립에게 메시지를 보냈다. 기철은 필립이를 만나라고만 했지, 다른 말은 하지 않았다. 다 방법이 있을 것이다. 필립도 기철도 배신하지 않을 방법이.

여정은 다시 거울을 바라보았다. 거울 속 여정은 강인하고 단호해 보였고 매력이 넘쳤다. 잘될 거야. 거울 속 여정이 여정에게 속삭였다. 여정은 화장을 좀 더 진하게 했다. 눈가도 검게, 입술도 검게. 여정의 얼굴색은 이제 푸르스름한 빛이 감도는 새하얀 색이 됐다. 여정은 거울 속 자신을 다시 봤다. 여정은 키가 작다. 허리도 굵다. 쌍꺼풀 수술도 코 수술도 썩 잘되지는 않았다. 피부도 별로다. 하지만 여정은 예쁘다. 글래머하다. 화장을 잘한다. 매력이 넘친다. 똑똑하다. 용감하다. 여정은 폭소를 터트렸다. 마음이 조금 단단해졌다. 무장을 한 것처럼. 여정은 거울 속 자신에게 손 키스를 보냈다. 거울 속 여정은 자신에 대한 여정의 사랑에 흡족해하는 모습이었다.

"이리 오기로 돼 있는데."
"딱히 오겠다고 말한 건 아니잖아."
"만일 안 온다면?"
"내일 다시 와야지."
"그리고 또 모레도."

두 남자는 화들짝 놀라며 궁둥이를 들썩거리며 8자를 그리며 무대를 돌았다. 관객석 저쪽에서 키득거리는 웃음소리가 들렸다. 여정은 어둠에 기대어 커다랗게 하품했다. 괴로울 만큼 따분했다. 여기저기 표시나게 기운 옷을 입은 두 남자는 지지부진한 농담을 끝도 없이 하고 있었다. 여정은 곁눈질로 옆자리의 필립을 봤다. 필립은 열띤 표정으로 무대를 뚫어지게 보고 있었다. 모르는 사람이 보면 대단한 연극 마니아인 줄 알겠다. 연극 따위 처음 보면서. 여정은 속으로 투덜거렸지만, 이 연극을 고른 건 자신이었다. 그건 저 어리숙하고 말도 안 되는 소리를 반복, 또 반복하고 있는 저 배우 때문이었다. 하필 그가 출연하는 연극이 오늘 반값 할인을 했다. 그는 여정이 오랫동안 좋아했던 배우다. 나이가 들었지만, 여전히 멋지다. 지금 아무리 바보 흉내를 내도, 그 멋스러움이 다 숨겨지지 않았다. 그는 지금 근사하게 옷을 차려입고 있을 때만큼이나 여전히 멋져 보였다. 멋있는 사람은 바보인 척해도 바보처럼 보이지 않는다. 바보가 멋진 척하는 것보다 더 어려운지도 모르겠다.

봐라, 나는 이렇게 누더기를 걸치고 바보스러운 말을 하고 있어도 멋있다!

그는 그렇게 말하는 것 같다. 여정은 그것이 부러웠다. 그건 어떻게 가능한 걸까. 그래서 그래. 그는 특별하니까. 하긴, 배우들은 다 멋지지. 연예인들은 일반인과 다르니까. 남자들은 옷을 좀 못 입어도 괜찮아 보여. 새 구두가 엄지발가락을 무지막지하게 짓눌렀고, 스타킹의 촉감이 불쾌감을 더했다. 여정은 살그머니 구두를 벗고 발가락을 꼼지락거렸다가, 얼른 다시 신었다. 여정은 앞으로 한 시간은 더 이 어리석고 알 수 없는 대화와 잔인무도한 힐을 견뎌야 한다. 연극이 절반이 넘게 지나갔는데, 도대체 고도라는 새끼는 언제 나타나나? 여정은 한숨을 쉬며 시계를 보다가 눈치를 챘다.

고도는 끝까지 안 오는구나. 안 오는데 속 터지게 기다리는 게 전부구나.

배우들은 모르는 척하고 있었다. 알면서 모르는 척하는 꼴을 보고 있자니, 기가 챘다. 힐이 발가락을 더 짓누르는 기분이 들었다. 웃기게도 그때쯤부터 연극은 재미있어졌다. 그러다 무대 위로 뛰어올라서 안 올 거니까 제발 좀 때려치우라고 소리를 지르고 싶어질 때쯤 연극은 갑자기 끝났다.

연극이 끝나길 애타게 기다렸는데, 막상 끝나자 여정은 몹시 아쉬웠다. 괜히 이유도 없이 울고 싶은 기분이 들었다. 찬물을 뒤집어쓴 것 같았다. 싸했다. 오지 않아. 오지 않는구나. 오지 않을 거구나.

그리고 왈칵 냄새가 쏟아졌다. 구역질이 났다. 또 시작이야, 여정은 숨을 멈췄다. 그렇지만 소용없었다. 냄새는 하나씩 꼬리에 꼬리를 물고 이어지다가, 담벼락이 무너지듯 한꺼번에 몰려들었다. 갖가지 화장품 냄새와 땀 냄새, 입냄새. 점심과 저녁에 먹은 마늘과 양파 냄새, 고기 누린내, 장에서 시큼하게 부패해가는 묵은 음식 냄새. 그리고 그 언저리에서 스멀스멀 넘어오는 구질구질한 삶의 냄새. 이렇게 사람이 많은 곳에서 이게 닥치면 여정은 안절부절

못했다. 소리를 지르면서 나가고 싶었다. 일어나서 괴성을 지르고 손가락질하고 싶었다. 너! 바로 거기 너! 오늘 저녁에 김치쌈을 먹은 너, 또 구질구질하게 그렇게 원망만 쌓고 있는 너. 너 이리 나와. 사람을 때리고 싶고 욕하고 싶고 침 뱉고 싶다. 춤추고 싶고 뛰어나가고 싶고 뛰어내리고 싶다.

여정은 열 개의 손가락으로 양팔의 어깻죽지에 손톱을 박았다. 또 두 어깨는 엉망이 될 것이다. 천천히 다시 냄새가 옅어진다. 그리고 사라진다. 탁한 방향제 냄새만 남았다가, 그조차 흐려졌다. 여정은 숨을 느리게 뱉었다. 어느새 무대에서는 배우들이 커튼콜에 답하고 있었다. 필립은 무대만 보고 있었다.

여정은 배우들 퇴근길에 사인받는 법을 인터넷에서 검색해보고 왔다. 필립에게 기다리자고 하고 둘은 배우들이 퇴근하기를 기다렸다. 여정이 좋아하는 배우가 나오자, 팬들이 그를 둘러쌌다. 배우는 팬들에게 선물을 받고 일일이 사인을 해주고 대화를 나눴다. 몇몇은 배우와 서로 아는 사이인지 배우가 이름을 부르기도 했다.

"명지 씨, 오늘도 와줬구나."

"오늘 배우님 베케트 해석 너무 좋았어요. 우리는 지난번에 갔던 와인바에 또 가려고요."

"나도 가고 싶은데…."

"정말요?"

"약속이 있네. 딸내미가 오늘은 아빠 좀 일찍 오래."

다들 폭소. 실물로 본 배우는 과연 듣던 것처럼 그만의 분위기가 넘쳤다. 단순하지만 세련된 옷은 값비싸 보였고, 몸짓은 절제되었지만 시선을 모았다. 잡지 인터뷰에서 막스마라와 아르마니 옷을 좋아한다고 했는데, 그런 옷들일 것이다. 팬들도 그와 닮았다. 고상하고 세련된 느낌의 여자들 사이에, 예민하고 지적인 얼굴의 남자가 한 명 끼어 있었다. 여정은 그들 사이에 끼어들어 사인받을 엄두가 나지 않았다. 가까이 가면 지독하게 서툴게 굴어서, 자신의 가난과 무지를 스스로 폭로할 것 같았다. 미우미우 원피스로도 감춰지지 않는 가난의 냄새가 슬금슬금 올라오는 것 같았다. 필립은 옆에서 멍한 얼굴로 서 있었다. 필립은 대학로까지 나오면서도 집에서 설거지할 때나 입는 것 같은 낡은 옷을 입고 나왔다. 화장기 없는 얼굴이 꼭 시골 고등학생 같았다. 유리로 된 건물 외벽에 비친 필립과 여정의 모습은 똑같이 볼품없어 보였다. 부자이고 예쁘고 세련된 애와 왔으면 이런 기분이 아니었을까?

"어휴, 왜들 저렇게 호들갑이지. 고도가 언제 오냐고."

여정은 우스꽝스러운 목소리로 배우를 흉내내 큰 소리로 말했다. 의아한 표정으로 여정과 필립을 돌아보는 그 배우와 팬들 무리를 뒤로한 채, 여정은 필립의 팔을 끌고 나왔다.

"웃기시네, 속물들 주제에."

여정은 뒤를 돌아보며 내뱉었다. 필립은 아무 말도 하지 않았다.

거리에는 사람들이 가득했다. 자기들 연극을 보라고 하는 호객꾼들도 많았다. 요란한 분장을 한 이들은 차라리 나았는데, 일반인 같은 얼굴로 화장도 하지 않고 호객하는 이들은 안쓰럽게 보였다. 고등학생인가 싶은 말간 얼굴의 남자애 하나는 초점 없는 눈으로 팸플릿을 나눠주며 말을 웅얼거렸다. 귀엽게 생겼다 싶어 여정은 그 애를 보고 미소 지었지만, 남자애는 불퉁한 얼굴로 여정의 어깨 뒤를 바라봤다. 물론 무대가 아닌 거리에서 배우로 서 있는 건 쉽지 않을 것이다. 그러나 여정도 지난주 내내 거리에서 춤추면서 일했다. 여정은 그 남자애의 귀에다 대고 소리를 지르고 싶었다. 인생은 어차피 쇼야. 하려면 제대로 해!

여정은 번화가에서만 맛볼 수 있는 미묘하게 떨리는 밤공기가 좋았다. 여정의 심장까지 그 떨림이 전달되는 것 같았다. 여정은 기분이 풀렸다.

"오늘 맛있는 것 사줄게."

여정은 필립에게 속삭였다. 멋지게 차려입은 이들이 거리를 메워서 인파에 떠밀리듯 걸어야 했다. 마주 오는 행인들과 스쳐 지나가는 찰나는 짧았다. 그러나 그 짧은 찰나에도 몇몇 여자애들은 부러운 표정으로 여정을 돌아봤고, 남자애들의 욕망하는 눈빛이 여정의 얼굴과 가슴에 엉겼다가 흩어졌다. 그 느낌이 좋았다. 클럽과 식당에서 갖가지 음악이 흘러나와 엉겨 붙어서 거리의 음악을 만들어낸다. 그 음악 비트에 맞춰 걷게 된다. 여정은 오늘 돈을 좀 쓸 생각이다. 그 배우와 팬들, 고상한 척하는 늙다리들은 감히 끼어들 수 없는 뭔가가 지금 여기에 있다.

필립은 그저 앞만 보고 걸었다. 여정은 필립이 딱하게 느껴졌다. 여정이 필립의 손을 끌어당겼다.

"그 주드 로 말이야. 진짜 주드 로 말고, 주드 로 닮았다는 외국인 클럽 사장."

필립은 고개를 끄덕였다. 여정은 지난주에 주디가 나오는 영화를 세 개 몰아 봤다. 주디의 초록색 눈과 가지런한 복근이 마음에 들었다. 요즘은 너무 피곤해서 남자를 만날 기력도 없거니와, 어찌어찌 만나봤자 다 꽝이었다. 이러니까 내가 기철이 자식 전화나 기다리지.

"내가 그 사람 양아치라고 별로라고 그랬잖아. 그런데 알고 보니까 좋은 남자였어. 그 사람 부인이 에이즈래. 그래서 지금은 그 사람을 떠날 수가 없대. 전부 다 놓고 도망을 치려고 몇 번이나 생각했지만, 차마 그럴 수가 없다는 거야. 원래 부인을 버리고 나한테 청혼하려고 이 반지를 샀는데, 도저히 그럴 수가 없다고 이 반지는 나더러 그냥 받으라고 하더라."

여정은 잠시 눈을 감았다. 눈을 감자, 주드 로의 고양이 눈같이 깊고 진한 초록빛 눈이 생생하게 떠오른다. 그 눈빛이 여정에 대한 사랑과 아내에 대한 책임감 사이에서 흔들리는 것이 여정은 지금 보이는 것 같다. 주드 로의 진한 향수 냄새, 남자답고 은은하고 섹시한 체취가 느껴질 것 같다. 그의 단단하고 남자다운 손도. 그러나 정말 그를 만난 적이 없단 말인가? 그를 만났다는 게 그저 상상일 뿐이란 말인가? 믿을 수가 없다. 여정은 힘이 빠졌다.

필립은 전혀 관심이 없어 보였다. 여정은 필립의 손등을 살짝 꼬집었다.

"너 또 내 얘기 안 듣지?"

사실 여정은 이 반지를 치근덕거리는 에이전시 과장 놈 때문에 샀다. 누런 이를 드러내고 능글맞게 웃으며 술자리 때마다 옆에 와서 앉던 놈을 생각하면 지금도 구토가 치밀었다. 슬금슬금 허벅지에 손을 올리고 더듬고, 러브 샷을 하자고 졸랐다. 술자리에서 반지를 끼고 남자친구가 사줬다고 자랑해보았지만, 아무 소용도 없었다. 이 반지는 나중에 일 그만둘 때, 그 새끼 면상을 때려줄 때나 쓰면 딱 맞을 것이다. 하지만 또, 잘 알고 있다. 막상 그만둘 때는, 허리를 구십 도로 꺾으며 그동안 감사했다고 인사하게 될 것이다.

"우리 저기 갈까?"

여정이 인터넷에서 찾아둔 곳이 보였다. 위스키 바라니, 늙은이처럼. 하지만 다들 이야기하기 좋다고 했다. 오늘 밤은 이야기할 것이 많았다. 필립도 좋아할 것 같았다. 하지만 필립이 뭘 아나? 필립은 여전히 세상에 대해서는 아는 게 아무것도 없었다. 알고 싶어하지도 않는다. 고등학교 때 왜 좀 더 말이 잘 통하는 예쁜 친구를 사귀지 못했나 안타깝지만, 그때를 돌아보면 짜증이 난다. 그래도 연락하는 여자친구가 필립 하나라니, 나 너무 불쌍하지 않아?

여정과 필립은 가파른 계단을 올라 어두침침한 바로 들어섰다. 천장에는 그물과 커다란 나무배가 걸려 있었고, 스피커에서는 찢어지는 목소리로 노래하는 여자 보컬의 재즈가 흘러나왔다. 여정은 이곳이 사진보다 훨씬 더 낡고 침침한 것이 썩 마음에 들지 않았다. 홀은 텅 비었고, 바에는 울적한 얼굴의 중년 사내가 하나 앉아 있었다. 바텐더는 교활한 표정으로 메뉴를 갖다주었다. 메뉴판의 가격대는 인터넷에서 본 것보다 더 비싼 것 같았다. 바에 앉은 남자는 둘을 바라보더니 여정을 곁눈질하며 바텐더에게 속닥였다. 여정은 고심해서 자신과 필립을 위해 술을 골랐다. 숲의 향취를 품은 깊은 풍미- 글렌피딕 18y 41,000원. 스모키한 노트를 품은 피트의 대명사 아드벡 우가다일 35,000원. 아, 한 잔에! 바텐더는 예의 바르게 주문받았지만, 비웃는 느낌이었다.

"그거 가져왔어?"

"응."

필립이 고개를 끄덕였다.

"내가 오늘 너희 집까지 따라가 줄게. 기철이 새끼 무슨 생각을 하고 사는 건지."

여정은 수첩을 가지고 나오라고 했지만, 옷을 받았다는 이야기는 하지 않았다.

"괜찮아."

필립은 기철이 필립의 집을 뒤져서 수첩을 훔쳐 가려고 한다는 말을 들어도 아무렇지 않아 보였다. 필립은 겁이 없는 건지, 아니면 너무 둔한 건지 모르겠다.

"그냥 뒤져보라고 해. 없으면 제가 뭘 어쩌겠어? 그 자식 경찰에 신고할까, 생각도 했는데, 인생이 불쌍하잖아. 그런데 있잖아, 내가 생각해봤는데, 너 진짜 그 수첩 팔면 어때? 네가 안 판다고 하면 명우랑 기철이가 귀찮게 할 거 아냐. 너 걔네 아버지 위험한 사람인 거 알지. 무섭지 않아?"

여정은 지금 친절한 척하는 자신의 목소리가 느끼해서 기분이 좀 그랬다. 하지만 거짓말은 없었다. 명우는 제 애비와 다를 게 없다. 남을 범죄자로 만드는 범죄자 주제에, 네 손은 깨끗한 줄 알아? 여정은 명우가 아니꼬워서라도 명우를 위해 필립을 배신하기 싫었다. 명우를 위해 기철이 필립을 터는 것도 싫었다. 차라리, 명우를 털면 좋지 않아? 그 재수 없는 새끼를.

"안 무서워. 안 팔 거야."

"아무리 그래도 그거 그냥 수첩이잖아. 골동품이라고 해도 그게 그렇게 대단한 거야? 명우한테 팔고 그 돈 받아서 전세 올려서 월세 덜 내는 게 낫지 않아?"

술이 나왔다. 투명하고 어두운 오크 색 술이 방울방울 혀를 달구고는 목구멍으로 사라졌다. 냄새는 맡을 수 없었다. 여정은 머릿속으로 메뉴판에 있던 설명을 복기했다. 실키한 광택, 숨이 막히도록 감미로운 달콤한 건포도 톤, 120시간 숙성된 맥아만을 사용한 넘치는 풍부한 몰트향, 잔향은 깊은 바닐라 향이 오래도록…. 여정은 좀 더 과감해졌다.

"월급으로 월세 내면 돼."

"그럼, 그 돈으로 차라리 여행이라도 가. 너 해외여행 한 번도 가본 적 없지? 나 다음다음 달에 휴가받으면 우리 일본 같이 갈까?"

"나 해외여행 별로 안 가고 싶어."

필립은 화장실에 가겠다며 일어났다. 여정은 당황스러웠다. 필립이 저럴 줄 몰랐다. 수첩을 안 판다는 건 그때 홧김에 한 말이고, 그 구닥다리 수첩쯤이야 천만 원을 준다는데 당연히 팔 거라고 생각했다. 차근차근 설명하면 알아들을 거라고. 필립은 늘 여정의 말을 잘 들었다. 그런데 지금도 안 판다고 한다. 머리가 돌았나 보다. 여정은 갑자기 겁이 났다. 필립에게 수첩을 들고나오라고 한 게 잘한 일일까? 기철을 엿 먹인 게 된다. 수첩도 못 구하고 원피스값만 날리면, 기철은 여정을 용서하지 않을 거다. 여정도 원피스값은 없었다. 기철아, 차라리 솔직하게 필립네에 들어가서 수첩 가지고 나올 거라고 말하지 그랬냐. 이건 애매하게 말한 네 잘못이야. 여정은 수첩을 구했노라고 기철에게 전화로 빼기면서 말해줄 생각이었다. 여정은 기철이 지금 필립의 집을 뒤지고 있을 모습이 떠올랐다. 속이 탔다.

필립의 옷에는 큰 호주머니가 없다는 게 생각났다. 그렇다면 수첩은 가방에 있을 것이다. 여정은 급히 필립의 가방을 테이블 아래에서 끌어왔다. 가방에는 짐이 별로 없었다. 수첩같이 생긴 물건은 딱 하나밖에 없었다. 보기에도 낡아 보이는 검은색 나일론 표지의 책자가 가방 구석에 던져져 있었다. 여정은 그 물건에 손을 대고 싶지 않았다. 그때 필립이 화장실에서 나오는 게 보였다. 여정은 급히 수첩을 집었다. 그런데 꺼낼 수 없었다. 손바닥에 땀이 쏟아지는데 피부는 수첩의 미끈거리는 표지에 달라붙은 것 같았다.

또 냄새가 몰려왔다. 손의 땀 냄새가 콧구멍 속으로 쳐들어온다. 씨발, 하루에 두 번은 너무하잖아. 이런 법이 어디 있어. 사람들이 쥔 컵마다 알코올 냄새가 피어올라 이쪽으로 온다. 알코올 냄새의 진한 안개 속에서 여정은 허우적거렸다. 노가리 냄새가 그물에 잡히는 것이 얼마나 고통스러운지 토로한다. 마요네즈 냄새, 스테이크 냄새, 악, 제발 나를 여기에서 좀 달아나게 해줘. 남자들의 벌린 다리 사이로 질퍽한 냄새가 나고, 오디오 스피커에서 흘러나오는 여자 보컬의 목소리에는 피 냄새가 난다. 보통 때하고는 다르다. 냄새의 압력이 여정을 짜부라트릴 기세다. 이건 너무 심하잖아. 갑자기 여정은 웃기 시작했다. 안 되는데. 여정은 손가락으로 코를 쥐었다. 그러나 아무 소용 없었다. 이건 코로 맡는 냄새가 아니야. 너는 알잖아? 나는 알지. 그냥 기억이 다 나버렸다. 아니, 어떻게 내가 그걸 잊어버렸을까? 그런 게 있는지도 몰랐는데, 자전거 기어 같은 게 가슴 속에 있었나 보다. 그 기어 같은 게 움직였다. 철커덕. 이제 기억이 난다.

필립이 맞은편 자리에 앉아서 테이블 아래에서 여정의 손에서 수첩을 빼갔다. 필립의 손아귀는 부드럽지만, 완력이 셌다. 여정은 숨을 헐떡였다. 필립의 표정은 보이지 않는다.

지금 생각하면 그때 왜 안 죽었나 모르겠다. 가난이 지겨웠고 학교가 지긋지긋했다. 그냥 기죽기 싫었던 것뿐이었는데, 그것 말고는 잘못한 게 없었던 것 같은데, 어쩌다 보니 친구가 없었다. 싫은 건 싫다고 말한 것뿐인데 선생들에게 미움받았다. 아이들은 공부도 못하고 가난한 주제에, 잘난 척한다고 다 들리게 속닥거렸다.

중학생 때까지 은근하던 따돌림이, 고등학생이 되자 노골적이게 되었다. 입학할 때만 해도 괜찮았는데, 어느새 이상해졌다. 애들은 지나갈 때 실수인 척 손으로 머리를 밀었고, 여정이 지나가면 다리를 걸었다. 생리 중인 걸 알게 되면 냄새가 난다고 계속 이야기했다. 화장실에 들어가 있으면 문을 발로 찼고 안으로 물을 뿌렸다. 실수인 척 식판을 엎어버리고 가기도 했다. 조용히 알람이 울리기를 기다리는 기분이었다. 하굣길엔 거의 매일 한두 대씩 맞았다. 끌려가서 한바탕 두들겨 맞을 시점이 다가오고 있었다. 그쯤은 안다. 그런데, 그러고 나면 어떻게 되는 걸까. 여정은 그걸 알 수 없었다.

어디에도 말할 곳이 없었다. 선생들은 여정을 싫어했다. 엄마와 기철에게는 약한 모습을 들키기 싫었다. 여정은 엄마와 기철 앞에서 겁먹은 표정을 짓지 않으려고 애썼다.

혼자 있는 뒷모습, 멍하니 어색하게 웅크리고 있을 그 등짝을 아이들이 보는 게 그때는 제일 싫었다. 죽기보다 더 싫었다. 하지만 친구가 하나도 없었다. 여정은 열심히 말했다. 말하다 보면, 아무도 안 듣는 것도 잊어버렸다. 중학교 때 이야기, 남자친구 이야기, 길거리 캐스팅 이야기. 내가 거짓말쟁이라고? 재밌으라고 좀 꾸며낸 적이 있는지도 모른다. 하지만 모두가 거짓말을 하는데, 왜 나만 나쁜 건데?

그런데 친구가 생겼다. 여정이 말을 걸어도 필립은 못 들은 척하거나 가버리지 않았다. 그게 너무 좋았다.

하지만 친구인데도, 필립은 못 본 척했다. 필립은 옆에서 여정이 맞고 물을 뒤집어쓰는 걸 보면서도, 아무 말도 하지 않았다. 말리지도 않았고, 선생에게 말하지도 않았다. 그냥 가만히 옆에 있기만 했다. 애들은 필립이는 왜 괴롭히지 않았을까? 왜 필립이는 때리지 않았을까? 차라리 같이 맞았더라면, 같이 맞고 울었더라면, 그랬으면 좋았을 텐데. 그랬으면 그렇게 외롭지도 무섭지도 않았을 텐데. 그랬더라면 필립을 사랑했을 텐데. 영원히 따라다녔을 텐데. 그렇지만, 늘 맞는 건 여정 하나였다. 수업이 끝나면 둘은 매일 버스 정류장으로 함께 걸어갔다. 둘은 그일에 대해서 한 번도 이야기한 적이 없었다.

결국 여정은 결심했다. 이딴 인생, 살면 살수록 손해였다. 모든 걸 혼자 준비했다. 아무도 집에 없는 시간을 골랐다. 금요일 저녁이었다. 금요일 하굣길에 여정은 필립에게 말했다.

"나는 죽을 거야."

"언제?"

"오늘."

필립은 놀라지 않았다. 마치 준비한 것처럼 가방에서 부스럭거리며 봉투 하나를 꺼냈다. 그리고 여정에게 내밀었다.

"이거 빌려줄게. 잠시만 빌려주는 거니까, 꼭 돌려줘야해."

여정은 잠자코 받았다. 아파트 엘리베이터에서 봉투를 열었더니 낡은 수첩이 한 권 나왔다. 짜증이 났다.

"친구가 죽는다는데 이딴 걸….."

여정은 수첩을 가방에 쑤셔 넣었다. 엘리베이터가 도착했고 여정은 집으로 들어갔다. 예정대로 집은 비어 있었다. 모든 게 금방 끝날 거였다. 그런데 그게 그렇게 되지가 않았다. 입에 다 쏟아 넣고 물만 마시면 금방 끝날 줄 알았는데, 약이 잘 넘어가지 않았다. 겨우 몇 알 먹었는데, 물을 쏟고 약이 목에 걸리고, 옆집에서는 누가 전화로 싸우는 소리가 났고 어딘가에서 아기가 울기 시작했다. 피아노 소리도 희미하게 들렸다. 솔직히 무서웠다.

"어떡해."

여정은 약병을 손에 들고 소리를 질렀다.

"어떡해. 나 어떻게 해."

여정은 거실을 왔다 갔다 했다. 그러다가 토하고 말았다. 토하면 안 된다고 했는데, 해버렸다. 여정은 책가방을 집어던졌다. 교과서가 우수수 떨어졌다. 수학 교과서, 영어 교과서, 체육 교과서. 여정은 교과서를 마구 찢었다. 필립이 준 봉투가 눈에 들어왔다. 수첩을 꺼내서 열었다. 수첩에는 아무것도 쓰여 있지 않았다.

여정은 수첩에서 눈을 들었을 때 보았다. 이 세상 또한 아무것도 없다는 것을. 모든 것이 텅 빈 가운데, 여정은 자신마저도 텅 비어 있는 것을 보았다. 텅 비어 있는 것은 비어 있는 채로 찬란했다. 그냥 괜찮았다. 모든 것이 괜찮았다. 여정은 텅 빈 가운데 홀연히 세상이 다시 나타나고, 아파트 베란다 너머로 푸른 하늘이 드러나는 것을 보았다. 여정은 베란다 창을 열었고, 여정은 창 너머로 하늘 가운데로 걸어 나갔다.

그게 이제 기억이 났다. 그동안에는 아무 기억이 없었다. 그냥 고등학교 2학년 때 아파트 베란다에서 미끄러져서 떨어졌던 적이 있는 건 알고 있었다. 떨어진 기억도 없었는데, 병원에서 깨어나보니 5층 베란다에서 떨어졌다고들 했다. 5층에서 떨어진 것치고는 억세게 운이 좋아 무탈하게 살아남았다고 했다. 미끄러졌을 거라고 들었는데, 왜 어떻게 미끄러졌는지 여정은 도무지 기억나지 않았다. 의사는 너무 놀라서 순간적으로 기억이 없어졌을 수 있다고 했다. 여정은 그 말을 믿었다.

"나 왜 떨어졌대?"

"그걸 누가 알겠냐. 앞으론 조심 좀 해."

그때 병원에서 엄마는 고개를 돌리고 그렇게 말했다. 지금 생각하니, 그때 엄마 표정이 이상했다. 원래대로라면 등짝이라도 때렸을 텐데, 엄마는 눈을 피했고 쓸쓸한 말투로 말했다. 하지만 지금 생각하면 엄마가 몰랐을 리 없다. 거실에는 약병이 널브러져 있고, 바닥에는 구토 자국과 다 찢어진 교과서가 나부끼고 있었을 텐데. 엄마는 그걸 혼자 다 치웠을 텐데, 아무 말도 하지 않았다. 마지막에 의사를 만났을 때 의사는 죽었다 깬 사람은 명줄이 길다고, 앞으로 열심히 살면 된다고 그랬다. 그게 웬 훈계인가? 했는데, 그 의사는 여정이 왜 떨어졌는지 알고서 그렇게 말했나보다.

이제 다른 기억도 난다. 떨어진 직후 사흘 동안 여정은 꼼짝도 하지 않았다. 의사들은 여정이 못 듣는다고 생각하고, 자기들끼리 시답잖은 이야기를 했다. 전날 마신 술이 깨지도 않는데 수술에 들어가야 하는 통에 죽겠다는 둥, 새로 온 간호사 누가 예쁘다는 둥. 나중에 의사에게 그때 들은 이야기를 슬쩍 아는 척했을 때, 의사는 놀란 표정을 감추지 못했다. 여정은 그게 웃겼다.

여정이 깨어난 뒤 엄마 아빠는 너무 친절해서 낯설었다. 아빠는 괜히 흠칫 자주 놀랐다. 그 이유를 여정은 모르지 않을 것 같았다.

입원해 있는 동안, 밤에 혼자 화장실에 갔다 올 때의 일이었다. 여정은 간호사 휴게실 앞을 지나다 간호사들이 목소리를 낮춰서 이야기하는 걸 들었다.

"그 애는 이제 좀 괜찮대?"

"응, 멀쩡하더라. 곧 퇴원한대."

"김 과장 그렇게 얼어붙은 거 처음 봤어."

"그러게, 웬일이래. 나도 진짜 좀 오싹했다. 바이털 사인이 그렇게 다 떨어졌는데, 어떻게 그게 안 죽은 거래? 야, 진짜 세상에 이런 일이 있구나."

"나도 그래서 검색도 해봤잖아. 그런데 그런 일이 종종 있대. 임사체험이라고. 왜 옛날에 죽은 줄 알고 사람 묻고 그랬는데, 관 속에서 열어달라고 그랬단 얘기들 있잖아.

안 죽은 거 맞대."

"걔 뭐 이상한 거 봤단 말은 안 해?"

"그만해라, 이 밤에."

"소름 돋아."

간호사들은 소리 죽여 웃었다. 간호사들이 여정의 이름을 이야기하지 않았지만, 여정은 그게 제 이야기라고 확신했다. 여정은 발소리를 죽여 자신의 병실로 돌아갔다. 그런 걸 임사체험이라고 한다는 걸 여정은 처음 알았다. 깜깜한 복도에 병실에서 새어 나온 빛이 어지러운 무늬를 만들고 있었다. 그 무늬가 아름다워서 여정은 가슴이 뛰었다.

며칠 뒤 여정은 퇴원했다. 여정은 냄새를 지독하게 잘 맡게 되었다. 향수나 화장품 냄새 따위는 다 비슷비슷했다. 생생한 것들은 살아 있는 몸들이 풍기는 냄새였다. 체육 시간에는 일렬로 뛰는 아이들의 땀과 가스가 희미하게 번져나가는 냄새를 맡았다. 어떤 냄새가 누구에게서 나는 냄새인지 여정은 구분할 수 있었다. 화장실에 가면, 칸 칸마다 누가 있고 그 누가 전날 뭘 먹었는지 알아맞힐 수 있었다. 화장실에서 나는 건 변 냄새가 전부가 아니었다. 거기에는 서서히 썩어가는 밥알들과 고기 찌꺼기가 있었고, 그것들 사이에서 웅웅거리고 돌아다니는 유령 같은 것들도 있었다. 생리혈에서는 삶과 죽음이 정확히 절반씩 섞인 냄새가 났다. 그래서 남자들이 그렇게 생리 냄새를 싫어하는구나. 여정은 알 것 같았다. 남자들은 삶 속에 죽음이 깃들어서 살아가고 사람이 죽을 때 죽음이 활짝 피어나고 그때 그 사람의 삶도 함께 환호한다는 것을 잘 모르는구나.

모든 것이 냄새를 풍겼다. 날씨도 냄새를 풍겼고, 기분도 냄새를 풍겼고, 간밤의 꿈도 냄새를 풍겼다. 두려움이 내는 탁한 냄새, 성적으로 발동한 애들이 내는 매캐한 냄새, 걔네가 서로 마주 보고 웃으면 나는 시큼하고도 들큰한 냄새, 분노가 내는 매운 냄새, 달콤한 감정들도 있다.

인간은 모두 비슷비슷했다. 그 속에서 뿜어져 나오는 건 냄새, 냄새, 냄새뿐이었다. 인간이란 차라리 냄새로 채운 풍선 같은 것. 그 사실을 숨기려고 모두들 그렇게 향수를 뿌리고 샤워하고 화장하고 옷을 입고. 그 사실을 잊으려고 섹스하고 전쟁하고 소비하고, 그렇게.

여정은 개의 기분을 알 것 같았다. 개도 냄새로 다 안다고 하니까. 여정은 아무것도 무섭지 않았다. 맞는 것도, 죽는 것도 무섭지가 않았다.

예전 하굣길에서 여정을 마주칠 때마다 한두 대씩 때리던 애와 눈이 마주쳤다.

"야, 뭘 봐!"

그 애가 아주 크게 소리를 질렀고, 하굣길의 아이들이 모두 여정과 그 애를 돌아보았다. 여정은 그냥 웃고 말았다. 그 애는 눈을 피했다. 여정은 그 애의 뒤통수를 바라보았다. 뒤통수 너머 반대쪽을 바라보는 눈이 어떤 표정을 짓고 있는지, 보이는 것 같았다. 뭐가 뭔지 모르겠다는 표정으로, 겁먹은 한 쌍의 눈이 어지럽게 굴러가는 걸 빤히 본 것만 같았다. 그 애는 그 뒤로 다시는 여정을 때리지도 먼저 쳐다보지도 않았다. 여정은 그냥 다 우습다는 생각이 들었다.

가끔 이 모든 게 다 꿈 같아서, 벌거벗고 운동장을 뛰거나 옥상에서 뛰어내리면 어떻게 될지 궁금하기도 했다. 그러나 귀찮았다. 모든 것이 느리고 투명하게 떠다녔다.

여정은 수첩을 자주 들여다보았다. 수첩에는 아무것도 쓰여 있지 않았다. 텅 비어 있었다. 하지만, 그래도 수첩을 보는 것은 재미있었다. 여정은 학교에 나가지 않게 됐다. 엄마와 아빠는 하고 싶은 대로 하라고, 선생에게는 이야기를 해두겠다고 했다. 기철이 자주 전화했지만, 여정은 전화를 받지 않았다.

여정은 학교를 빼먹고 버스를 타고 쏘다녔다. 여정은 버스 제일 뒷좌석에 앉아서 밖을 바라봤고 흔들리는 버스에서 수첩을 한두 장 넘겨보다가 꾸벅꾸벅 졸기도 했다. 버스 창문을 내다볼 때면 여정은 별다른 이유 없이 행복하고 기뻤다. 거리 저편의 길고양이나 가로수의 기분을 알 것 같았다.

밤에는 꿈을 꿨지만, 꿈속에서는 아무것도 보이지도 들리지도 않았다. 그 꿈을 꾸는 동안에도 여정은 잠든 동시에 깨어 있었다. 여정 대신 보이지도 들리지도 않는 누군가가 여정의 꿈속에서 잠들어 있었다. 그 또한 여정이었다. 다른 여정이구나. 그 여정에 대해서 생각하다가, 여정은 불현듯 깨달았다. 아하. 나는 이 세상의 신이로구나. 여정이 이 세상을 창조하고 유지했다. 꿈속의 잠든 여정이 깨어나면, 세계는 끝날 것이다. 바로 그럴 것이다. 수첩이 이야기하는 것은 그러했다.

'어느 날 갑자기 신이 된다면, 아니, 자신이 신인 것을 깨닫는다면 무엇을 할 것인가?'

네이버 지식인에 질문을 올려보고 싶었다.

물론 여정은 그 답을 이미 알고 있었다.

별달리 할 게 없다.

여정은 그래서 계속 버스를 타고 쏘다녔다.

어느 날, 제일 뒷좌석에 앉은 여정 옆에 이상한 사람들이 일렬로 앉았다. 흰머리에 빨간 민소매를 입은 할머니와, 흰색 모자와 선글라스로 얼굴을 감춘 아줌마, 대머리 아저씨, 그리고 아파 보이는 아줌마 네 사람이었다. 네 사람은 주변 사람들 따위 신경 안 쓰고 큰 소리로 자기들끼리 떠들었다. 여정은 그들을 처음 보는데도 어쩐지 익숙했다. 이상해 보였지만, 아는 사람 같기도 했다.

"진짜 난 년이네. 제 목숨을 정말 초개처럼 버리네. 재밌군, 재밌어."

할머니가 여정을 바라보며 제 일행에게 말했다.

"나는 이런 애들이 싫어."

흰 원피스 아줌마가 투덜거렸다.

"착한 애네. 그냥 이대로 내버려둬도 좋지 않을까요, 권 사님?"

대머리 아저씨는 커다란 대나무 바구니를 무릎에 올려놓고 있었다. 아저씨가 말했다.

"착한 게 좋은 거냐?"

할머니가 대머리 아저씨를 쏘아보며 말했다. 흰 원피스를 입은 아줌마가 킥킥거리며 웃었다. 아저씨는 입을 우물거렸다.

"물론 좋은 거지, 그렇지. 그래서 우리는 이 애를 더 착하게 만들어주려는 거 아니냐. 진짜 착하게. 진짜 제 나와바리를 찾아주는 게 아니냐 이 말이야. 더는 딴 얘기하지 말자, 태권아. 너야말로 네 밑에 딸린 애들을 생각해야지. 애는 필립이만큼이나 안돼. 시작해라."

할머니는 명랑하게 말을 이었다. 대머리 아저씨는 체념한 얼굴로 손에 든 대바구니를 열었다. 그 안에서 아주 작은 요크셔테리어가 고개를 내밀었다. 긴 털의 요크셔테리어는 귀여웠지만, 눈물 자국이 진했다. 어딘지 모르게 늙고 피로해 보였다. 남자가 개의 머리를 쓰다듬으며 귀에 대고 속삭이자, 개가 여정을 보고 짖었다. 개 울음소리가 고막을 찢을 듯이 요란했다. 사람들이 인상을 찌푸리고 개를 볼 줄 알았는데, 아무도 돌아보지 않았다. 개 울음소리가 여정에게는 점점 더 크게 들리더니, 갑자기 세상에서 이 넷과 개, 여정 말고는 아무것도 보이지 않았다. 세상이 이들만 남겨놓고 완전히 사라진 것 같았다.

흰 원피스를 입은 아줌마가 입꼬리를 올리며 웃었고, 모자와 선글라스를 벗었다. 아줌마의 눈은 어떤 병을 앓고 있는지, 검은자위가 없이 흰자위만 있었다. 아줌마의 흰 눈이 여정을 향하자, 그 눈이 여정의 내부를 찰흙처럼 주물렀다. 내장과 심장이 요동치고, 내 것인지 남의 것인지 도무지 알 수 없는 생각과 감정들이 마구 지나갔다. 뿌연 안개 속에서 시야가 다시 밝아졌을 때, 버스 제일 뒷줄에는 여정 혼자 남아 있었다. 버스는 정류장에 정차했다가 다시 달리기 시작했다. 버스 정류장에는 여정 옆에 앉아 있던 네 사람이 이쪽을 바라보며 서 있었다. 대머리 아저씨가 손을 흔들었다. 요크셔테리어가 또 고개를 내밀어 짖었다. 여정은 당황스러운 기분이 들었다. 그리고 심한 멀미가 시작됐다.

속이 울렁거려 버스를 계속 탈 수 없었다. 여정은 다음 정거장에서 내렸다. 길거리에서 게워내고 말았다. 거리의 행인들이 한낮의 거리에서 구토하는 여정을 흘겨보았지만, 어쩔 수 없었다. 여정이 구토를 하고 입을 닦고 쓰린 속을 하고 주변을 둘러보았을 때, 세상은 완전히 변해 있었다. 또 그놈의 냄새, 냄새가 문제였다. 냄새란 옮겨오는 것이다. 우리가 A의 냄새를 맡을 때, 우리 콧속으로 A가 행진해 들어온다. 이제 행인들의 체취를 타고 그들이 깊이 숨겨놓은 비통함이 여정에게로 옮겨왔다. 느리게 걸음을 옮기는 노인의 곰팡내에 담긴 외로움이라거나, 창문을 열어놓고 차를 세운 택시 기사의 담배 냄새 속에서 피어오르는 좌절감이라거나. 유모차에 탄 아기의 젖비린내마저도 세상에 대한 공포에 질려 있었다. 사람만이 아니었다. 정육점 입구에서 도살된 동물들의 비릿한 고통이 쏟아져나왔고, 가로수들의 껍질 벗겨진 곳에서는 쓰라리게 아픈 냄새가 났다. 모든 냄새가 여정에게 손을 뻗어 고통을 호소하고 있었다. 그 냄새에 여정의 영혼이 세탁기 속

빨래처럼 휘말려버렸다. 여정 속에서 모든 존재의 고통이
휘몰아치며 돌고 돌았다. 여정은 깨달았다.

모든 게 다 나 때문이야.

여정은 신이고 세상의 원인이었다. 세상의 고통에 여정
은 책임을 져야 했다.

어떻게 집으로 돌아갔는지도 모르겠다. 여정은 다시 베
란다 문을 열고 베란다로 나갔다. 여정은 이 끔찍한 우주
에 마침표를 찍어주기 위해서 죽었다. 신으로서 유일하게
남은 책임을 다하기 위해서 죽었다. 창문을 허겁지겁 열
고 여정은 바로 뛰었다. 치맛자락이 바람에 나부끼고 바
람이 뺨을 스친 기억은 난다.

다시 일어났을 때, 아무 기억도 안 났다. 그저 아팠다.

두 번이었구나. 그것도 몰랐다. 베란다에서 떨어져서
병원에 입원한 적은 한 번밖에 없는 줄 알았다.

"수첩은 언제 도로 가져갔어?"

"너 병원에 있을 때."

"너는 나를 죽이려고 했어?"

"아니야. 너를 살리려고 했어."

"왜?"

"친구니까."

여정은 테이블 건너로 손을 뻗어서 필립의 멱살을 쥐고 그 면상을 조명이 쏟아지는 한가운데로 끌어다 놓고 뺨을 후려치고 싶다는 생각이 들었다. 그러나 손을 뻗을 수 없다. 손을 뻗으면, 필립은 거기 존재하지 않을 것만 같았다. 여정은 멍하니 필립을 바라보았다. 갑자기 이 세계가 없는 것 같았다.

여정은 그때 자신이 죽었던 것 같다는 생각이 들었다. 지금 이곳은 그때 죽어버린 여정이 꾸는 꿈속인 것 같다. 모든 것이 그대로인데, 까마득하게 흩어지는 것 같다. 냄새는 완전히 사라졌다. 그러나 어디부터 어디까지가 꿈인지 모르겠다. 여정은 자리에서 일어났다. 머리 위 술집 천장에는 그물이 쳐져 있었고 그물 가운데에는 배가 매달려 있었다. 그 배가 지금 어딘가로 떠내려가는 것 같다. 먼지가 허공을 떠다니는 걸 여정은 물끄러미 바라보았다. 여정은 일어났다. 출입구까지 가는 길이 멀고 멀게 보였다. 그러나 그쪽으로 가야 했다. 지금 다른 건 아무것도 모르겠다.

"이거 안 마시고 그냥 가?"

뒤에서 필립이 묻는 소리가 들렸지만, 여정은 뒤돌아보지 않고 밖으로 나갔다.

바텐더와 중년 남자가 여정을 빤히 바라보았다. 그러나

이미 그들도 인간처럼 보이지 않는다. 그들은 그저 무언가의 그림자이다. 아마, 그들의 진짜 자신도 어딘가에 잠들어 있을 것이다. 오늘 밤 뭔가가 바뀔지도 모른다.

기철 혹은 필립이 어떻게 할지, 어떻게 될지, 그것은 기철과 필립의 몫이다. 여정의 삶과 죽음이 온전히 여정의 책임인 것처럼.

그것을 바라보고 죽었다

저녁 8시였다. 동네는 제법 어둑해졌다. 기철은 한 시간 전에 도착했다. 오토바이는 뒷골목에 세워놓고 왔다 갔다 가 하면서 기다렸다. 계획은 바로 올라가는 거였지만, 어쩐지 내키지 않았다. 8시에도 칠월의 세상은 너무 밝았다. 집마다 창문의 불은 환했고, 사람들이 움직이고 밥 먹고 텔레비전을 보는 게 그대로 다 보였다. 도대체 왜 커튼도 안 치고 사는 거요, 당신들은? 꼬맹이들은 아직도 밖에서 뛰어놀았다. 사람들이 피곤한 얼굴로 퇴근했다. 기철은 동네를 벌써 두 바퀴 돌았다. 이렇게 어슬렁거리는 게 눈에 더 띌 것 같긴 했지만, 필립네 집으로 올라가는 게 아직도 내키지 않았다.

배가 고파서 어디 식당에라도 들어가서 밥을 먹기로 했다. 작은 식당이 보여서 기철은 안으로 들어갔다. 들어가자, 소주 한 병을 시켜놓고 혼자 밥을 먹고 있는 사내의 뒷모습이 보였다. 그 옆 테이블에서는 식당 주인인 듯한 중년 여자가 콩나물을 다듬으며 텔레비전을 보고 있었다. 기철이 들어가자, 둘은 돌아보았다. 기철은 얼결에 테이블에 앉았다.

"뭐 드릴까?"

여자가 물었다. 기철은 대답하지 못하고 일어나 밖으로 달아났다. 기분이 더 나빠졌다. 기철의 엄마가 하는 것과 꼭 닮은 가게였다. 기철은 밥 대신 담배나 한 대 더 피우기로 했다. 기철은 엄마 돈도 천만 원을 썼다. 그 천만 원은 지금 삼십만 원으로 둔갑했다. 지난주 필립네에서 모였을 때는, 명우가 끝까지 돈을 안 빌려주면 엄마 가게 보증금을 몰래 뺄 생각이었다.

그제 대리점 사장과 그 친구 놈들은 또 돈을 어떻게 갚을 거냐고 다그쳤다. 사장은 고등학교 이 년 선배였다. 학교 다닐 때 그렇게 놀았어도, 졸업하자마자 부모가 대리점을 차려줬다. 역시 부모를 잘 만나야 한다. 사장의 아버지는 중소기업 대표였고, 어머니는 초등학교 교감이었다. 기철이 명우한테 돈을 빌려서 주겠다고 했더니 사장형은, 아니, 그 씨발 새끼는 차라리 명우를 납치해서 조 사장에게 돈을 뜯는 게 어떻겠냐고 했다. 그러자 듣고 있던 다른 놈이 낄낄거리면서 그랬다. 조사장은 누가 아들을 납치해가면 쓰레기봉투값이나 줄 위인이라고. 아마 그럴 것이다. 명우도 불쌍한 놈이다. 그게 기철과 명우의 공통점이었다. 차이가 있다면, 명우는 그래도 돈은 있다는 거였다. 기철은 어떻게 해서든 수첩을 찾아 명우의 손에 쥐여 줘야 했다. 기철은 얼마 안 남은 담배의 진을 뽑듯이 깊이 들이마시고 담뱃불을 껐다. 이제 더 고민하지 않기로 했다. 그놈의 찝찝한 수첩 따위 근처에도 얼쩡거리고 싶지 않다. 하지만 기철은 살고 싶었다.

어쩌겠나? 산다는 게 이렇게 더러운데.

그래도 살고 싶다.

기철은 필립이의 집이 있는 건물 대문을 열고 들어갔다. 단숨에 4층의 옥탑으로 걸어 올라갔다. 아무도 마주치지 않았다. 여정은 필립과 함께 연극을 보고 한잔하고 11시까지 같이 있겠다고 했다. 딱 두 시간 삼십 분이 남았다. 인생, 어차피 한 방 아닌가. 훅 가던지, 아니면 화려하게 부활하게 될 거다. 필립에게는 그때 몇 배로 갚아줄 거다. 그러면 된다.

기철은 옥탑방의 싸구려 자물쇠를 금방 땄다. 필립의 집에 혼자 온 건 처음이었다. 방은 깨끗하게 정리가 되어 있었고, 세간살이는 단출했다. 뒤지는 데 시간이 오래 걸

릴 것 같지 않았다. 기철은 검은 장갑을 끼었다. 명우는 그 수첩이 까만색 표지로 되어 있고 손바닥 한 개 반 만하다고 했다. 아주 낡고 헤졌는데 안에는 이상한 그림들이 그려져 있다고 했다. 하지만 절대 열어보지 말고 갖고 오라고 몇 번이나 말했다. 한 번이라도 열어보면 돈을 주지 않을 거라고, 기철이 열어보면 명우는 알 수 있다고 했다. 그걸 저가 어떻게 알아? 웃기는 헛소리다. 하지만 명우가 열어봐달라고 부탁해도 그런 소름 끼치는 물건을 건드릴 생각은 없었다. 기철은 수첩을 만질 때도 장갑을 끼고 만지겠다고 다짐했다.

기철은 조심스레 찬장을 열어보았다. 지난번에 명우가 수첩을 발견했다는 곳이다. 이번에는 낡은 그릇뿐 아무것도 없었다. 기철은 옷장으로 눈을 돌렸다. 옷장을 열었던 표시를 안 내려다보니, 속도가 안 났다. 있는지 없는지 도무지 알 수가 없었다. 결국 나중에 정리를 하기로 하고, 서랍 안에 든 것들을 바닥에 다 던졌다. 낡은 옷들만 수북이 쏟아질 뿐, 수첩 따위는 없었다. 단출해 보이기만 하던 필립의 집은 막상 뒤지려고 하니, 또 물건이 많았다.

방을 뒤지던 기철은 허리가 아파서 몸을 폈다. 한 시간이 벌써 지나서 10시가 다 됐다. 창밖은 깜깜해졌다. 기철은 조바심이 났다. 작은 방은 이미 엉망이었다. 서랍은 전부 뒤집혀서 몇 안 되는 옷들과 자질구레한 소지품들이 바닥에 굴러다녔다. 겉옷의 호주머니는 전부 다 뒤집힌 채였다. 깨진 그릇들도 보였다. 숨이 막혔다. 아무리 뒤져도 수첩은 나오지 않았다. 기철은 더워서 장갑도 벗어 던졌다. 옷 호주머니 하나하나, 서랍 하나하나 모두 다 뒤졌지만, 수첩은 없었다. 하다못해 냉장고 속 반찬통의 반찬까지 다 꺼내봤다. 반찬은 모두 싱크대에 내던져졌다. 반찬 냄새가 뒤섞여 고약한 냄새가 났다. 수첩은 어디에도 없었다. 기철은 엉망이 된 바닥 위에 누웠다. 담배를 꺼내 불을 붙였다. 담배 냄새가 배는 걸 걱정하기에는 이미 저질러놓은 게 많았다. 어차피 이 집을 정리해놓고 나가는 건 이제 불가능했다.

그제야 기철의 눈에 필립의 철제 침대 아래가 들어왔다.

"이걸 이제야 봤네."

침대 커버를 들추자, 침대 밑은 커다란 종이 상자로 빼곡했다. 상자는 모두 제법 무거웠다. 기철은 상자를 하나씩 전부 끌어냈다. 상자마다 낡은 책과 고장 난 라디오 따위 쓸모없는 잡동사니로 가득 차 있었다. 기철은 상자에 든 것들을 바닥에 모두 쏟아부었다. 이제 작은 방은 낡고 보잘것없는 물건으로 발목까지 채워졌다. 상자에 든 것들은 다 별 볼 일 없었다. 하나 남은 작은 상자를 열자, 그 안에는 다른 상자가 들어 있었다. 그 상자 안에는 또 다른 상자가 들어 있었다.

"씨발, 뭐야 이게?"

그 안에는 수첩만 가득 들어 있었다. 수첩 표지는 모두 까만색과 갈색, 남색 등 어두운 색깔로, 오래되어 낡은 것들이었다. 잉크가 번져 있는 수첩에는 옛날 사람들 것 같은 글씨체가 빼곡했다. 다른 곳에 한 번 썼다가 옮겨 썼나 싶을 만큼, 글씨는 깨끗했다. 기철은 수첩을 펼쳐보았다.

불경은 고타마 시타르타만이 부처라고 하면서, 그의 사촌인 데바닷타를 악마로 가르친다. 그는 고타마의 사촌이었으나, 끝내 깨달음을 얻지 못했고 부처를 질투하다가 악마가 되고 말았다는 것이다. 그러나 그것은 사실이 아니다. 그는 시타르타 못지않은 깨달음을 얻은 또 다른 부처였다.

그와 시타르타는 경쟁하면서 함께 수행하는 사이였다. 그들의 제자들도 함께 수행했으나, 어떤 이들은 고타마를, 어떤 이들은 데바닷타를 더 따랐다. 데바닷타는 고타마보다 초능력이 더 뛰어나 하늘을 날았고 누구를 보아도 그의 과거, 미래, 현재를 한눈에 읽었다. 고타마도 명상에 전념했으나, 데바닷타보다 초능력의 진보가 늦었다. 결국 고타마는 데바닷타에게 질투를 느끼고 초능력만 탐하면 깨달음을 얻지 못한다고 비난했다.

고타마의 마음을 파악한 데바닷타는 마음이 아팠으나, 마음을 가라앉히고 차분하게 지적했다.

범인과 초인이 함께 수행한다면, 누가 더 진보가 빠르겠냐, 초능력을 먼저 얻은 다음 수행한다면 그 속도는 이루 말할 수 없다. 그러나 초능력을 얻지 못한 고타마는 질투심 때문에 데바닷타를 비난하기만 했다. 결국 데바닷타는 자신을 따르는 소수의 제자를 이끌고 고타마를 떠나, 경전을 지었다. 경전을 따라 수행하면, 초능력이 생겨 남의 마음을 읽을 수 있고 전생을 기억하며, 꿈을 통해 과거, 현재, 미래를 본다. 경전을 완파하면 다른 사람의 마음을 마음대로 움직이고, 하늘을 날고 물속도 걸을 수 있으며, 코끼리가 밟아도 상처 하나 입지 않는다.

티베트와 중국 경계 지역에 있던 소수민족 국가 아르첸에 전해 내려오는 이야기다. 아르첸은 티베트의 영향을 받아 불교 밀교 수행이 활발했으나 티베트와 구분되는 뚜렷한 특징이 있다.

1963년에 미국 교수 데이비드 맥컬리가 쓴 글이다. 심은 이 글을 가지고 와서는, 이것이 바로 우리 수첩에 대한 글이라고 흥분하며 말했다. 그러나 증거는 없다.

기철은 수첩을 호주머니에 쑤셔 넣었다. 다음 수첩을 열어보았다.

왜 심이 아직 한국으로 달아나지 않고 중국에 있는지 모르겠다. 제일 먼저 달아날 줄 알았는데. 어쨌든 상관없다. 지금 내가 두려운 것은 단 한 가지뿐이다. 혹시나 마스터에게 무슨 일이 생기고, 이 늙은 목숨만 부지하는 것이다. 마스터를 위해서라면, 목숨을 바치기로 한 맹세에 티끌만큼이라도 거짓이 있다면 지금 죽어도 좋다. 지금 죽는 게 낫다.

기철은 머리를 쳤다. 이래서야 뭐가 그 수첩인지 알 수 없었다. 그냥 검은색이나, 거무스름한 수첩은 다 챙기기로 했다. 그러나 그것도 양이 꽤 많았다. 기철은 필립의 책가방을 꺼내서 거기에 수첩들을 쑤셔 넣었다. 다 들어가지도 않았다. 하지만 그 수첩은 정말 이런 게 맞을까? 아니라도 명우는 돈을 줄까? 기철은 다른 수첩을 하나 더 열어보았다.

처음에 마스터가 자살하고 교인들을 중국 정부가 잡아들일 때, 나는 사람들이 우리를 외면하지 않을 거라고 믿었다. 그러나 아무도 우리를 신경 쓰지 않았다. 모두가

우리를 사이비라고 욕했고, 그런 대접을 받을 만하다고
했다.

　그러나 진짜 괴로웠던 건 그런 게 아니었다. 중국 정부
가 내놓은 증거들은 몇몇은 나도 빤히 아는 거짓말이었다.
그러나 몇몇은 맞는 말 같았다.

　마스터가 성추행했다고 하는 어린 여자애들과 남자애가
나와서 증언했다. 나도 아는 애들도 있었다. 날짜와 장소
가 너무 구체적으로 맞아떨어졌다. 사기 증거, 테러 증거
라고 하는 것 중에도 몇몇은 맞는 것 같았다. 한국 교인들
은 덮어놓고 아닐 거라고 말했고, 그 어린 여자애들의 부
모가 돈을 받았을 거라고 말하기 시작했다. 내가 주저하자
나를 따돌리기 시작했다. 나는 외롭고 지쳤다.

　마스터가 맡긴 경전에 대해서는 아무에게도 말하지 않
았다. 나는 마스터가 시킨 대로 경전을 열어보지 않았지
만, 달밤에는 그 경전이 나한테 자기를 열어보라고 속삭이
는 것 같았다. 나는 미쳐가고 있는 것 같았다.

　그런 일이 아니었다면, 나는 심을 만나지 않았을 것이
다. 사실 심은 처음부터 내가 어디 있는지 알고 있었고 나
를 지켜봤다고 했다. 심은 마스터가 사기꾼인 걸 처음부터
알았다고 했다. 왜 속았냐며 비웃었다. 나는 나를 괴롭히
려고 찾아왔냐며 화를 냈지만, 심은 전혀 신경 쓰지 않았

다. 나는 심에게 말했다.

"하지만 당신도 봤잖아. 피스홀에서 우리가 다 같이 명상할 때, 마스터는 우리 모두를 공중에 띄웠잖아. 그리고…, 그리고 당신도 그 꿈 꿨지? 꿈에서 계시받았잖아. 제4종족이 올 거라고…."

그때 심은 말했다.

"공중에 뜬 건 진짜 뜬 게 아니야. 뜬 것 같다고 환각을 본 거지. 그거는 내가 한 거야. 꿈은 진짜야. 꿈만이 진짜지. 다른 건 전부 가짜야. 마스터가 당신한테 뭘 맡겼지? 그거 가지고 있지?"

나는 아무 말도 하지 못했다.

"그거 잘 가지고 있어. 렁왕웨이는 악마였어. 그놈은 죽어서 영원한 지옥에서 불에 타오르고 있을 거야. 그래도 싸지."

나는 마스터에 대한 불경스러운 말을 차마 계속 들을 수가 없어서 기도를 시작했다.

"새로운 악마를 찾아야 해. 왜냐하면,

글은 거기에서 더 쓰이지 않았다. 그 뒤부터는 장을 보거나 한 시시콜콜한 얘기가 나왔다. 어린애들 성추행에 집단 자살에 얽힌 불쾌한 얘기라니. 게다가 초능력에 악마가 어쩌고 얘기가 나오니 평소라면 웃었겠지만, 지금 죽은 사람 손녀 집에 몰래 들어와서 이딴 걸 읽자니, 숨이 막혔다. 기철은 수첩을 억지로 가방에 다 쑤셔 넣고 배낭을 멨다. 주위를 돌아보았다. 작은 방은 이미 뒤져볼 만큼 뒤져보았다. 필립의 방은 반찬 냄새와 책 곰팡내가 뒤섞인 냄새가 났다. 이제는 나가야 하는데, 기철은 아마도 이 가방 가득한 수첩들이 그 수첩은 아닐 것 같다는 생각을 지울 수가 없었다.

그때 저 멀리에서 쇠문이 삐걱거리며 열리는 소리가 났다. 운동화를 신었는지 가볍게 들리는 발걸음 소리가 1층을 지나, 2층으로, 3층으로 점점 다가왔다. 기철은 집 밖으로 뛰어나왔지만, 필립은 이미 옥상으로 들어오고 있었다. 필립은 기철을 보고도 놀라지 않았다.

"일찍 왔네?"

기철은 어이없는 소리를 하고 말았다. 필립은 기철을 노려봤다. 어둠에 얼굴을 감추고 싶었지만 달은 선명하게 둘의 얼굴을 비췄다.

"필립아, 내가 집을 엉망으로 만들었어."

필립은 말없이 가까이 왔다.

"미안해. 그런데 나 좀 살려줘라. 나 죽을지도 몰라. 나 되게 나쁜 놈들한테 잘못 걸렸어. 그 수첩 나 주면 안 돼? 그거 없으면 나 죽을지도 몰라. 그냥 죽는 것도 아니고 엄청 더럽게, 엄청 아프게."

기철은 입에서 튀어나오는 대로 지껄였다. 필립은 말없이 기철을 바라보았다.

"제발…."

필립은 기철에게 가까이 다가섰다. 기철의 두 눈을 똑바로 보았다. 기철은 필립의 눈동자에 자신이 비친 걸 보았다. 기철은 필립이 이제 입을 열어 자기에게 뭔가 말하려고 한다는 걸 알았다. 고양이 앞의 쥐가 이런 기분일까. 바닥에 몸이 착 달라붙어서 움직이지 못하겠다.

기철은 그때 고등학교 때 필립이 자신을 찾아왔던 게 선명하게 기억났다. 그때도 지금 같은 기분이었다. 필립이 여정을 계속 만나라고 했을 때, 기철은 필립의 말을 따랐다. 또 지금 필립이 뭐라고 하면, 기철은 따르게 될 것이다. 죽으라고 하면 죽겠지. 이제 기철은 안에서 본 일기장에 쓰인 것들이 떠올랐다. 왜 명우가 저러는지, 그때 여정은 왜 그랬는지 알 것 같기도 했다. 기철은 필립이 두려웠다. 기철은 필립의 입을 막고 목을 졸랐다. 필립은 버둥거리며 손을 들어 기철의 얼굴을 할퀴었다. 어찌나 세게 할퀴었는지 기철은 얼굴이 칼로 그어지는 것 같았다. 기철은 필립의 목에서 손은 놓고 필립을 밀었다. 필립은 뒤로 휘청거리면서 넘어졌다. 필립의 머리 언저리에서 둔탁한 소리가 났다. 바닥에는 피가 쏟아졌다. 기철은 필립의 가방을 뒤졌다. 얇은 수첩 한 권이 가방에 덩그러니 있었다.

기철은 그것을 쥐고 달아났다.

　기철은 정신없이 내려와 뒷골목에서 숨었다. 옥탑방을 올려다보자, 재수 없는 달빛이 필립의 옥탑은 훤하게 비쳤다. 주변 창문은 닫혀 있었지만, 이미 누군가 위에서 일어난 일을 다 보았을 것만 같았다. 그리고 가로등과 차의 CCTV가 기철이 지금 저 건물에서 도망쳐 나오는 것을 다 찍었을 것이고, 지금도 이렇게 수상하게 옥탑을 올려다보는 기철의 모습을 찍고 있을지도 몰랐다. 기철은 골목 가장 안쪽으로 들어갔다. 기철은 자기 손에 묻은 피를 옷에 문질러 닦았다가, 자기가 한 짓에 화들짝 놀라 옷을 벗어 쓰레기 더미 사이에 처박았다. 필립은 죽었을지도 모른다. 아니, 죽었을 것이다. 머리가 깨졌는데, 그렇게 피가 났는데. 한 시간 뒤로 돌아갈 수 있다면, 제발 그럴 수만 있다면. 기철은 여정에게 전화를 걸었다. 여정이 뭐라고 말했지만, 기철은 알아들을 수 없었다.
　"야, 배여정. 빨리 와봐. 필립이 다쳤어. 죽었을지도 몰라."
　"필립이 왜?"
　"내가 밀었어. 머리에서 막 피가 나…."
　기철은 전화를 끊고 스마트폰마저 저편으로 던져버렸다. 스마트폰은 위치 추적이 될 것이다. 이제 경찰이 기철을 추적할 것이다. 기철은 문득 손을 내려다봤다. 수첩만이 남아 있었다. 기철은 수첩을 펼쳐보았다. 도대체 이까짓 수첩이 뭐길래. 도대체. 수첩의 내지가 바람에 팔랑거리며 넘어갔다. 수첩 안에서 바람이 불어왔다.

기철은 얼음으로 뒤덮인 산에서 깼다. 하늘은 희뿌옇고 주변에는 얼음산밖에 없다. 기철은 갑자기 여기가 어디인지, 왜 이곳에 왔는지 알 수 없어 어리둥절했다. 기철은 자신이 누구인지도 기억이 나지 않았다. 그러나, 생각하고 있을 틈이 없었다. 살이 에이듯 추웠다. 얼음산은 유리처럼 투명했지만, 그 너머로 보이는 건 또 다른 얼음산뿐이다. 기철은 일어나 걷기 시작했다. 바람 때문에 고개를 들고 앞을 제대로 볼 수도 없었다. 바람 부는 방향으로 한참을 걷고 나니, 검게 말라붙은 나무가 나타났다. 이미 오래전에 죽은 나무 같았지만, 얼음산 아닌 다른 게 나온 건 처음이라 반가웠다. 저 멀리 죽은 나무들로 이루어진 숲이 보였다. 기철은 숲 가까이 갔다.

숲은 나무들이 빽빽하게 자라서 어두웠다. 숲 안쪽으로 꼬인 실타래처럼 꼬불꼬불한 길이 나 있었다. 그 길을 따라 계속 걷다보니, 나무가 없는 공터가 나왔다. 공터 한가운데에는 한 줄기 빛이 내리쬐고 있었다. 컴컴한 숲 가운데, 그곳만 밝았다.

그곳에는 여자가 누워 있었다. 햇살이 비추는 여자의 눈과 머리카락은 벌꿀색이었다. 기철을 보자 그 여자는 일어나 앉았다. 여자가 일어나자, 숲은 다르게 보였다. 죽은 줄 알았던 나무들이 사실은 살아 있었다. 나무는 죽은 것처럼 보였지만, 기묘한 방식으로 살아 있었다. 기철은 이 여자를 어디에선가 본 것 같았지만, 어디에서 봤는지 기억나지 않았다. 여자는 기철에게 손을 내밀었다. 여자가 기철을 원한다는 뜻인 것 같았다. 기철은 여자의 손을 잡았다. 여자의 손에서 전기 같은 것이 기철의 손가락으로 흘러들어왔다. 여자의 온몸을 감싼 길고 부드러운 머리카락에서 불꽃 같은 빛이 일었다. 자석이 쇠를 끌어당기는 것처럼, 여자는 기철을 잡아당겼다. 온몸의 세포가 출렁거렸다.

기철은 여자와 섹스하고 있다. 이 섹스가 아주 오래되었다는 생각이 든다. 그러나 얼마나 오래되었는지 알 수가 없다. 왜 섹스하는 중인데 사정하고 싶은 욕구가 없는지 궁금했다. 기철은 여자의 눈을 들여다보았다. 별빛으로 가득 찬 밤하늘 같은 신비롭고 아름다운 눈이었다. 쾌락이 몰려온다. 그러나 이 쾌락은 끝나지 않는다. 그러나 문득 무서워진다. 알아서는 안 되는 것을 알게 될까 봐 기철은 눈을 감는다. 기철은 여자의 몸속으로 더욱더 파고

들어 간다. 여자의 팔이 기철을 안는다. 여자의 품 안은 부드럽고 무한하다. 기철은 숨을 마신다. 생각이 사라진다. 뭔가가 끊임없이 흩어져 간다.

이게 바로 내가 원했던 거야.

바로 그 생각이 기철을 몹시 놀라게 한다. 나라고? 내가 누구지? 의문이 꼬리에 꼬리를 물고 기철의 마음을 스쳐 지나간다. 그러나 곧 잊힌다. 쾌락의 바다에서 하찮은 생각 따위는 금세 흩어지는 파도일 뿐이다. 여자의 체취와 욕망에 기철은 기댄다. 알 필요가 없는 것들은 알지 않아도 된다. 기철은 마음이 놓인다. 완전히 놓여난다. 기철의 여자 등의 오목한 구석에 얼굴을 비비며 생각했다. 꿈이 아닐까. 그렇구나, 이것은 꿈이야. 아니라면 이런 여자가 나를 이렇게 좋아해줄 리가 없다.

나? 그렇지만 내가 누구인지 생각해낼 수 없다. 어딘가 다른 세계에 있었던 것 같기도 하다. 모질고 더러운 세계. 나는 차라리 내가 꿈에서 자라난 존재라면 좋겠다. 누군가의 꿈의 그늘에서 자라난 작은 버섯 같은 거. 꿈을 깨서 다시 저 세계로 돌아가기보다는, 꿈이 끝나면 시들어버리면 좋겠다.

꿈은 길었다. 그런데도 어느새 빛은 희미해지고 숲은 어두워지기 시작했다. 쾌락으로 충만했던 세계는 일그러지고 시들어가고 있었다. 여자의 체취도 여자의 얼굴도 희미해졌다. 땀을 흘리고 쾌락을 외치던 두 몸뚱어리는 이제 유령 같았다. 세계는 시들어가고 있다. 나는 이제 죽을지도 몰라. 그게 낫겠다. 그래, 그게 낫다. 그러나 두렵다. 뭐가 두려운지 모르겠지만 두렵고, 두려움이 두렵다. 섹스에 더 몰두하려고 애써봐도, 그럴수록 모든 것은 희미해지기만 했다. 어느새 주변은 완전히 어두워져서 아무것도 보이지 않았고 느껴지지도 않았다. 세계는 암흑 속으로 숨어버렸다.

암흑 속에서 여자와 눈이 마주쳤다. 여자의 눈은 텅 비어 허공밖에 없었다. 순간 모든 것이 사라져버렸다. 기철은 그 여자가 자신인 것을 기억해냈다.

다음 순간 세계는 사라졌다. 텅 빈 허공 속에서 기철은 떨어지기 시작했다. 기철은 비명을 질렀다. 비명이 메아리를 쳐 기철에게로 돌아왔다. 기철은 아래로, 아래로 떨어져갔다.

그저 높은 곳에서 떨어지는 하나의 작은 돌멩이처럼 떨어지고, 또 떨어졌다.

도대체 바닥은 언제 나오는 거야?

성도의 죽는 것을 주께서 귀중히 보시도다 1

명우는 드디어 오천만 원을 모았다. 필립네 집에서 수첩을 본 지 이주일만이었다. 이 돈을 만들기 위해 명우는 일주일 내내 정신이 없었다. 명우에게 걸핏하면 손을 벌리는 기철이나 고모는 명우가 어떻게 돈을 만드는지 상상도 못할 것이다.

명우는 고등학교 1학년 때 근처 유명 학원을 해킹하고 학원증을 위조해서 제법 큰 돈을 벌었던 적이 있었다. 일이 커질 것 같아 손을 놓았지만, 명우는 아버지가 아는 것보다는 훨씬 더 돈 버는 데에 재주가 있었다. 그러나 그때 벌써 이런 유의 일은 벌이는 것보다, 마무리하고 빠져나오는 게 훨씬 더욱더 힘들다는 걸 톡톡히 알게 됐다. 명우는 손을 터느라 결국 돈을 번 것보다 더 써야 했다. 그 뒤로 명우는 다른 아들들처럼, 애비의 돈을 쓰기로 했다. 용

돈은 아닐지라도 말이다.

애비의 집 창고에는 처박아 놓은 골프채, 여자들에게 줬다 뺏은 액세서리와 옷 따위가 즐비했다. 애비가 한두 번 입고서 던져 놓아 곰팡이가 생긴 옷들과 배터리가 다 된 시계와 손도 대지 않은 만년필 따위도. 명우는 그것들을 가져와서 세탁하고 닦고 치우고 사진을 찍어서 팔았다.

구질구질한 물건과 곰팡이 내와 역겨운 사연들이 은행 계좌 속의 숫자로 변하면 명우는 기분이 좋았다. 돈은 치유가 된다. 돈을 버는 것도, 쓰는 것도 치유다. 애비의 쓰레기가 돈으로 바뀌는 걸 보고 있을 때면, 명우는 이 우주의 더러운 죄 하나를 씻어낸 듯 성스럽고 뿌듯한 기분이 들었다.

그래도 불안이 심해진 뒤로는 거래하려면 며칠이나 신경이 곤두서서 최근엔 차라리 돈이 없이 사는 걸 선택했다. 하지만 이번 주에는 하루에도 거래를 몇 건이나 했다. 아무렇지도 않았다. 그러느라 종일 전화를 받고 있자니, 건실한 사업가라도 된 기분이었다. 요즘은 아침에도 기분 좋게 일찍 일어났다. 혼자 살기 시작한 뒤로 늦게 일어나고 일어나자마자 술을 마시고 게임을 하던 습관이 완전히 사라졌다. 명우는 자신이 자랑스러웠다.

물론 이런 식으로 오천만 원을 다 모을 수는 없었다. 명우는 처음으로 애비 통장에 손을 댔다. 소름이 돋기는 했지만, 한편으로는 짜릿했다. 명우는 예전부터 애비의 주식을 관리하는 건우 삼촌이 돈에 손을 대는 걸 알고 있었다. 주식계좌의 비밀번호도 알고 있었다. 명우는 감히 그돈을 건드릴 생각을 해본 적도 없었다. 그러나 지금 명우는 자신의 예감을 믿을 수 있었다. 괜찮을 것 같았다. 건우삼촌은 돈에 손을 대고 있었고, 그걸 자신이 안다는 것도알고 있었다. 그러니, 명우가 돈을 빼 쓴다고 해도 그걸 애비에게 말할 수 없을 것이다. 이런 걸 물고 물린다고 하는거 아니겠는가? 결국 애비에게도 좋은 일이 될 것이다. 건우 삼촌도 명우도 서로 적당히 선을 지켜서 할 테니까. 학교에서 배운 것과 현실이 다르다는 걸 명우는 아주 잘 알고 있었다.

네 부모를 사랑하고 공경하라?

무슨 그런 실례되는 헛소리를.

도둑질하지 말고 간음하지 말라?

도대체 누가 그렇게 사나.

기철에게 돈이 다 모였다고 메시지를 보냈건만, 기철은 전화를 받지 않았다. 오늘 오전까지만 해도 돈이 언제되겠냐고 징징대더니. 명우는 기분이 나빴지만 기다려보기로 했다. 기다리는 동안 마실 위스키를 따랐다. 전화벨

이 울려 급히 받았지만 고모였다. 애석하게도 수첩이 준 힘은 매일매일 조금씩 약해지고 있었다. 그러나 수첩이 곧 올 테니까. 명우는 심드렁하게 전화를 받았다.

"네 아버지 돈에 손댔냐?"

고모는 초조하게 물었다.

"제가요? 제가 무슨 아버지 돈에 손을 대요?"

명우는 짜증이 났다. 들킬 일은 절대 없었다.

"그렇지? 아니지? 너 지금 어디 사냐?"

"어디 살다뇨?"

"너 기숙사에서 사는 거 맞지? 합정동 근처 비싼 오피스텔에 있는 거 아니지?"

명우는 답하지 못했다.

"아이고, 이놈아. 진짜 네가 오빠 통장에 손을 댔구나."

"진짜 아니에요, 고모. 무슨 일 있어요?"

"나는 건우가 거짓말하는 줄 알았다. 주식 거래 통장에 돈이 비는데, 네 아버지는 건우가 장난친 건 줄 알았대. 건우는 자기가 아니라 네가 그런 거라고 펄펄 뛴다더라. 비는 돈이 10억이 넘는단다. 건우는 네가 그 돈으로 오피스텔 구했을 거래. 너는 기숙사에 있다고 했잖냐. 건우는 너 비싼 오피스텔에 산다고 네 아버지한테 일렀다. 언니가 그러는데, 지금 그 오피스텔로 혁재랑 광명이 갔대. 둘이 볼일 있어서 서울에 있었다니까 언제 갈지 모른다. 언니도 웬만하면 모른 척할 텐데, 너 죽겠다고 나한테 전화했어. 얼른 나와."

"저 진짜 아니에요, 고모. 건우 삼촌이 거짓말한 거예요."

"아니긴, 뭐가 아니야. 잔말 말고 어서 친구네 집에라도 도망가 있어. 이번에는 진짜 다리 하나 부러지는 걸로 끝날 것 같지 않다. 너는 정말 어쩌자고…."

고모는 말을 더 이어가려고 했지만, 명우는 전화를 끊었다. 배 속이 부글거렸다. 명우는 당장 현금으로 바꿀 수 있는 건 트렁크에 쑤셔 넣고 집을 나섰다. 일 층을 내다보았지만, 거리는 평소와 다를 바 없었다. 엘리베이터에서 명우는 삼촌들을 마주칠까 봐, 뒤쪽의 응급 엘리베이터를 탔다. 모자를 눌러쓰고 트렁크를 끌고서 명우는 거리에 섰다. 택시에 탈 때까지 뒤에서 누군가 목덜미를 낚아챌까 몸이 푸덕거리며 떨렸다. 예감 따위는 없었다. 머릿속은 아주 깨끗했다. 택시 기사가 명우에게 어디로 가냐고 물었을 때, 명우의 머릿속에는 어떤 동네 이름도 떠오르지 않았다. 명우는 더듬거리며 말했다.

"그냥, 어서, 출발 좀 해주세요. 그냥, 앞으로, 앞으로 가주세요."

택시가 출발할 때, 명우는 저 멀리 혁재 삼촌과 광명 삼촌이 모는 차를 본 것 같았다. 둘은 애비 밑에 있는 지 오래됐다. 잔인하고 멍청하고 명우를 싫어했다. 택시 기사는 명우를 돌아봤지만, 명우는 그냥 계속 가달라는 말밖에 할 수 없었다. 기철에게 주기로 했던 오천만 원이 은행에 있었다. 트렁크에는 팔아치울 만한 물건들이 있었다. 그러나 이깟 푼돈으로는 애비를 피해 달아날 수는 없었다.

돈에 손을 대기 전, 괜찮을 거라는 예감이 분명히 있었다. 안전하고 괜찮을 거라고 예감은 말했다. 예감은 워낙 선명했고 잘 맞아서, 위험한 일을 미리 알려주는 고성능 탐지기가 머릿속에서 돌아가고 있는 것만 같았다. 그런데 아니었다고? 모두 다 착각이었다고? 어디부터 어디까지 착각이었나? 나는 미쳤나? 지난 이 주간 멀어졌던 두려움이 조롱이라도 하듯 돌아왔다. 몇 배, 몇십 배로 커져서 그것은 명우를 푹 싸안았다. 다 착각이었어. 뭘 믿었어? 기철이 자식이 돈 빌리려고 꺼낸 그 허풍을? 아니면 공원 입구에 모여 앉아 술을 퍼마시는 광신자 노인네들을? 너는 등신 쪼다야. 애비 말 그대로야.

필립이가 처음 수첩을 안 팔겠다고 한 것부터가 다 짜고 친 수작이었을 지도 모른다. 지금도 그저 애를 태우려고 기철이는 전화를 안 받는 거고, 곧 나타날 것이다. 헌책방에서도 받아주지 않을 곰팡이 낀 수첩을 들고서, 오천만 원을 달라고 터벅터벅 걸어올 것이다.

땡, 땡, 땡. 모르겠다. 기철이는 또 전화를 받지 않았다. 아무것도 모르겠다. 알겠는 건, 명우는 애비 통장에 손을 대는 미친 짓을 했고, 대가를 이제 곧 치르게 될 거라는 것뿐이다. 결과는 수치다. 자살이다. 타살이다. 머릿속에서 온갖 욕설과 잔인한 장면이 뱅글뱅글 돌았다. 돈만 아는 버러지 같은 놈. 개좆만도 못한 새끼. 구타. 칼. 찌르기. 뽑기. 찢기. 고문. 비명. 피. 절단. 죽음. 죽음. 심장은 얇은 풍선처럼 부풀어 올라 터지기 직전이었다. 기철에게 전화를 한 번 더 했지만, 또 받지 않았다. 심 권사의 번호가 눈에 들어왔다.

"왜 전화했냐? 수첩도 없으면서."

심 권사는 전화를 바로 받았다.

"오늘 저녁에 친구가 수첩 갖다주기로 했어요."

"그럼 갖다주면 다시 전화해."

"수첩이 뭐예요? 그게 진짜 뭐예요?"

"모르면 모르는 채로 살 일이지, 어디에 전화질이야?"

"친구가 전화가 안 돼요. 누가 저를 죽이려고 해요."

"수첩에 물렸구면. 잘 됐어. 수첩이 남이 갖다줄 수 있는 물건이라고 생각할 정도로 멍청한 놈은 남이 죽여주는 것도 나쁘지 않을지도 몰라."

"당신들이 기철이 시켜서 나 사기친 거죠? 경찰에 신고

할 거예요."

"잘 생각했다. 얼른 해."

심 권사는 전화를 끊었다. 명우는 바로 다시 전화를 걸었다. 심은 말과는 달리 전화를 받았다.

"왜? 심심하냐? 우리가 네 친구인 줄 알아?"

"도와주세요. 제가 수첩을 가질 수 있게 도와주시면 삼천만 원 드릴게요. 지금 통장에 있어요."

"그깟 삼천? 전화 끊는다."

"오천만 원 드릴게요."

심 권사는 웃었다.

"오늘 친구가 수첩 갖다줄 거예요."

"갖다주면 전화하라니까. 그럼 기다리면 되지, 왜 이 난리야?"

"좀 도와주세요. 살려달라고요. 시키는 대로 다 할게요."

"흥, 인제 와서…. 진작 그렇게 나왔어야지. 오늘 경희 컨디션이 별로긴 하니까…. 일단 와봐라. 운도 억세게 좋은 녀석이네."

심 권사는 주소를 보내주었다. 명우가 택시를 탄 지 한 시간 만에 주소를 불러주자, 택시 기사는 바로 거칠게 우회전했다. 기사는 중얼거렸다. "위험하면 경찰서에 가지…."

명우는 생각했다. 경찰에 신변 보호를 요청한다면 어떨까? "아버지가 저를 죽일 것 같습니다." "왜요?" "아버지 돈을 슬쩍 한 걸 들켰거든요." "그러면 신변 보호를 요청할 게 아니라 아버지한테 잘못했다고 해야지…?" 다른 결말을 상상할 수 없었다.

택시가 도착한 곳은 도심에서 한참 떨어진 폐공장이었다. 공장 주변에는 아무것도 없었다. 공장 안에서 불빛과 개 짖는 소리가 새어나왔다. 불이 켜져 있는 창문에 사람 그림자가 보였다. 명우가 내리자마자 택시는 잽싸게 출발했다. 공장 앞에는 가로등 하나 없이 잡초만 무성했다. 명우는 핸드폰 불빛에 기대어 걸었다. 공장에 가까워질수록 개 짖는 소리가 요란해졌다. 악몽 속을 걷는 기분이었다.

공장 현관문은 닫혀 있었지만 잠겨 있지는 않았다. 공장 안에는 불 켜진 조명은 하나도 없었고, 멀리 마을의 불빛이 보이는 게 다였다. 복도 구석구석에는 물웅덩이가 고여 있었다. 이층의 조명이 희미한 빛을 던졌다. 명우는 불빛과 개 짖는 소리로 방향을 가늠해 걸었다.

명우는 개 소리가 요란하고 빛이 새 나오는 문을 찾았다. 그 문을 열자, 개들이 몰려와 명우를 둘러싸고 사납게 짖었다. 명우가 트렁크를 휘두르자, 그제야 대머리 남자가 "하지 마"라고 소리를 지르며 뛰어왔다. 남자가 오자,

개들은 그를 따라 물러났다. 명우는 정신을 차리고 돌아볼 수 있었다. 꽤 넓은 홀이었다. 다 낡아빠진 요가 매트와 침대 매트리스가 널려 있었다. 요가 매트 위에는 타로가 펼쳐진 좌식 책상이 하나 있었고, 그 뒤에 심 권사가 앉아 있었다. 저쪽에 커튼이 처진 뒤쪽에 사람이 움직이는 게 보였다. 명우에게 주먹질했던 누런 얼굴의 여자는 몸이 아픈지 매트리스에 몸을 구부리고 인상을 쓰고 눈을 감고 누워 있었다. 명우가 온 것도 모르는지 미동도 하지 않았다. 위쪽으로는 빨랫줄이 어지럽게 널려 있었다. 한쪽 구석에는 전기밥솥과 밥그릇 따위가 쌓여서 이곳이 그들이 먹고 자는 곳이라는 걸 증명했다. 스무 마리는 넘어 보이는 개들이 줄도 없이 돌아다녔다. 개들은 대머리 남자를 잘 따르는 것 같았다. 명우는 그가 개를 잡아먹으려고 훔쳐 왔을 거라고 생각했다. 녹슨 쇳내와 개똥 오줌 냄새와 향냄새, 한 철 씻지 않은 빨래 냄새가 뒤섞인 냄새가 났다. 명우가 생각했던 것보다 이들은 훨씬 더 비참한 모습으로 살고 있었다. 그런데도 마침내 겨우 애비의 시선을 피할 만한 곳에 들어왔다는 데 안도감이 들었다. 오늘 혁재 삼촌과 광명 삼촌은 여기까지 명우를 찾아오지는 못할 것이다. 명우는 오늘 밤만 버티고 내일 새벽이 오면, 머리가 좀 더 제대로 굴러가면 살아남을 길을 찾을 거라고 다짐했다. 오늘 밤만 무사히 넘어간다면….

"오늘 밤이 마지막 기회야. 네가 수첩을 가질 의지가 있다면 말이다."

심 권사가 명우의 마음을 읽은 것처럼 말했다.

"저기로 가."

심은 명우의 팔을 잡아서 흰 커튼 앞으로 끌고 왔다. 명우는 비틀거리며 끌려갔다. 흰 커튼이 열리고 흰 원피스를 입은 여자가 나왔다. 여자는 실내에서도 선글라스를 끼고 있었지만, 흰 스타킹과 모자를 벗자 평범한 중년 여자 같아 보였다. 부스스한 머리에는 흰머리가 제법 섞여 있었다.

"차라도 권하고 싶지만, 오늘 저희가 워낙 바쁘네요."

여자는 연극 조로 말하다 말고 폭소를 터트렸다. 흰 커튼 뒤에는 공장에서 사용했을 법한 부스가 있었다. 부스는 창문을 막은 작은 컨테이너였다. 매트리스에 누워 있던 누런 얼굴을 한 여자가 갑자기 일어나서 이쪽으로 왔다. 명우는 그 여자한테 얻어맞고서 갑자기 파리가 되어 날아다녔던, 아니, 그런 환각에 빠졌던 게 생각나 뒤로 물러났다.

"너는 비켜."

여자는 명우에게 눈을 부라리고 말했다.

"경희야, 그만 해라. 이야기 다 끝나지 않았니."

심 권사가 말했지만, 경희는 물러서지 않았다.

"내가 들어가겠다니까요. 괜찮아요. 그러기로 했었잖아요."

경희는 심 권사에게도 화를 냈다.

"안돼. 지금 네가 괜찮은 건 진통제 때문이야. 이건 마약성 진통제 맞고는 못 한다. 전부터 얘기했잖아. 네가 진통제 맞으면 태권이 들어가야 한다고. 하지만 태권이는 들어가기 싫다고 하고 지금은 얘밖에 대안이 없어."

심 권사가 잘라 말했다.

"내가 진통제 안 맞겠다고 했잖아요. 왜 나 몰래 주사 놓고서 그래요. 내가 아무리 진통제를 맞았어도 이 어린 애보다는 잘할 수 있어."

경희는 명우를 향해 몸을 틀었다. 명우를 또 때릴 태세였다. 명우의 심장이 춤을 췄다.

"얘는 못 해. 내가 들어가야 해. 나야말로 죽을 처지야. 알잖아요, 다들? 왜 모른 척하는 거야."

경희가 흥분해서 소리를 질렀다. 뒤쪽에서 대머리 남자가 살금살금 이쪽으로 다가왔다. 대머리 남자는 손에 든 것으로 여자를 찔렀다. 경희는 갑자기 온몸에 경련을 일으키며 쓰러졌다.

"미안하다, 경희야. 오늘은 좀 쉬어."

대머리 남자가 손에 든 것은 전기충격기였다.

"우리는 원래 이 애를 들여보내려고 했는데, 오늘따라

몸이 안 좋아서 말이야. 너에게 기회를 주기로 했다. 운이 좋은 줄 알아. 너는 이 은혜를 꼭 갚아야 한다. 우리가 바라는 건 하나야. 시키는 대로 할 거지?"

명우는 궁금했지만, 묻지 않고 고개를 끄덕였다. 경희가 쓰러지는 모습을 보자 조심스러워졌다. 그저 오늘 하룻밤만 피할 수 있다면 된다. 심 권사가 고갯짓하자, 선글라스를 쓴 여자가 부스의 문을 열어 보여 주었다. 안에는 요강 하나와 물이 담긴 페트병 한 개가 전부였다. 바닥에는 모포 하나가 깔려 있었다.

"이게 가리교 다크룸인 건가요?"

"흥. 어디에서 주워 읽었나 보구나. 암실 수행은 렁왕웨이가 만든 게 아니야. 밀교와 도가 수행자들이 먼저 했던 거라고. 요강 위치나 잘 봐둬라⋯."

심 권사는 명우의 손에 거울을 쥐여주었다. 거울은 유리거울이 아닌 것 같았다. 표면은 흐리고 거무스름했고 아주 무거웠다.

"꼭 붙잡아. 혹시 아니? 그게 너를 살릴지. 그거는 렁왕웨이가 쓰던 청동거울이야. 렁왕웨이가 우스운 놈이기는 했지만, 물건 보는 재주는 찰떡같았지."

심이 명우의 등을 떠밀었다.

"수첩을 얻거나, 죽거나 둘 중 한 가지야. 여기에 들어가게 해줬으니, 이제 너는 우리한테 큰 빚을 지는 거다. 살아서 나오면 그때 보자."

밖에서 문이 잠기는 소리가 났다.

"경희한테 수면제 좀 더 놓아. 깨어나면 제가 암실에 들어가겠다고 저 애를 억지로 끌어낼지도 몰라. 그랬다간 산통 다 깨지는 거야."

"그러길래, 태권이 네가 들어갔으면 됐잖아. 그러면 경희도 저 난리는 안 쳤을 게 아니야."

"아, 나는 싫다니까요. 죽어도 싫어요."

부스의 옆에서 부스럭거리는 소리가 한참 났다. 부스 위와 옆을 싸매는 것 같았다. 바스락거리는 소리는 잠시 후 점차 줄어들었다. 부스 안은 손바닥도 보이지 않는, 완전한 암흑이었다. 눈을 감아도 떠도 아무런 차이가 없는 어둠 속에서 명우는 눈을 감았는지 떴는지 헷갈리기 시작했다. 모든 감각이 희미해졌다. 명우는 좁은 부스에 갇혔다는 걸 기억했지만, 이제 이곳은 무한하게 느껴졌다. 명우는 목이 말랐다. 손을 더듬어 물병을 찾는 데까지 한참 걸렸다. 손도 물도 보이지 않자, 물을 마시는 소리를 들으면서도 그것이 제 몸에서 나는 소리가 아닌 것 같았다.

그리고 어느새 헛것이 보이기 시작했다. 이곳저곳에서 수첩이 보였다. 수첩은 볼 때마다 다른 모양, 다른 형태였다. 어떤 때는 어릴 때 좋아하던 만화 잡지였다. 슈퍼히어로들이 나와 괴물을 죽였다. 다른 때는 고등학교 때 입시를 위해 보던 문제집이기도 했고, 어떤 때는 포르노 잡지였다. 그러나 언제나 수첩을 잡으려고 하면 그것은 손에서 미끄러져 사라졌다.

명우는 수첩이 사라지고 나서야 자신이 헛것을 봤다는 걸 알아차렸다. 그러나 명우는 자신이 환각을 보는지, 꿈을 꾸는지, 아니면 그저 상상하는 중인지 알 수 없었다. 그것을 전혀 모르겠다는 걸 알아차린 순간, 명우는 드디어 잠이 들었다. 잠은 뜨거웠다.

명우의 꿈속은 깊고도 넓었다. 멀리 호주까지 흘러갔다.

그리고 거울에 여정이 비쳤다.

명우는 꿈속에서 아주 생생하게 깨어 있었다. 명우는 결단을 내려야 했다.

성도의 죽는 것을 주께서 귀중히 보시도다 2

전화가 왔을 때, 여정은 버스 정류장에 앉아 있었다. 벌써 몇 대의 버스가 지나갔지만, 여정은 버스 번호도 보지 않았다. 여정은 버스를 타야 한다는 것이 비현실적으로 느껴졌다. 다음날 출근해야 한다는 사실도 믿기지 않았다. 여정은 손바닥을 허벅지 밑에 밀어 넣고 몸을 쪼그리고 앉아 길을 멍하니 보고 있었다. 머리가 텅 비었다. 전화가 울렸다. 여정은 전화를 받았다. 기철이었다.

"야, 배여정. 빨리 와봐. 필립이 다쳤어. 죽었을지도 몰라."

"필립이 왜?"

"내가 밀었어. 머리에서 막 피가 나…."

기철은 그 말만 하고 전화를 끊었다. 여정은 고개를 번쩍 들었다. 갑자기 저쪽에서 수첩이 손짓하는 게 보이는 것 같았다.

여정은 일어나 막 출발하려는 버스를 두들겨 억지로 탔
다. 밤거리에는 사람이 없었고 차들은 속도를 힘껏 내서
달렸다. 하지만 정작 그 버스는 필립의 집 방향으로 가는
버스가 아니라서, 여정은 바로 내려야 했다. 여정은 택시
를 잡아탔다. 손가락이 땀으로 젖었다. 무슨 일이 일어나
려고 했다. 그곳에 빨리 가야 했다.

여정이 필립의 집에 도착했을 때 1층의 대문은 열려 있
었다. 1층과 2층에서는 그곳에 사는 사람들의 목소리와
텔레비전 소리가 흘러나왔다. 기철도 수첩도 어디에도 보
이지 않았다. 옥탑방으로 뛰어 올라가자, 필립이 쓰러져
있는 게 보였다. 필립의 손가락이 움직였다. 필립은 살아
있었다. 여정은 안도했다. 하지만 여정이 찾는 건 필립이
아니었다.

여정은 급히 밖으로 뛰어나왔다. 그때 여정의 눈에 골
목에서 뭔가가 바람에 날리며 뒹구는 게 보였다. 수첩이
었다. 수첩은 저 혼자 페이지가 나부끼며 넘어갔다. 여정
은 수첩을 손에 쥐고 품에 넣었다. 배 속에서 불이 끓는 것
처럼, 기쁨이 들끓었다. 여정은 거친 웃음을 터트렸다.

잠시 후, 여정은 119에 전화했다.

"누가 쓰러졌어요. 피가 머리에서 흘러나와요."

"무슨 관계시죠?"

"모르는 사람이에요."

여정은 위치를 확인해 준 뒤 전화를 끊었다.

"필립아, 나는 할 만큼 한 거야."

여정은 혼자 중얼거렸다.

네 시간 뒤에도 하늘은 어두컴컴했다. 몇몇 간판만 어렴풋하게 밝았다. 차들은 밀도 높은 어둠을 가르며 나타났다가 다시 사라졌다. 여정은 아무도 없는 거리 벤치에 앉아 수첩을 호주머니에서 꺼냈다. 첫 번째 페이지는 텅 비어 있었다. 여정은 페이지를 한 장, 한 장 넘겼다. 끝까지 모든 페이지는 비어 있었다. 어젯밤 필립을 구급차에 태워 보낸 후, 여정은 거리에 앉아 수첩을 보면서 밤을 새웠다. 이제 다시 버스가 다니기 시작할 시간이 됐다. 여정은 수첩을 호주머니에 넣고 일어섰다. 버스 정류장 칸막이에 비친 자기 모습이 놀랍도록 아름다워 보였다. 버스가 왔다. 버스의 헤드라이트가 신비한 계시를 던지며 여정을 불렀다. 첫 차를 모는 버스 기사의 구부정한 등에 생의 비밀이 업혀 있었다. 버스 안에는 승객은 아무도 없었다. 그러나 여정이 버스를 탔을 때, 여정은 자신을 환영하는 박수갈채를 들었다.

여정은 버스 뒤쪽에 앉아 다시 수첩을 펼쳤다. 여정은 버스 창문을 열었다. 얼굴 위로 차가운 새벽바람이 쏟아졌다. 여정은 그 바람 사이로 시간의 흐름이 보이는 것 같았다. 과거, 미래, 현재의 시간이 한꺼번에 여정에게로 흘러들어와 흘러나갔다. 시간의 모든 가능성이 열려 있었다. 시간은 제 비밀을 여정에게만 알려주었다.

버스에 다른 승객이 탔고, 서서히 승객은 늘어났다. 드디어 해도 떴다. 창밖의 세계는 서서히 쪽빛으로 밝아졌다. 어둠을 헤치고 가로수와 행인들이 서서히 형체를 드러냈다. 나뭇잎이 흔들리고 사람들이 걷는 것이, 버스가 앞으로 나아간다는 것이 여정에게는 기적 같았다. 인간과 나무의 무표정한 얼굴들 너머에서 알 수 없는 빛이 흘러나왔다.

버스가 터널로 들어섰다. 버스 안으로 어둠이 스몄다. 여정은 이제 2년 전 자신이 건넜던 터널도 기억났다. 생과 사의 경계에는 터널이 있었다. 여정은 자신이 태어나기 전 엄마의 포궁 속에서 맛보았던 그 어둠의 맛이 지금 혀끝에서 되살아날 것 같았다. 터널 속 어둠은 평온하다. 그러나 어느새 저쪽에 빛이 보였다. 터널이 끝날 것이다. 여정은 앞을 바라보았다.

터널이 끝나는 순간 버스는 허공으로 튀어 올랐다. 거대한 빛과 함께 버스는 폭발했다. 여정은 빛과 함께 터졌다. 여정은 아이처럼 까르르 웃었다. 여정은 바로 그 순간 모든 것이 하나라고 느꼈다. 무한한 자유. 무엇인가가 여정의 속에서 외쳤다. 그것은 입 없이 외치고 있었고, 어쩌면 그것은 여정이었는지도 몰랐다. 그러나 상관없다. 이제는 아무것도 상관없다고 여정은 생각했다.

그리고 잠시 뒤 세계는 끝나버렸다.

나중에 여정은 생각했다. 그건 참 죽기 전 마지막에 짓는 한숨 같았고, 태어나서 처음 울었던 울음 같았다, 라고.
그리하여 대충 우주는 다시 태어났다. 여정은 이 새로운 우주에서 자신이 무엇인지 알았다. 자신은 신이었다. 부처라고 불릴 수도 있겠고, 하느님이라고 불릴 수도 있겠다. 뭐 어떤가. 신에게 인간이 그를 뭐라 부르는지는 중요하지 않다. 신은 우주의 모든 곳에 편재하고 모든 이름은 결국 신의 또 다른 이름일 뿐이니까. 우주는 신의 꿈의 자락에 불과했다. 모든 것이 있는 그대로 괜찮았다.
아, 그러나 예외가 있었다. 작고 시시한 악마 한 마리가 신을 질투했다. 예수에게는 유다가 있었고, 부처에게는 데바닷타가 있었다. 그것이 섭리다. 여정은 악마가 성가셨다. 미웠던 건 아니다. 신의 본질은 사랑이고 신의 가슴은 사랑으로 흘러넘치고 있었으니까. 때마침 이 새로운 우주의 버스 속 라디오에서 뉴스가 흘러나왔다.

"좀처럼 꺼지지 않는 산불이 '야생동물의 낙원'으로 불리던 호주 곳곳을 처참히 태워 가며 잿더미로 둔갑시키고 있습니다.

생태학자들은 화마를 피하지 못한 일부 동물이 이미 멸종 단계로 접어들었으며, 간신히 살아남은 동물들도 서식지가 사라져 생존을 위협받게 될 것이라는 암울한 전망을 내놨습니다."

신은 탄식했다. 저 가엾은 것들. 가진 거라곤 두려움과 고통 밖에 가진 게 없는 저 슬픈 것들. 저 삶이라면 악마에게 적당할 것이다. 신은 악마를 위한 작은 벌을 주기로 마음먹었다. 물론 그 또한 악마를 가르치고자 하는 신의 사랑의 표현이었다. 신에 대한 증오는 나쁜 것이므로 나쁜 것을 떨칠 수 있도록 도와주는 것이 신의 임무였다. 여정은 손가락을 튕겼다. 신의 사랑으로 만들어진 작은 공 하나가 악마의 뒤통수를 향해 날아갔다.

그러나 공이 악마를 맞추기 직전, 악마는 신을 향해 돌아보았다. 악마의 가슴에서 제3의 눈이 열렸다. 그것은 검고 둥글고 겁먹은 눈이었으되, 빛났고 거침없었고 탐욕스러웠다. 그 눈은 신의 작은 공을 반사했다. 공은 신을 강타했다. 신은 신의 벌을 받았다.

사슴은 불타는 숲속을 달렸다. 온 세상이 불타고 있었다. 파랗던 하늘은 어디에도 보이지 않는다. 위를 바라보면 보이는 건 검고 두터운 연기구름뿐이다. 바람은 열기와 연기, 불에 탄 나무와 짐승의 냄새를 실어 왔다. 사슴의 무리는 이미 오래전에 흩어졌다. 지금 사슴은 온갖 동물들 틈에 섞여 달리고 또 달릴 뿐이다. 저 앞에는 기린이 나동그라져 일어나지 못하고 쓰러져 있었다. 눈만 불안하게 깜박거리고 있다. 사슴은 뛰어가는 중에도 그 눈을 보았다. 사슴이 아끼고 사랑했던 동무와 가족들도 모두 저렇게 죽었을 것이다. 그들의 체취를 한 번 더 맡아보며 슬픔을 달랠 시간도 없었다. 나무가 무너지고 쓰러지는 소리가 천둥처럼 울렸다. 사슴은 다시 힘을 내 뛰고 또 뛰었다.

바로 옆에 나무가 떨어졌을 때 사슴은 까마득해졌다. 사슴은 옆구리에 뜨거운 통증을 느꼈다. 피가 났는지 불이 붙었는지, 돌아볼 틈도 없다. 사슴은 뛰었다. 뜨겁고 아프던 옆구리는 다른 고통 속에 섞여버렸다.

그러나 달리고 달려도 바람은 갈수록 뜨겁다. 사슴은 숨이 점점 가빠졌다. 마음속에 절망이 번졌다. 어디에도 갈 곳이 없는 게 아닐까. 숨이 끊어질 때까지 뛰어도 달아날 수 없는 건 아닐까. 물 한 모금만 마실 수 있다면! 그러나 어디에도 개울도 없다. 개울은 이미 말라붙었다. 불꽃이 저 멀리에서 따라오는 게 보였다. 무섭다. 무섭다. 사슴은 두려움의 힘으로 다시 뛰었다.

삐걱대는 소리가 위에서 들렸다. 사슴이 위를 올려다보았을 때, 거대한 나무가 사슴의 위로 무너져 내리고 있었다. 나무 그림자가 시야를 검게 가렸다.

하지만 다음 순간, 사슴의 다리는 사슴도 모르는 새 높이 뛰어올랐다. 나무가 사슴의 다리를 빗겨 아래로 떨어졌다. 사슴은 살았다고 생각했다. 바로 그때, 사슴은 저쪽에 숨어 있던 사냥꾼을 보았다.

탕!

사냥꾼이 총을 쐈다. 사슴은 온 숲을 태우던 불이 한꺼번에 자신의 배로 뚫고 들어오는 것 같았다. 맹렬한 통증이 몸을 활활 태웠다. 저 사냥꾼이 숲에 불을 질렀을 것이다. 사슴의 무리를 모두 죽였을 것이다. 사랑하고 사랑했던 어미, 애비, 새끼, 연인들, 동무들, 모두를. 사슴은 그 사냥꾼을 문득 알아본다. 저것은 명우다.

명우? 그래, 저건 명우다. 여정은 자신이 여정이고 인간이라는 사실을 기억해냈다. 나는 사슴이 아니야. 나는 뛰지 않아도 되고, 나는 죽지 않아도 된다. 여정은 너무 깊이 안도해서 이 안도는 추락하는 것 같은 맛이 난다. 그러나 마음은 여전히 찢어지도록 아프다. 이 아름다웠던 초원, 산자락, 맛있는 잎사귀. 맑고 시원하던 강물에 발을 담그던 시간, 호루루룩 삼키던 물의 달콤한 맛, 그리고 사랑하는 가족의 체취와 살의 촉감. 이 모두를 떠나야 한다는 게 고통스럽다. 결국 죽음이다. 나는 죽어간다. 의식이 흐려지고 세상의 모든 것이 빙글빙글 돌면서 흩어진다. 모든 것이 무 속으로 사라져간다. 그러나 증오는 사라지지 않았다.

"나는 다시 태어나서 너를 찢어 죽여버릴 거야."

여정은 어느새 다시 사람의 목소리로 외쳤다. 그러나 그것은 사슴의 울음소리처럼 들린다고 명우는 생각했다.

버스 뒷좌석에 멍하니 앉아 창밖을 바라보는 여정 옆에 낡은 옷을 걸친 한 남자가 앉아 있었다. 그는 아까부터 여정의 어깨 너머로 수첩을 훔쳐보고 있었다. 이윽고 남자는 여정에게 바싹 가까이 갔다. 남자는 여정의 손에서 수첩을 빼내려고 애썼다. 그러나 여정의 손가락은 수첩을 움켜쥐고 놓지 않았다.

"내놔. 내놔."

그 남자의 손끝에 뭔가 빛나는 기다란 것이 얼핏 보이는 걸 아무도 보지 못했다. 그 남자는 여정의 귀에다 대고 한 번 더 "그것 내놔"라고 중얼거렸지만, 여정은 눈을 뜬 채로 허공을 바라볼 뿐이었다. 남자는 잠시 망설이다 여정을 찔렀다. 그리고 여정의 손가락을 비틀고 수첩을 빼내 갔다. 그러나 여정의 손가락은 여전히 수첩의 종잇장을 쥐고 있었다. 수첩은 찢어졌다. 남자는 찢어진 수첩을 가슴팍에 넣고 급히 버스에서 내렸다.

버스 뒷좌석에 앉아 있던 여정은 서서히 쓰러졌다. 어느새 다시 줄어든 몇 안 되는 버스 승객들은 그것을 눈치채지 못했다. 버스는 또 다른 터널로 들어섰다. 버스 안에 어둠이 스몄다.

성도의 죽는 것을 주께서 귀중히 보시도다 3

명우는 밤의 거리에 숨어 있었다. 명우가 애비를 피해 집을 나온 지 칠 일째였다. 명우는 지금 한 노숙자 남자를 쫓고 있다. 노숙자 남자는 술에 취해 비틀거리며 걷고 있었다. 명우는 숨이 가빴다. 다크룸에 들어갔다 나온 이후로 명우는 자신이 예전 같지 않다고 느꼈다. 어딘가 늙었고 상해버렸다. 오 일 전 여정이 칼에 맞아 쓰러졌다는 이야기를 들었을 때 명우는 심 권사에게 물었다.

"그건 나하고 상관없는 일이죠?"

그러나 심 권사는 말없이 싱긋 웃으며 어깨를 으쓱했다. 심 권사는 이 남자가 있는 곳의 위치를 알려주었다.

"그 남자가 수첩을 가지고 있어. 여정이를 찌른 게 저놈이야."

"그래서요? 저더러 뭘 어떻게 하라고요? 그 어두운 방에 들어갔다 나오면 된다고 했잖아요?"

명우는 소리를 질렀다.

"뭘 어떻게 하라니? 수첩의 주인이 되겠다면서 이렇게 나약해서야. 네가 결정해야 할 일이야."

심 권사는 화를 내더니 전화를 끊었다. 명우는 삼 일 전 결국 이곳으로 왔다. 지난 삼 일간 노숙자 남자를 따라다녔다.

혁재 삼촌과 광명이 삼촌도 자신을 찾아 서울 어딘가를 헤매고 있을 것이다. 명우는 이제 삼촌들이 두렵지 않았다. 오히려 삼촌들이 자신을 좀 찾아줬으면, 이제부터 저지르려고 하는 일을 못 하게 끌고 가줬으면 싶기도 했다. 그러나 삼촌들은 명우를 찾지 못할 것이다. 세상은 그렇게 생겨 먹었다고 명우는 생각했다.

남자는 비틀거리며 느릿하게 걸어갔다. 남자는 이따금 주위를 두리번거렸다. 그러다가 명우 쪽을 바라볼 때면 명우는 그가 자신을 아주 오래 유심히 바라본다고 느꼈다. 그러나 이내 남자는 비틀거리며 다시 걸음을 옮겼다.

오늘 아침 비가 추적추적 내려서 옷이 젖었다. 명우는 추워서 더 몽롱해졌다. 남자가 품 안에서 팩 소주를 꺼내서 마셨다. 명우는 그 술 한 모금이 간절했다. 남자의 목구멍을 술이 타고 흐르는 소리가, 꼴깍꼴깍, 생생하게 들렸다. 명우는 그를 간절하게 바라봤다. 갑자기 남자가 고개를 들어 명우를 향해 말했다.

"야, 너도 한 모금 마실래?"

그 목소리와 얼굴은 애비의 것이었다. 명우는 의자에서 미끄러져 바닥에 떨어졌다. 명우는 움직이지 못했다. 정적이 흘렀다. 명우가 고개를 들었을 때, 노숙자 남자는 저쪽에서 누워 잠을 자고 있었다. 어디서부터 헛것이었는지 모르겠다. 노숙자 남자가 술을 권한 적이 있었는지도 모르겠다. 명우는 다크룸에서 나온 뒤로, 꿈과 망상, 현실을 잘 구분하지 못했다.

이게 다 잠을 못 자서 그래.

어제 새벽에 거리에서 종이 상자를 주워서 깔고 앉아 잠시 졸았던 게 사흘 내 잔 잠의 전부였다. 명우의 손가락에는 역겨운 냄새가 났다. 뭔가 움켜쥐는 기분으로 명우는 그 냄새를 맡았다. 명우는 제 손가락의 냄새를 오랫동안 맡았다.

가방이 어깨를 짓눌렀다. 가방에는 커다란 칼이 들어 있었다. 누가 왜 칼을 샀냐고 질문하면, 뭐라고 답해야 할지 모르겠다. 처음에는 여정이 찔렸으니, 자기방어를 위해서 칼을 산다고 생각했다. 그러나 명우는 그 남자가 칼을 꺼내기 전에, 자신이 먼저 꺼내야 한다는 사실을 깨달았다. 하지만 사실 그것들은 다 지금 하는 생각들이다. 그

제 아침, 칼을 살 때 명우는 자신이 왜 칼을 사는지 몰랐
다. 칼만 전문으로 하는 가게가 보이니까, 그저 밑도 끝도
없이 이 칼 한 자루가 간절하게 갖고 싶었다. 그러나 칼을
산 이후로, 칼은 명우의 어깨를 짓누르며 내내 제 존재를
과시했다.

노숙자 남자가 코를 골기 시작했다. 명우는 그제야 안
심이 됐다. 그 순간, 명우는 잠에 빠졌다.
그리고 꿈을 꿨다. 저 높은 산에서 사슴이 사냥꾼을 내
려다보고 있었다. 사냥꾼은 잠들어 있었다. 악몽을 꾸는
것처럼 신음을 흘렸다. 사슴 뒤에 달이 보였다. 달은 피를
흘리는 것처럼 붉었다. 사슴은 사냥꾼을 비웃듯이 내려다
보았다. 이윽고 사슴이 달을 향해 뛰어올랐다.

명우는 잠에서 깼다. 눈앞에 남자가 칼을 들고 명우를
덮치려 하고 있었다. 명우는 옆으로 몸을 뒹굴어 간신히
빠져나왔다. 술에 취한 남자의 손에 쥐어진 칼이 허공을
그었다. 명우는 두 손으로 그 남자의 두 손목을 각각 잡았
다. 남자의 손목은 가늘기 이를 데 없었지만 억셌다. 남자
와 명우는 엎치락뒤치락 함께 굴렀다. 명우는 공포와 함
께 기묘한 즐거움을 느꼈다. 남자가 머리로 명우의 입술
을 들이박았다. 강렬한 통증과 함께 피와 이가 입에서 튀

어 나갔다. 그러나 명우는 남자의 손을 놓지 않았다.

남자가 입술을 움찔거려 욕을 했다. 남자의 옷에서 수첩이 떨어져서 굴렀다. 명우가 수첩을 잡으려고 남자의 손목을 놓자, 남자는 칼을 휘둘렀다. 명우의 옷이 찢어졌고 피가 튀었다. 그래도 명우는 수첩을 잡았다. 그러나 헛것이었다. 손에는 아무것도 잡히는 게 없었다. 남자가 뒤에서 발길질을 하자, 명우는 넘어졌다. 남자는 이번에는 칼을 힘껏 내려찍었다. 명우는 몸을 웅크렸다. 허벅지에서 피가 뿜어져 나왔다. 통증이 온몸을 태웠다. 그러나 명우는 일어나 책가방을 멘 등으로 칼을 든 남자에게 돌진했다. 남자가 넘어졌다. 남자가 넘어지면서 또 수첩이 땅에 떨어졌다. 그러나 명우는 수첩을 집지 않았다. 이번에는 엎어져 쓰러진 남자를 발로 찼다. 세 번, 네 번, 다섯 번. 처음에 남자는 비명을 질렀지만, 어느새 꼼짝도 하지 않았다. 피가 빗물에 점점 더 많이 번져가고 있었다. 둘 중 누구의 피인지 알 수 없었다. 남자는 일어나지 않았다. 명우는 남자의 몸을 돌려 보았다. 남자는 제 칼에 찔린 채 두 눈을 뜨고 죽어 있었다. 명우는 남자의 몸을 뒤졌다. 수첩은 남자의 웃옷 안주머니에 들어 있었다. 수첩을 꺼내며 남자의 뜬 눈을 보았다. 그 눈에는 명우와 달이 비치고 있었다. 명우는 그 남자와 자신이 하나인 것처럼 느껴졌다.

바닥에는 온통 붉은 피가 흘렀다. 피 색깔은 고기 색깔

같았다. 명우는 멀리 달아나 구역질했다. 명우는 남자에게 미안하지 않았다. 남자가 하려고 했던 일을 명우가 했을 뿐이었다. 그래서 명우는 그 남자에 대해 세상 누구에게도 느껴본 적 없는 가까움을 느꼈다.

다음날 명우는 심 권사에게 전화했다. 심 권사는 남자와 있었던 일을 묻지 않았다. 이미 명우가 수첩을 가지고 있다는 것을 알고 있었다. 대신, 그날 밤 꾼 꿈을 말해보라고 했다.

명우가 말했다.

"하늘에서 바나나 우유병이 끝없이 떨어져 내려옵니다. 그 바나나 우유병 밑에는 작은 크기의 사람이 하나씩 매달려 있습니다. 바나나 우유병이 땅 가까이 내려오자, 작은 사람들은 하나둘씩 낙하산을 펼치고 뛰어내렸습니다. 몇몇 작은 사람들은 데굴데굴 구르며 착지했고, 몇몇 이들은 바나나 우유와 함께 땅에 불시착해버렸습니다. 그런 경우에는 바나나 병이 픽 소리가 나면서 깨지면서 터져 나온 바나나 우유 속을 헤엄쳐서 나오더군요. 어쨌든 다들 살아나왔습니다. 땅에 발이 닿자, 그들은 원래 크기대로 돌아왔습니다. 그들은 모두 테러리스트였습니다. 총과 수류탄, 바주카포 따위를 주렁주렁 매달고 있었습니다. 그들이 수류탄을 던지고, 총을 쏘고 바주카포로 세상을 겨냥했습니다. 거기에서는 바나나 우유가 쏟아져나와, 온 세상은 바나나 우유 천지가 되었습니다.

그래서 쇼가 끝났습니다. 수업이 끝났습니다. 동물원이 끝났습니다. 회사가 끝났습니다. 인터넷이 끝났습니다. 의회가 끝났습니다. 국가가 끝났습니다. 인류가 끝났습니다. 모두가 다 끝났습니다. 그저 바나나 우유의 대양만이 남았습니다. 저는 바나나 우유로 된 바다 위에 유일하게 남은 인간이었습니다. 테러리스트들도 테러당한 인간들도 모두 다 바나나 우유 속에 익사했지요.

바나나 우유의 대양 위로 해괴한 동물들이 튀어나왔습니다. 그들은 커다란 섬을 이루었습니다. 코뿔소 뿔이 달린 말은 꼬리가 도롱뇽 같았고, 고래 같은 동물의 등에는 나무가 자라고 있었습니다. 모든 실제적 동물이 죽었기에, 모든 망상적 동물인 우리가 나왔노니, 명우 너는 하나 남은 마지막 인간으로서 우리를 섬길지어다.

저는 머리를 조아리고 그들 앞에 복종을 맹세했고, 영원히 그렇게 튜브를 타고 바나나 우유의 대양 위를 떠다니며 살 것을 허락받았습니다. 저는 바나나 우유를 마시며 살았고 그 위로 오줌과 똥을 누며 그렇게 내내 떠다녔습니다. 그것은 영원한 희열이었고 영원한 절망이었고, 그저 끝없는 바나나 우유 맛이었습니다."

박쑤우~

　명륜동 45가에서는 그날 오후 늦게 칼에 찔려 사망한 노숙자가 발견되었다. 칼에는 그의 지문밖에 남아 있지 않았고 근처에는 CCTV가 없었다. 연고자가 끝내 나타나지 않아 그는 미연고자로 화장 처리되었다.

성도의 죽는 것을 주께서 귀중히 보시도다 4

어느 날 할머니는 집을 나갔다. 할머니는 일이 바쁜 엄마를 대신해 필립을 키웠다. 세상에서 가장 예쁘고 귀한 건 필립뿐이라고 늘 노래를 부르던 할머니는 어느 날 갑자기 홀연히 사라져버렸다. 가리교라는 중국 사이비 종교에 빠져서 할아버지의 유산을 깡그리 챙겨가지고 갔다고, 엄마는 치를 떨었다. 필립이 초등학교 4학년 때 일이었다.

　할머니의 소식이 다시 들려온 것은 필립이 중학교 3학년 때였다. 7년 만이었다. 전화가 걸려 온 곳은 울산 근처에 있는 비구니 절이었다. 할머니는 마지막 2년 동안 그 절에서 청소와 요리를 하며 살다가 돌아가셨고 이미 화장까지 끝났다고 했다. 필립은 울고 싶지 않았지만, 울지 않을 수 없었다. 가리교 교주가 자살했다고 뉴스에 나왔을 때, 필립은 할머니가 돌아올 거라고 기대했다. 얼마나 기뺐는지 몰랐다. 그러나 할머니는 돌아오지 않았다. 엄마는 할머니가 거기에서 죽었거나 체포되었을 거라고 하고는 찾지도 않았다. 그런데 할머니가 한국에 있었다니. 그것도 2년이나. 그런데 필립에게 단 한 번도 연락하지 않고서 세상을 떠났다. 필립은 울면서도, 이렇게 무정한 할머니 때문에 우는 자신이 미웠다.

"왜 우리한테 연락도 안 하고 자기들끼리 화장을 해?"

"난들 아니. 자기들도 몰랐다고는 하는데, 믿을 수가 있나. 전화에서는 몸 안 좋으니 며칠 밥하는 거 쉬겠다고 해서 그런가 보다 했는데 문 열어보니까…."

늘 거침 없는 엄마도 말끝을 흐렸다. 날씨가 더웠다. 필립은 입을 다물었다. 그날 저녁, 필립과 엄마는 밤 고속버스를 타고 동해안 끝까지 내려갔다. 내려서도 털털거리는 시골 버스를 타고, 구불구불한 산길을 두 시간을 올라가야 했다. 엄마는 버스 창에 머리를 기대어 잠들었다가, 버스가 덜컹거리면 문에 머리를 부딪히고는 잠에서 깼다. 엄마가 투덜거렸다.

"끝까지 사람을 애먹이네."

엄마의 친정은 꽤 잘 살던 집이었는데, 할머니가 종교에 빠져 돈을 다 갖다 바쳐서 집이 몰락한 거라고 엄마는 늘 말했다.

그곳은 깊은 산 속에 있는 절이었다. 절은 꽤 컸다. 네다섯 명의 늙고 젊은 비구니들이 지내는 절이었다. 할머니가 머물렀다는 움막 근처에는 커다란 울타리 안에 삐쩍 곯은 채 눈빛만 번득이는 개들이 십수 마리가 있었다. 개들이 엄마와 필립을 보고 일제히 짖어댔다. 필립과 엄마를 움막으로 안내한 것은 젊은 비구니였다. 비구니는 할머니가 저 아래 동네에서 버린 개들과 산을 떠돌던 들개들을 데려다가 키웠다고 했다. 할머니가 남긴 건 크고 작은 개들밖에 없었다. 돈도 한 푼 없었고, 옷가지마저도 없었다. 움막에는 사람이 살았던 흔적이 없었다. 젊은 비구니는 조심스러운 표정으로 설명했다.

"얼마나 깔끔하셨는지 몰라요. 선정하시기 전에 예감하셨었는지 다 치워놓으셨어요."

엄마는 주지를 만나겠다며 나갔다. 필립은 움막 안을 둘러보았다. 제대로 된 가구도 하나 없이 널빤지로 대충 만든 좌식 책상만 하나 남아 있었다. 책상 위에는 검은 보자기에 싸인 나무 상자가 하나 있었다. 그 나무상자 속에 든 유골이 할머니가 한때나마 살아 있었다는 흔적의 전부였다. 그 유골마저 절에 안치할 거라고 했다. 필립과 엄마는 천도재에 참석하는 게 할 수 있는 것 전부였다. 그게 할머니의 유언이라고 했다.

할머니가 여기에 살았다는 사실이 꼭 거짓말 같았다.

필립은 억울했다. 어릴 때부터 지금까지 엄마는 늘 바쁘고 화가 나 있었고 아빠는 얼굴도 기억나지 않는다. 부드럽고 따스한 추억이라곤 할머니와 함께했던 것밖에 없다. 필립은 잠 오지 않는 밤에 잡고 자던, 그 부드럽고 작던 주름진 손이 영원히 사라졌다는 게 아직도 믿기지 않았다. 십 수년간의 삶에서 사랑받은 기억은 할머니와의 것밖에 없는데, 그 할머니가 살아 있었다는 어떤 증거도 없다는 게 억울하고 분했다.

"저건 뭐예요?"

좌식 책상 옆에 종이 상자가 하나 있었다.

"보살님 책과 옷인데, 태우라고 하셨어. 오후에 천도재 전에 태워야지."

"개들은 어떻게 돼요?"

비구니는 인상을 찡그리며 말했다.

"보살님이 개를 데려갈 사람도 찾아 놓으셨다고 했는데…. 그 사람들 원래 어제 오기로 되어 있었는데, 아직 안 왔어. 안 오면 안 되는데…. 밑의 동네 사람들도 불만이 한참 많았거든."

"왜요?"

필립은 창문으로 개들을 내다보았다. 개들은 시무룩한 표정으로 개장 안을 서성이고 있었다. 데려갈 사람은 어떤 사람일지 모르겠지만, 아무리 봐도 키우려고 데려갈 만한 개들은 아니었다. 우악스러운 얼굴에 덩치만 큰 잡종들이었다. 식용 개가 따로 있다더니, 이런 개들을 말하는 모양이었다. 그러나 눈빛은 형형했다. 몇몇은 사람처럼 슬퍼 보였다. 필립은 개들의 눈을 피했다.

"저렇게 큰 개들이 자꾸 늘어나니까, 무섭잖아. 개들이 한 번씩 도망가서 산을 돌아다니기도 했고…. 마을 사람들이 몰려와서 개들 좀 없애라고 주지 스님한테 퍼붓고 가기도 했어. 우리도 주지 스님한테 개를 내보내자고 몇 번이고 말했는데, 주지 스님은 그냥 두라고 하셨어."

"개들은 어디에서 왔는데요?"

"사람들이 절 앞에 버리고 가기도 했고, 절에서 절 지키라고 놔둔 개가 새끼를 낳기도 했고, 또 동네 떠돌이 개들 보면 가엾다고 보살님이 데려오기도 하셨지. 산에 떠돌아다니는 개들이 매일 밥 주니까 눌어붙기도 했고. 마을 영감쟁이 하나는 보살님 다니는 길목에서 보살님 잡고 옥신각신하다가 보살님을 때리려고 했는데, 보살님이 간신히 도망친 적도 있었어. 그 뒤로도 그 영감쟁이 보살님을 가만 안 두겠다고 설치고 다녔지."

"그 사람이 할머니를 때렸어요?"

비구니는 필립을 보고 이상한 표정을 지었다. 비구니는 필립이 아니라, 뒤의 뭔가에 시선을 고정했다. 필립은 뒤를 돌아보았지만, 뒤에는 아무것도 없었다.

"그 영감이 다음 날, 술 마시고 지붕 고친다고 지붕 위에 올라갔다가 실족사했어. … 큰 회사 사모님인 보살님이 계셨는데, 주지 스님 오랜 신도였어. 사실 우리 주지 스님은 이렇게 작은 시골 비구니 절에 계실 만한 분이 아니야. 신도분들이 많아. 그 보살님이 개들 좀 치우라고, 절에 이렇게 동물 우글거리는 거 보기 흉하다고 주지 스님께 말씀을 올렸단 말이야. 우리도 부탁을 드리기도 했고. 주지 스님이 우리 말을 안 들으시니까…. 그런데 그 보살님 남편 처사님 회사가 갑자기 부도가 났어. 보살님도 그 뒤로 건강을 잃으셔서 못 온 지 몇 해 됐어. 그 뒤로는 치우자는 사람이 없어서 여기까지 온 거야."

필립은 왜 비구니가 지금 이런 이야기를 하는지 알 수 없었다. 갑자기 개들이 일제히 짖기 시작했다. 밖에서 사람들이 싸우는 소리가 들렸다. 엄마였다.

"아니, 그렇게 몇 년을 절 일을 해줬는데, 돈 한 푼 안 남았다는 게 말이 돼요? 병원도 안 다녔다면서! 그 양반이 돈을 그렇게 허투루 쓰는 양반이 아닌데."

엄마는 악다구니를 썼고, 비구니들은 말없이 엄마를 가슴과 어깨로 밀었다. 엄마는 어쩌지 못하고 계속 움막 쪽으로 밀려 나오고 있었다. 필립은 비구니들의 현명함에 감탄했다. 저 상황에서 엄마 몸에 손을 대면, 엄마는 비구니들에게 맞았다고 소동을 벌일 것이다. 옆에서 나이 든 비구니가 카랑카랑한 목소리로 엄마에게 호통을 쳤다.

"아니, 이봐, 어디서 소리를 질러? 여기는 부처님 모시는 곳이야. 갈 곳 없고 몸도 아픈 사람을 받아줬더니…. 양 권사가 오죽했으면 딸네 집을 등지고 나왔겠어?"

엄마는 잠시 주춤하더니, 눈을 번득였다.

"양 권사? 양 권사? 아니, 여기에서 왜 양 권사가 나와요? 스님, 스님도 혹시 가리교였어요? 우리 엄마가 가리교 권사였는데, 왜 절에서 우리 엄마를 권사라고 불러? 어쩐지 내가 이상하다 했다. 방송국에 전화해야겠네, 아직도 중노릇하면서 절에 숨어 사는 가리교 땡중이 여기 있다고."

엄마는 악을 썼다. 엄마 입에서 가리교라는 말이 나오자, 엄마를 밀던 비구니들도 잠시 머뭇거렸다.

"어허! 상종 못 할 양반이네."

나이 든 비구니가 더는 상대 안 하겠다는 듯이 돌아서자, 엄마는 비구니의 승복을 잡아챘다. 이제 비구니들은 엄마의 사지를 잡고 끌어냈다. 필립과 함께 있던 비구니도 얼른 밖으로 뛰어나갔다.

엄마는 "야, 이 땡중들 봐라. 너희 다 가리교지? 너희 지금 머리 성하지도 않은 노인네 부려 먹고, 개집에서 살게 하고, 이제 남긴 돈도 다 가로채겠다 이거지? 내가 가만 안 둘 거야." 고래고래 소리를 질렀다. 비구니들은 엄마를 들어 올려서 절 밖으로 메고 나갔다. 개들이 점점 더 크게 짖었다.

필립은 이제 천도재건 뭐건 다 글렀다는 걸 알았다. 얼른 뛰어나가서 엄마와 함께 절을 떠나야 했다. 그때 할머니 유골함을 싼 까만 보자기가 눈에 들어왔다. 시간이 없었다. 필립은 급히 보자기를 풀어 헤쳤다. 나무 상자 안에는 도자기 그릇이 있었고, 그 안에는 얼마 안 되는 흰 가루와 서류 봉투가 하나 들어 있었다. 필립은 손가락 끝으로 한 꼬집 흰 가루를 집어 입에다 털어 넣고, 침을 끌어올려 꿀꺽 삼켰다. 적어도 이 한 꼬집만큼의 할머니의 몸은 필립 속에 거하게 될 거다. 필립은 서류 봉투도 급히 열어보았다. 그 안에는 낡은 수첩 하나가 붉은 실로 칭칭 묶여서 열어볼 수 없게 봉인되어 있었다. 필립은 그 수첩을 가방 속에 떨어트렸다. 그리고 재빨리 나무 상자를 닫고, 다시 보자기를 싸맸다. 처음처럼 단정하게 묶이지 않았지만, 상관없었다. 나올 때 그 종이 상자도 눈에 걸렸다. 필립은 책가방 속에 그 상자의 내용물들을 쏟아부었다. 옷과 책이 아니라, 일기장이었다. 날짜가 적혀 있는 옛날식 일기를 할머니는 평생 매일 썼다.

엄마는 고소할 거라며 목청 높여 소리를 지르고 있었지만, 비구니들에 밀려 엄마는 거의 절 대문 앞까지 끌려 나왔다. 필립은 움막에서 절 대문 밖으로 뛰어나갔다. 대문

밖에서 엄마를 잡아끌었다. 하지만 엄마는 마지막까지 굴하지 않았다. 엄마는 침을 뱉었다. 다들 재빨리 피했지만, 안에서 필립과 함께 있던 젊은 비구니는 뺨에 침을 맞았다. 비구니는 혐오감이 가득한 표정으로 뺨을 닦으며, 필립과 엄마를 노려보았다. 필립은 자기도 유골함으로 들어가고 싶은 지경이었다.

"아줌마, 경찰 불렀어요. 빨리 가세요. 우리 뒷바라지를 2년간 성실하게 해준 보살님 생각해서, 이대로 보내드리는 거예요."

아까의 그 카랑카랑한 목소리가 다시 들렸다. 나이 든 비구니가 나와서 말했다. 필립은 온 힘을 다해 엄마를 끌었다. 닫히는 문 사이로 필립은 나이 든 비구니와 눈이 마주쳤다. 비구니는 가엾다는 표정으로 이쪽을 보고 있었는데, 엄마가 아니라 필립을 보고 있었다. 필립은 왜 자신을 그런 표정으로 보는지 어리둥절했다. 어느새 대문이 쾅소리를 내며 닫혔다. 안에서 문을 잠그는 소리가 들렸다.

엄마는 어느새 멀쩡한 얼굴로 옷매무시를 가다듬고 있었다.

"엄마, 왜 그랬어?"

"내가 안 그랬어봐, 천도재 비용이랑 화장한 돈 내놓으라고 했을 것들이야."

"안 그랬을 거야."

엄마는 필립을 흘겨보았다.

"이 바보야. 너는 아직 어려서 세상 물정을 몰라."

"그래도 이 년이나 일해줬는데."

"너희 할머니가 다 늙어서 무슨 일을 그렇게 했겠냐. 젊었을 때 고생을 많이 해서 일도 제대로 못했을 거야."

필립은 아무 말도 하지 않고 앞장서서 길을 걸었다. 뒤에서 엄마가 투덜대는 소리가 들려왔다.

"야, 왜 그렇게 죽상이야? 너만 슬퍼? 우리 엄마야."

필립은 아무 말 하지 않았다. 엄마를 이해할 수도 있을 것 같았다. 엄마가 죽어도, 필립도 그다지 슬프지 않을 것 같았다. 기차역 앞에는 서서 먹는 포장마차가 있었다. 엄마는 선 채로 잔으로 파는 소주를 후루루룩 몇 잔 연달아 들이켰다. 필립은 어묵 국물을 마셨다. 아직도 할머니가 돌아가셨다는 것이 믿기지 않았다. 엄마는 잠시 멀리 쳐다보며 눈물을 흘렸다.

"잘 갔어, 잘 갔어. 엄마도 한잔해."

엄마는 저쪽으로 술 한 잔을 뿌렸다. 필립은 가방 안에 손을 집어넣어 서류 봉투 속에 든 것을 만졌다.

"이게 다 가리교 때문이다."

기차 안에서 엄마는 코를 골며 잠들었다. 필립은 서류 봉투 안에 든 수첩을 꺼내 보았다. 그 위에는 흰색 작은 메모지에 고풍스럽고 단정한 글씨체로 [심옥희 권사 귀하]

라고 쓰여 있었다. 필립은 그것까지도 조심스레 수첩 속에 끼워 넣었다. 그리고 입고 있던 잠바 안 호주머니, 심장 가장 가까운 곳에 수첩을 넣었다. 그날 기차 안에서 필립은 꿈을 꾸었다. 긴 꿈이었다. 그날 이후로 꿈은 필립을 칭칭 감아서, 한순간도 꿈 밖으로 내보내주지 않았다.

필립은 절에서 돌아오는 기차 안에서 졸다가 깨어난 줄 알았다. 하지만 머리가 너무나 아팠다. 깜-박, 깜-박, 흰 불빛이 망막을 태울 듯이 뜨겁게 필립의 눈동자에 퍼부어졌다. 소독약 냄새와 시야에 들어온 흰 가운 덕에 필립은 자신이 병원에 있다는 걸 깨달았다.

한참 뒤에야 필립은 자신이 열네 살 할머니의 천도재에 가려다 참석 못하고 돌아오는 중인 게 아니라, 스무 살이고 강도를 당한 다음 날이라는 걸 깨달았다. 그것도 오랜 친구들에게서.

간호사가 다가와서 물었다.

"어때요? 머리 아프죠?"

필립은 고개를 끄덕였다.

"나이, 이름, 주소 말해보세요."

"임필립, 20살, 주소는 안산시 경하구 148-99가…."

필립은 머리 뒤의 통증 때문에 다시 누웠다. 수첩을 가진 뒤로 이상한 일들이 생겼다. 엄마는 필립이 하자는 대로 했다. 필립이 달라는 대로 용돈을 줬고 소리 지르는 것을 멈췄다. 필립이 혼자 살고 싶다고 엄마에게 말하자, 엄마는 사흘 뒤 연애하던 남자와 식당에서 같이 살기 시작했다. 그러나 그 남자는 일주일 만에 엄마를 때리고 엄마의 식당을 때려 부수고 가버렸다. 알고 보니 그 남자가 유부남이었다며 엄마는 며칠을 앓았다. 엄마는 집에 돌아오지도 않고 가게에서 누워만 있었다. 식당 문은 열지도 않았다. 필립이 식당으로 찾아갔을 때, 식당 안에는 때려 부순 집기와 그릇이 산산조각이 나서 흩어져 있었다. 엄마는 이불을 뒤집어쓰고 필립에게 얼굴도 보여주지 않았다. 필립은 엄마가 맞았고 아직도 얼굴이 엉망일 거라는 걸 알았다. 필립은 엄마에게 미안해서 더 화가 났다. 자기 잘못이 아닐 거라고 생각하면서도 미안했다. 필립은 그날 저녁, 그 남자의 직장으로 찾아갔다. 직장에서 퇴근하던 그 남자의 뒤를 밟았다. 그 남자는 육교 위에서 필립을 돌아보았다. 남자는 필립을 몰랐다. 남자가 신경질적인 표정으로 필립을 노려보며 "너 지금 뭐 하냐?"라고 물었을 때, 필립은 말했다.

"뛰어내려, 이 등신 새끼야."

필립은 뛰어내려서 죽어버려, 라는 말을 간신히 삼켰다. 남자는 그 말을 듣고 눈을 데굴거리며 멍하니 생각에 잠겼다. 필립은 돌아서서 육교를 내려갔다. 그 남자는 육교 위에서 난간을 붙잡고 허공을 바라보며 계속 서 있었다. 필립은 저만치 가다가 뒤돌아보았다. 그 시선이 신호인 것처럼 그 남자는 갑자기 육교 난간으로 올라가 뛰어내렸다. 그 남자는 지나가던 트럭의 방수포 위로 떨어졌다. 그러나 그게 끝이 아니었다. 남자는 꼭 통통 튀는 고무 인형처럼 몇 번을 튀면서 굴러떨어졌다. 필립은 뛰어서 달아났다. 돌아보지 않았다.

필립은 엄마에게 다시 같이 살자고 했고, 둘은 다시 같이 살았다. 한 달 뒤 엄마는 술을 마시면서 그 남자가 이혼하고 다시 만나자고 한다며 고민이라고 했다. 남자가 다치지 않았느냐는 말에, 엄마는 그 사람이 허리를 다쳐서 장애 등급을 받게 될 거라고 한숨을 쉬면서 말했다. 그 남자를 다시 만나서, 아버지라고 부르라고 엄마가 시켰을 때, 필립은 싫다고 했다. 필립은 엄마에게 다시는 셋이 만나지 말자고 했다. 그리고 그렇게 됐다.

필립은 엄마와 멀어졌다. 필립은 엄마가 징그럽고 미웠지만, 끈적한 정 같은 게 있었다. 그런데 그게, 어느 날 뚝하니 다 말라버렸다. 그렇게 말라버린 게 꼭 싫기만 했던 건 아니다. 그렇지만 외로웠다.

필립은 가끔 궁금했다. 사람들이 알까? 내가 시키면, 자기들은 시키는 대로 한다는 걸? 사람들은 모르는 것 같았다. 사람들은 언제나 제 나름의 이유를 찾았다. "저기로 가"라고 해서 간 아이는, 나중에 제 친구들에게 그늘에 있으려고 갔다고 말했다. 정말 그렇게 믿는 것 같았다. 필립은 사람들의 마음이 신기했다. 마음은 별로 믿을 만한 게 아니었다.

그 뒤로 필립은 친구를 사귈 수 없었다. 여정만 예외였다. 여정은 신기한 애였다. 여정은 필립의 말을 듣지 않았다. 늘 제 얘기만 떠벌려서 그럴지도 몰랐다. 여정은 필립을 꽤 좋아하는 것 같았지만, 아닐지도 몰랐고, 그런데도 상관없었다. 그렇게 매일 말이 바뀌는 애, 자기가 거짓말을 하는지도 모르고 줄줄이 거짓말만 늘어놓는 애가, 무슨 말을 한들 그게 진심일 수 있을까? 자기가 거짓말을 하는지도 모르고 거짓말을 하는 애가 생각하는 자기 마음이라는 게 믿을 만한 걸까? 여정은 필립에게 늘 자기 얘기를 했다. 필립은 다른 애들이 그 얘기가 전부 거짓말이라고 하는 걸 알았지만, 상관없었다. 텔레비전이나 소설 보듯이 그 얘기를 들었다. 텔레비전이나 소설보다 재밌었다.

필립은 자신이 여정을 괴롭히는 애들을 말릴 수 있다는 걸 알았지만, 그러지 않았다. 그렇게 되어서 여정에게 다른 친구가 생기면, 여정은 더 이상 필립에게 그 재미있는 얘기를 들려주지 않을 것 같았다. 그날, 여정이 필립에게 죽을 거라고 했을 때, 필립은 자신이 여정을 말릴 수 없다

는 걸 알았다. 그래서 수첩을 빌려줬다. 돌려받지 못하면
어떡하지? 필립은 걱정했다. 그러나, 그것도 나쁘지는 않
을 것 같았다. 수첩이 생겨서 딱히 필립이 행복해진 건 아
니었다. 그러나 여정을 만난 뒤로 필립은 조금 더 행복해
졌다. 그 뒤 무슨 일이 생겼는지 잘 모른다. 어쨌든 여정은
살아남았고 돌아왔고 필립 옆에 남았다. 병문안을 갔을
때, 수첩은 필립 눈에 잘 보이는 곳에 놓여 있었다. 필립은
수첩을 챙겼다. 모든 일이 잘 끝났다.

지금까지. 그리고 지금 무슨 일이 생긴 걸까? 여정은 필
립을 배신했다. 왜? 알 수 없었다. 배신을 하지 말라고 해
야 했었나? 소용없었을 것이다. 여정은 필립의 말을 듣지
않는 애였으니까.

이 모든 것이 꿈 같았다. 누구도 필립의 말을 듣지 않을
것이다. 그건 두려운 일이다. 필립은 간호사와 눈을 마주
치는 게 두려웠다. 자기 말을 듣지 않을 사람, 그리고 거짓
말도 하지 않을 사람이 필립을 보고 무슨 생각을 할까.

지난 사 년 동안 수첩을 가진 자신이 느끼고 경험한 모
든 것이 다 꿈속에서 있었던 일 같았다.

그 모든 일들이 지금의 필립과는 조금은 무관한 이상한
일들 같기도 했다. 필립은 자신이 자유로워졌다는 것을
깨달았다. 꿈의 방들이 모두 문을 닫은 어두운 복도에 서
있는 자기 모습이 환영처럼 보였다.

"32,000원입니다."

병원 수납대 앞에 섰을 때, 필립에게는 지갑도 핸드폰
도 없었다. 필립은 아직도 눈이 부셨고 머리가 아팠고 소
독약 냄새가 낯설었다. 친구는 이제 없다. 수첩도 없다. 머
리에는 붕대가 칭칭 감겨 있었다. 망설이는 필립에게 접
수원은 전화를 쓰라고 했다. 친절한 사람이었다.

그러나 전화를 걸 곳도 없었다. 한참을 생각하다 필립
은 모친에게 전화를 걸었다. 반년만이었다. 모친은 병원
은행 계좌로 돈을 보내주었다. 필립은 오늘 오후에 곧장
갚겠다고 말하자, 모친은 그러라고 하고 끊었다. 전화를
끊고 잠시 뒤에야 모친이 왜 병원에 갔냐고 물어보지 않
은 게 섭섭하다는 생각이 들었다. 이런 서운함이 낯설었
다. 이런 감정을 느낀 게 너무 오랜만이었다. 수첩이 없어
져서 그렇다는 생각이 들었다. 그 서운함이, 종이에 베인
상처처럼 작고 아무렇지도 않은 것 같으면서도 꽤 오래
아플 것 같았다. 필립은 병원 현관의 회전문 앞에서 망설
였다. 뒤쪽에서 아이들이 뛰어나와 회전문을 밀었고, 필
립은 따라 들어갔다. 문이 도는 동안, 필립은 자신이 문에
끼어들 것 같은 불안함을 느꼈다. 병원 밖으로 나오자, 태
양이 뜨거웠다. 그 뜨거운 태양 아래, 노출된 자신이 취약
하게 느껴졌다. 병원문은 필립을 적나라하게 비췄다. 피
가 곳곳에 묻은 낡고 헐렁한 옷, 머리에 두른 붕대. 지저분

한 운동화, 커다란 안경 너머 이상한 얼굴. 모든 게 낯설다
는 듯, 어색하다는 듯한 표정. 필립은 이제 어떤 감정의 포
즈를 취해야 할지 알 수 없었다.

필립은 서둘러 집으로 향했다. 집에 빨리 돌아가 혼자
있고 싶었다. 아무도 보는 이 없는 집으로 달아나고 싶
었다.

이제 필립은 자신이 누구인지 알 수 없었다. 알고 싶지
도 않았다.

2부
긴 담벼락을 따라
당신은 달리고 있다

반신전쟁

꿈에 저항하라!

2045 서울 증강현실 special edition

[반신전쟁] (叛神戰爭) 보도 자료

　　머나먼 미래, 인류문명은 몰락해 가고 있다. 기후변화와 핵전쟁은 지구의 4/5 지역을 인간이 살기에 부적합한 곳으로 만들어버렸다. 미국과 중국, 한국, 유럽연합, 이슬람연맹 등 강대국들은 살아남았지만, 제한된 식량과 거주 가능한 영토는 끊임없는 전쟁을 유발했다.

　　신은 인류의 잔혹함과 게으름에 질려버렸다. 신은 인류를 버리고 새로운 종족을 지구에 심기로 했다.

　　신은 현생 포유류보다 더 뛰어난 신생 종족을 진화시키기로 결심했다. 제4종족이 나타난 것이다. 이들은 인간이 살 수 없어서 버린 영토에서 번식하기 시작해, 인류를 먹이로 해서 번영한다.

그러나 인류는 자신을 저버린 신에게 복종하기를 거부했다. 인류는 신에게 저항하기 위해 화합하여 공동의 전선을 만들었다.

그리하여 과학기술과 인간의 잠재 능력을 최대한 개발하여, 히어로들이 소집됐다.

히어로들은 신체 개조를 통한 강화 인간, 초능력자, 사이보그, 혹은 제4종족과의 혼혈까지 다양하게 이루어져 있다. 국적과 성별, 인종, 나이를 뛰어넘어 인류를 향한 헌신으로 이들은 뭉쳤다!

- 게임 전문 웹진 [B.O.B]의 반신전쟁 관련 기사 中-

제4종족은 파충류, 양서류, 포유류의 진화 단계를 거쳐 인간에 가까운 존재로 진화한다.

저레벨의 제4종족은 좀비처럼 떼로 움직이며 이빨과 손톱을 이용해서 동물처럼 공격한다. 이들은 천사의 지휘를 받아 인해전술로 히어로들을 괴롭힌다. 제4종족은 빠른 속도로 진화하는 지성과 초능력을 가지고 있다. 뒤로 갈수록 게임은 복잡한 전술이 필요하다. 반신전쟁은 최근 나온 게임 중 제법 다양한 전술 운용의 즐거움을 느낄 수 있도록, 밸런스가 잘 맞춰진 전투 시스템을 선보인다.

로타리게임이 프랑스 애너밸리사와 협력하여 야심 차게 개발한 증강현실 기술이 〈2045 서울 증강현실 special edition〉에서 드디어 빛을 발한다. 국가마다 국가적 특징을 가미한 시나리오와 아이템이 풍성하게 준비되었다.

시즌마다 새롭게 선보이는 히든스테이지는 이번에도 이어지는 깜짝 선물이다. 전통적으로 반신전쟁의 히든스테이지는 한국의 대도시와 근방의 최근 모습을 색감만 변형시킨 극사실적인 모습을 담아 왔다. 지하철역, 도로, 빌딩, 공원, 패스트푸드점, 카페, 가정집 등 21세기의 평범한 사람들이 살아가는 현실의 모습이다. 그 공간에 포털을 통해 난입한 히어로들은 모든 것을 다 파괴해야 한다. 히어로들의 무기에 파괴되면 그 평범한 모습 아래에 숨겨졌던 또 다른 현실이 드러난다. 그것은 제4종족에 이미 점령된 모습이다. 인간과 개, 고양이 따위는 모두 다 제각기 다른 모습의 제4종족이고, 빌딩과 지하철역 따위는 제4종족의 굴이다. 제4종족들이 죽으면 그만큼의 허공이 생기고, 카페와 지하철역 따위 제4종족의 굴 또한 허공으로 변한다. 모든 것이 허공이 되면, 히어로들은 빛으로 변해서 흩어진다.

다시 게임 본 스테이지로 돌아오면, 히어로의 능력치는 1.4배가 된다. 처음 반신전쟁을 시도하는 플레이어에게도 어렵지 않으니 꼭 찾아보기 바란다. 각별한 즐거움을 준다.

앞마당에는 박꽃이 피어 있다

가리교인들이 한국에서도 집단 자살을 했다. 전 세계인들에게 가리교 문제에 관심을 가지라고 호소하고 결백을 주장하며 그랬다. 나는 그들을 말리지 못한 게 뼈에 사무친다.

심은 그 일을 가지고 배를 잡고 웃었다. 심은 나를 친구라고 부른다. 심도 심의 수양 자식들도 인간이 아니라는 걸 나는 너무 늦게 알았다. 귀신인지, 아수라인지, 혹은 천신인지 알 수가 없다.

밖에서 개들이 또 짓는다. 밖에 나가서 개들을 달래줘야 한다. 개들에게 꿈꾸는 법을 가르치는 게 재미난다. 개들은 내가 가고 나면 뿔뿔이 흩어져서 먹잇감이 될지 모른다. 그래도 저놈들이 다른 꿈이라도 꿀 수 있다면, 저 서러운 생들이 조금이라도 위로를 받을 수 있지 않겠나.

**이런 생각을 하다가 잠이 안 오는 밤에는 필립이가 생각
난다. 그 어린 것이 마음 붙일 곳은 찾았으려나…**

하지만 필립아, 이 세상은 간밤의 꿈과 같으니…

기철은 필립의 할머니 일기를 뒤적거렸다. 옆에 잠든
금숙의 코 고는 소리가 가볍게 들렸다. 기철은 금숙의 얼
굴을 물끄러미 들여다보았다. 낮은 콧대의 주름 진 얼굴
에서 피로한 노동의 흔적이 보였다. 금숙은 알아들을 수
없는 희미한 잠꼬대를 하다가, 더듬거리며 기철의 손을
잡았다. 기철은 금숙의 손을 잠시 맞잡았다가 슬그머니
손을 놓았다. 금숙은 다시 깊은 잠에 빠져들었다.

금숙은 지난주에 처음 만났다. 술도 잘 마시고 말도 잘
하고 춤도 잘 췄고 침대에서도 근사했다. 지난주에 술을
마시다가 만났는데, 오늘 아들이 속 썩여서 속이 상한다
고 연락이 왔다. 단둘이 만난 것은 오늘이 처음이었다. 하
지만 이렇게 될 줄은 처음 만났을 때부터 알았다. 그리고
아마도 오늘이 마지막일 것이다. 며칠 뒤에는 금숙에게도
기철에게도 서로의 얼굴과 이름은 금방 희미해질 것이다.
수첩을 가졌다가 놓친 뒤로, 사람들은, 특히 여자들은 기
철에게 자신의 이야기를 털어놓고 싶어했다. 사람들은 기
철의 눈을 보며 잘 울었다. 왜인지는 기철도 몰랐다. 그저
누군가의 살아 있는 손, 체온, 얼굴, 입김이 절실하게 필요

할 때, 여자들이 내미는 손을 거절하는 법을 기철은 여전히 몰랐다.

수첩을 접한 뒤로 생긴 또 다른 습관은 밤에 좀처럼 잠들지 못한다는 거다. 그런 밤에는 필립네 할머니의 일기장을 뒤적거리는 게 습관이 됐다.

내일은 뭘 할까? 어디를 갈까? 밤바다를 볼까? 밤까지는 뭘 하면서 시간을 보내야 하나? 호주머니에 조금이라도 돈이 있으면, 일하기가 싫다. 지난달 현장에서 내내 구른 덕에, 이번 주말까지는 게으름을 피워도 됐다. 내일 금숙과 아침을 먹고 금숙을 보내고 나서는, 여관 시간을 연장해서 잠이나 좀 자야겠다. 저녁이 될 때까지 빈둥거리다가 밤바다를 봐야지. 그러다가 또 다른 여자를 만날 수도 있을 테고. 아, 아니다! 내일은 노숙자를 위한 급식 트럭에서 자원봉사를 하는 날이었다. 기철은 미소를 지었다. 봉사, 그것이 기철의 믿을 구석이었다. 봉사가 아니었다면, 수첩의 꿈은 끝까지 기철의 인생을 물어뜯고 놓아주지 않았을 것이다.

12년 전 필립의 집에서 나온 기철이 깨어났을 때, 기철은 이글거리는 유월의 태양 아래 누워 있었다. 해를 피하려고 고개를 틀기만 해도 통증이 몰려와 온몸이 아팠다. 꼼짝도 못하고 누워서 해가 뜨고 지는 것만 바라보았다.

살려달라고 고래고래 소리를 질렀다. 아무도 오지 않았다. 해를 바라보고 얼굴이 달아올라 화상을 입고 소리를 지르다 목소리가 나오지도 않을 때쯤에야, 지나가던 사람이 기철을 발견했다. 그곳은 필립의 집에서 1킬로미터쯤 떨어진 공사장이었다. 기철도 자신이 왜 거기로 가서 그 지경이 되도록 추락했는지 몰랐다. 근처 굴착기에서 떨어지지 않고서야 말이 안 된다고들 했지만, 기철은 굴착기에 올라간 기억이 없었다.

병원에 가보니 갈비뼈가 두 대 부러졌고 다리는 골절되었다고 했다. 병원비는 엄청나게 나왔고, 병원비를 어떻게 할 것인가를 놓고 엄마와 형은 병원에서 소리를 지르며 다퉜다. 형은 만약에 기철의 병원비를 한 푼이라도 엄마가 내면 엄마를 다시는 안 보겠다고 화를 냈다. 엄마는 네가 그러고도 형이냐며 소리를 질렀다. 기철은 두 사람에게 나가라고, 다시는 오지 말라고 소리 질렀다.

기철은 대리점 사장과 그 친구들이 차라리 빨리 들이닥쳐 줬으면 싶었다. 살고 싶은 마음이 유월 햇살 아래 완전히 말라버렸다. 그냥 살고 싶지 않았다. 필립이 살았는지 죽었는지 가끔 궁금했지만, 죽었다면 그걸 아는 것도 두려웠다. 필립의 피에 젖은 얼굴이 어른거렸다. 여정은 연락이 끊겼다. 기철은 그 꿈속의 숲과 여자가 애타게 그리웠다. 서늘한 그림자로 된, 죽은 것 같지만 살아 있던 나무들과, 머리카락 한 올까지도 다 빛났지만 서늘한 죽음 같던 그 여자에게 다시 돌아갈 수 있다면. 여기가 꿈이고, 거기가 현실이라면 좋을 텐데. 한 편으로는 모든 것이 그저 다 꿈이고, 기철 자신은 아직도 추락하고 있는 것 같기도 했다.

병원비를 낼 돈도 없었고, 내기도 싫었다. 그저 빨리 좀 그 새끼들이 와서 숨통을 끊어줬으면 싶었다. 그러면 차라리 후련할 텐데. 아, 차라리 속이 시원할 텐데.

그러나 기철을 찾아온 것은 명우였다. 기철은 처음 명우를 못 알아봤다. 명우는 옷을 아주 잘 차려입고 편안하고 당당해 보였다. 기철은 명우 앞에서 자신의 초라한 모습이 신경 쓰였다.

"걱정하지 마. 다 잘 됐어."

명우가 거드름을 피우며 말했다. 기철은 속이 뒤틀렸다.

"잘 되긴 뭐가 잘 돼? 나는 이 꼴인데, 새끼야."

명우의 얼굴이 잠시 일그러졌다가 펴졌다.

"말조심해. 기철아."

명우가 기철의 뺨을 가볍게 두들겼다. 명우의 눈은 표정 없이 차가웠다. 기철은 명우가 두려웠다. 명우가 두렵게 느껴진 건 처음이었다.

"네 병원비는 내가 냈어. 너희 대리점 사장이랑 그 친구들도 감옥 보냈어. 엉망진창이기는 했지만, 그래도 네가 도와준 게 있으니까."

"도대체 무슨 소리야?"

"하긴. 네가 뭘 알겠니."

명우는 기철의 뺨을 몇 번 더 툭툭 쳤다. 기철은 아무 말도 할 수 없었다.

엄마가 누가 병원비를 내줬다면서 뭔가 잘못된 것일 거 같다고 빨리 퇴원해서 도망치자고 했을 때, 기철은 쓴웃음만 지었다.

"됐어, 엄마."

"너 무슨 소리야? 뭐 아는 거 있어?"

"그냥 그렇게 됐어."

기철은 베개에 얼굴을 파묻었다. 설명할 수 없었다. 기철의 통장에는 명우가 보낸 천만 원이 들어 있었다. 명우가 수첩을 얻은 것이다.

기철은 퇴원하고 나서 소문을 들었다. 기철이 입원해 있는 동안, 명우 아버지 조사장이 다른 조직과 싸우다가 조직원 살해를 지시했다는 죄목으로 감옥에 들어갔다. 조사장의 재산은 명우가 물려받았다. 그 과정에서 조사장의 부하들이 어쩐 일인지 명우에게 꼼짝도 못했다고 했다.

명우는 학교에 다니면서 창업했는데, 회사는 승승장구했다.

기철은 퇴원한 뒤 제대로 된 일은 아무것도 하고 싶지 않았다. 피시방에 가서 컴퓨터 게임만 했다. 저녁에는 게임을 하다가 만난 여자들에게 술을 사주며 놀았다. 그때 이상하다는 생각이 들기 시작했다. 여자들은 기철에게 자기 속 얘기를 하기를 좋아했다. 처음 기철은 여자를 꼬시기가 쉬워졌다며 좋아했다. 하지만 여자들이 털어놓는 시시콜콜하고 가슴 아프고 애잔한 사연들을 듣고 있노라면, 그 여자들과 어떻게 해볼 마음이 사라지기 일쑤였다. 그냥 술을 사주고 가끔 같이 우는 것, 그러다 가끔 술을 얻어먹기도 하는 것. 게임을 하고 여자들을 만나 술을 마시며 눈물을 글썽거리는 것, 그게 기철 생활의 거의 전부였다.

그렇게 빈둥거리고 지내다가, 그것도 신물이 날 만큼 지겨워졌을 때 여정과 필립을 찾아봐야겠다는 생각이 들었다. 기철은 필립이 일하던 편의점 앞으로 갔지만, 필립 앞에 나설 용기는 나지 않았다. 유리창 너머로 훔쳐본 필립은 예전과 다르지 않은 얼굴로 일하고 있었다. 기철은 필립을 다시는 볼 일이 없기를 바라며, 편의점 앞을 몰래 떠났다.

다음에는 여정을 찾아갔다. 여정이 전화를 받지 않아,

2부 긴 담벼락을 따라 당신은 달리고 있다   185

기철은 여정의 집으로 가 초인종을 눌렀다. 집 안에서 텔레비전 소리가 흘러나왔지만, 초인종을 누르자 텔레비전 소리가 작아지더니 아무 소리도 들리지 않았다. 기철은 집 문을 두드렸다.

"여정아, 여정아, 안에 있어? 나야, 기철이야."

잠시 뒤에 문 쪽으로 오는 느린 발걸음 소리가 들리더니, 여정이 문을 열었다. 여정은 비쩍 마르고 수척해 보였고, 기철을 귀찮아하는 표정을 숨기지 않았다.

"웬일이야?"

"그냥 잘 있나 궁금해서."

"나 바빠."

"너 되게 도도하다. 나 좋다고 울고불고할 때는 언제고."

여정은 픽 웃으며 잠시 생각하더니, 문을 열어주었다. 여정은 자신의 방으로 들어가라고 했다. 문을 열자, 방바닥에는 발 디딜 틈도 없이 널려 있는 신문 기사 나부랭이들이 널려 있었다. 여정은 조심스럽게 종잇조각들을 치워 엉덩이를 내려놓을 만큼 빈자리를 만들어주었다. 고등학교 때는 여정의 부모님이 퇴근하기 전에, 이 방에서 서로 얼싸안고 더듬고는 했다. 침대와 책상은 그대로였다. 그때 방을 채우던 여정의 화장품 냄새와 향수 냄새가 아직도 기억에 생생했다. 하지만 지금 신문지의 잉크와 종이 곰팡내가 가득한 이 방에서, 여정은 기철을 돈을 빌려달라고 찾아온 먼 친척이라도 되는 것처럼 대했다.

"웬일이야?"

여정은 기철에게 말하면서도, 가위를 들어 신문 기사를 오렸다. 햇살이 내리쬐는 창가 쪽에 앉은 여정은 너무 말라서 빛에 녹아내린 것처럼 보였다. 비쩍 마르고 화장기가 없는 여정은 처음 보는 사람 같았다.

"안 반갑냐?"

여정은 기철에게 오려낸 기사를 건넸다. 런던의 공원에 번개가 쳐서 사람들이 죽었다는 기사였다.

"사람들이 열한 명이나 죽었어. 아이들도 세 명 죽었어. 이 여자애는 일곱 살이었어. 옆에 있는 여자가 엄마야. 아이 엄마와 아빠가 이혼해서 둘은 반년 만에 만나는 거였어. 그런데 그날, 같이 죽었어."

사진 속에는 금발 머리의 빨간 야구모자를 쓴 여자아이와 그 아이가 빼닮은 젊은 여성이 나란히 기철을 응시하고 있었다.

"안됐네."

신문 기사를 든 여정의 손목은 나무젓가락처럼 앙상했다.

"호주에서 불이 꺼지지 않아. 만 마리 넘는 야생동물이 죽었는데도 더 죽어갈 거래. 비가 오지 않아서 숲이 바싹 말라 있는데, 바람이 거세대. 안 그래도 갈 곳이 없던 원주민들이랑 야생동물들이 갈 곳이 없어. 다들 죽어가."

"너 언제부터 이런 데에 관심이 있었어?"

"전에는 몰랐지. 하지만 이제는 알게 됐어. 알게 되니까 모른 척할 수가 없어."

"뭘?"

"남들의 고통."

여정이 가위질을 계속하며 말했다. 여정은 이상해졌다. 정상이 아니었다. 기철은 더듬거리며 말했다.

"너 왜 이래? 돌았어? 이게 다 그 수첩 때문이야."

"예전이 이상했던 거야. 그리고 나만 이상했던 게 아니야. 이 세상이 이상한 거야. 남의 고통에 이렇게나 무관심한 이 세상이 이상하단 걸 너는 아직도 모르겠어?"

"그딴 소리 그만해. 너는 너 하나만 챙기면서 살아도 모자랄 판이야."

기철은 소리를 질렀다.

"너는 아무것도 몰라."

여정이 차갑게 말했다. 예전의 여정과 전혀 다른 얼굴이었다. 기철은 예전의 여정이 미친 듯이 그리웠다. 신 것을 먹었을 때처럼 얼굴이 일그러졌다. 울고 싶었다. 이런 기분은 질색이다.

"야, 나 간다."

기철은 일어섰다. 다시는 여정과 얽히지 말아야겠다고
생각했다.

"수첩은 누가 갖고 있어?"

일어선 기철 등 뒤에서 갑자기 여정이 물었다.

"명우가."

여정은 잠시 말이 없다가, 다시 가위질을 시작하며 말
했다.

"그래, 잘 가."

기철은 여정의 집을 뛰어나왔다. 그 뒤로도 기철은 처
음 만난 여자들에게 술을 사주고 게임을 하며 놀았다. 넉
달 뒤 명우가 보내준 돈이 바닥났다. 돈이 없어지자, 기철
은 노숙을 시작했다. 더 이상 아무것도 생각하고 싶지 않
았다.

기철은 육 년 동안 노숙했다. 막달레나 노숙자 급식 트
럭을 만날 때까지 그랬다.

늦가을 바람은 시원하고 국 포트는 뜨거웠다. 국 포트
앞에 서 있자니, 배추된장국의 구수한 냄새와 흰 김이 얼
굴로 끊임없이 올라왔다. 등짝이 시려서 떨다가도 어느새
관자놀이에서는 뜨거운 땀이 주르륵 흘렀다. 간밤의 술이
덜 깨서 어지러운데, 춥고 더웠다. 배식 트럭 앞에 줄 선
사람들의 얼굴은 흐리멍덩했지만, 기철이 국그릇을 건네

면서 인사하면 그 눈에 짧은 빛이 스쳐 지나갔다. 기철은 아찔한 상쾌함을 느꼈다. 이 맛에 봉사한다. 노숙인들을 위한 막달레나 급식 트럭 앞의 줄은 길게 늘어서 있었다.

"안녕하세요, 형제님. 좋은 일 있으세요? 오늘 신수가 훤하시네요."

기철은 넉살 좋게 제 앞의 노숙인에게 인사를 하고 국을 퍼주었다. 처음 막달레나 급식 트럭을 만났을 때 기철은 노숙 중이었다. 밥을 얻어먹으면서 시작된 인연이, 이제는 봉사하면서 이어졌다. 급식 트럭에서 소개해준 건설 현장 일을 하면서 마음을 잡았다. 이 떠도는 인생에서 기철이 사라진다면, 배식 트럭의 수녀들과 노숙인들만이 기철을 기억하고 찾아줄 것이다.

오늘 조세피나 수녀와 마리아 수녀의 표정이 어두웠다. 후원금이 계속 줄어들고 있는 데다가 정부 지원금이 내년 이후에 중단될지도 모른다는 소문이 자원봉사자들 사이에서도 떠돌았다. 기철도 가슴이 답답했다. 수녀들의 표정만 봐도, 지금까지 후원금 문제가 풀리지 않는다는 걸 알 수 있었다. 기철은 고개를 저었다. 돈에 관해서라면, 기철은 할 수 있는 게 없다. 기철이 뭘 어쩌겠는가? 바람이 불면 부는 대로, 비가 오면 비가 오는 대로, 납작 엎드려서 한 계절을 나는 거지.

그런데 오늘 기철은 좀 주눅이 들었다. 줄 끝 쪽에 노부인이 서 있는데 좀 이상했다. 옷 입은 차림새는 단정했는데 초조한 얼굴을 하고 주위를 훑어보다가 기철을 빤히 쳐다보곤 했다. 안면이 익은 것도 같은데, 기철은 그 노부인을 어디에서 봤는지 도무지 기억해낼 수가 없었다. 괜한 사건에 또 휘말리게 되는 건 아닐지? 최근에 만난 여자의 얼굴을 하나씩 떠올려 보았다. 누가 찾아올 만큼, 나쁘게 끝난 적은 없는 것 같은데….

마침내 노부인이 기철 앞에 섰을 때, 기철은 노부인을 쳐다보지 않고 국그릇을 내밀었다.

"안녕하세요, 자매님."

노부인은 기철이 내민 국그릇을 잡지 않고 기철의 팔을 붙잡았고, 기철은 당황해서 국자를 놓쳐 국자는 포트 속으로 빠져버렸다. 옆에서 밥을 푸던 자원봉사자가 얼른 국자를 건지는 동안에도 노부인은 아랑곳하지 않고 기철의 손을 붙잡았다.

"기철아, 나 못 알아보겠어? 나 여정이 엄마야. 여정이가 집을 나갔어."

"여정이가요."

기철은 한숨을 쉬었다. 놀랍지만은 않았다. 옆에서 기철에게 새 국자를 건넸다. 기철은 다음 노숙인에게 국을 퍼주면서 말했다.

"어머니, 일단 식사하고 계세요. 저 금방 끝나요."

　기철이 배식 트럭에서 뒷정리하고 나왔을 때, 여정 모
친은 공원 벤치에 앉아서 기철이 오는 모습을 멍하니 보
고 있었다. 여기를 어떻게 알고 왔을까? 기철은 말했다.
"어머니, 여정이한테 무슨 일이 생겼어요?"

안에서는 아마 고문이 행해지고 있고

여정이가 고등학교 졸업하고 마음을 좀 못 잡았잖아. 나중에는 나레이터 모델이라고 길에서 춤추는 일도 하고. 물론 여정이 아버지하고 나는 안 했으면 했지. 우리야 옛날 사람이니까. 여자가 춤추는 직업이라고 하면, 그것도 밖에서 춤춘다고 하면 체면이 깎이는 일이라고 생각한 거지. 그래도 우리는 여정이더러 하지 말라고는 안 그랬어. 그냥 여정이가 나이가 좀 더 들면 알아서 점잖은 직장을 찾을 거라고 생각했어. 그런데 그러다가 그 사고가 난 거야. 버스 안에서 칼에 찔렸어. 누가 찔렀는지도 몰라. 지금도 몰라. 여정이는 자고 있었는데 그냥 불시에 칼에 찔렸다고 해. 그게 웬일인가. 다행히 장기는 피해서 크게 다치지는 않았는데, 그날로 여정이가 이상해져버렸어.

한동안 깨어나질 않았어. 그러다가 사흘 만에 일어났을

때는 모두 다행이라고 했어. 집 밖에 나가려고 하지를 않고, 아무와도 이야기도 안 하려고 하는 거야. 그리고 내내 잠만 잤어. 밤이건 낮이건. 그렇게 활발했던 애가…. 처음에는 '사고 때문에 애가 마음이 힘들구나' 했어.

여정이는 자다가 깨어나면 내내 신문만 봤어. 애 아버지랑 나는 신문을 안 주려고 했지. 신문만 보면 우니까. 그런데 신문을 안 주면 더 불안해하고 화를 내. 그래서 신문을 안 줄 수가 없었어. 신문만 보면 세계에 일어난 모든 일이 다 제 탓이라는 거야. 어디에서 나쁜 소식이 생기기만 하면 걱정했어. 산불, 가뭄, 홍수, 테러. 아이들이 굶는다고 여자들이 강간당한다고 머리카락을 쥐어뜯었어. 동물들이 고문당한다고도 숨넘어갈 듯이 울었어. 산불이라도 나면, 제 몸이 타들어가는 것처럼 괴로워했어. 꼭 자기가 지금 불 난 숲에 있기라도 한 것 같았어. 그런 사진과 뉴스를 보고 또 보고…. 먹는 것도 도통 아무것도 먹지 않으려고 했어. 고기는 집에 냄새만 나도 구역질하고… 밥이랑 과일만 먹었어. 집밖에는 전혀 외출도 하지 않았고 집 밖을 쳐다보는 것도 힘들어했어.

정신과도 가봤고, 굿도 했지. 순천 어디 교회에 기도의 은총을 받은 권사가 있다고 해서 거기에도 가서 기도도 받고. 하다못해 절에 가서 내가 백만 배도 했잖아. 내가 안 해본 게 없어. 정신병원에 입원도 했었는데, 의사가 어차피 입원해 있어도 안 낫는다고 돌려보냈어.

살이 너무 빠져서 식욕을 올려주는 약 먹고 나서 밥을 억지로 먹었어. 그 약을 먹으면 그나마 밥술을 좀 뜨다가, 그것도 결국 효과가 있는 둥 마는 둥 해서 관두고. 나중에는 40킬로도 안 나갔어. 그렇게 바싹 여위어서 집 안에서만 지낸 게 7년인가 8년인가 그래…. 내내 잠만 자다가 일어나면 신문 보고.

그러다가 작년부터 애가 변했어. 무슨 일이 있었는지는 우리도 몰라. 우리한테 말을 하나. 그런데 그다음부터는 종일 밖을 돌아다니고 집에 붙어 있지를 않아. 우리는 걱정이 됐지만, 그렇다고 해서 가게 문을 닫고 여정이를 따라다닐 수도 없는 일이니. 돈도 잘 안 가지고 다니기도 하는데… 그래도 그때부터는 밥도 잘 먹고 울지도 않고, 신문도 예전만큼 많이 안 봤어. 그래도 혹시 나가서 나쁜 일을 당하지나 않나, 또 나쁜 일에 휩쓸리지는 않나 우리는 걱정이 되어서…. 여정이더러 병원에 가보자고 했는데, 싫다고 하는 거야. 우리도 여정이가 좋아졌으니까 억지로 가자고는 못 했지.

그러고 나서는 여정이가 일도 했어요. 박스 줍는 동네 노인들을 거들기도 했고… 요 집 앞 편의점에서 상자를 접는 걸 돕기도 하고. 집 앞에 있는 학교에서 급식 시간 동안 배식하는 아르바이트를 하기도 했다우. 우리는 그렇게라도 여정이가 자리 잡으려나 했지. 그런데 또 뭐 하나 오래 하는 게 없었어. 할 때는 잘하고 열심히 한다고 다들 그러던데. 예전 같지는 않지만 싹싹하고 부지런하고. 그러니까 우리는 좋아지는가 생각했지.

그런데 그러다 작년에 여행을 간다는 거야. 우리는 위험하니까 나가지 말라고 일부러 돈도 안 줬는데, 돈도 있대. 며칠씩 나갔다가 들어오고 그랬어. 그러다가 한 달 전부터 여정이가 안 들어와. 모르겠어. 어디에 있는지. 겁이나 죽겠어. 무슨 일 있을까 봐. 그래도 전화는 해. 전화해서 목소리 들어보면 좋아. 꼭 옛날 같아. 웃기도 하고 농담도 하고 그러는 거야. 옛날에 여정이 씩씩하고 잘 다니고 그랬을 때 여정이 같이. 남자친구 만난다, 새 옷 산다, 그럴 때 같아.

그러다가 필립이를 만났다고 하더라고. 필립이하고 아직도 연락하는지는 몰랐어. 고등학교 때 둘이 제일 친하기는 했지. 사실 나는 필립이 개가 좀 어두워 보여서 처음부터 마음에 안 들었어. 그래도 나중에 알고 보니, 홀어머니가 고생하면서 키웠다는 말 듣고는 짠해서 내가 더 잘해주려고 애썼다우. 워낙 말이 없는 데다가 수줍음도 많아서 목소리를 들어본 기억도 없지만, 결혼해서 딸도 낳고 잘살고 있다니 "좋은 소식이네!" 그랬지. 그랬는데 아이가 먼저 갔다는 거야. 그래도 젊으니까 다시 아이 낳고 살면 되지… 남편도 참하다니, 마음 추슬러서 다시 아이 낳고 살면 되지….

그랬는데, 필립이하고 여정이가 집을 나갔어. 여정이는 전화도 잘 안 받아. 저가 먼저 전화를 가끔 하는데, 전화해서는 어디에서 뭘 하는지는 말을 안 해.

여정이는 우리더러 걱정하지 말라고 그래. 자기는 잘 있다고. 그래도 애가 터져서 이 어미 걱정하는 거 안 보이냐고, 잠이라도 집에 들어와서 자라고 내가 애원했지. 그랬더니 자기는 바쁘다는 거야. 너무너무 바쁘대. 그래도 걱정은 하지 말래. 다 잘 되어가고 있대. 모든 게 잘 돼가고 있대….

여정의 모친이 이야기를 마쳤을 때는 해가 뉘엿뉘엿 지고 있었다. 기철은 갑자기 시간이 12년 뒤로 돌아가 버린 것만 같다고 느꼈다. 기철은 여정을 찾아보겠다고 약속했다.

기철은 핸드폰을 뒤적여 여정과 필립, 명우 넷이 함께 찍은 옛날 사진을 찾아보았다. 사진 속에서 넷은 필립네 집에 모여, 술상을 함께 앞에 놓고 있었다. 명우가 수첩을 접하기 전일 것이다. 명우의 불안한 눈과 입만 크게 벌리고 웃고 있지만 눈은 표정 없는 기철 자신, 고개를 꺾은 과장된 자세의 여정, 그리고 다른 곳을 보는 필립. 여덟 개의 눈이 뜨겁게 이쪽을 보는 것 같아 기철은 핸드폰 화면에서 자신도 모르게 눈을 돌렸다.

당신에게는 돌아갈 집이 없다

아내는 석 달 전에 떠났다. 맞다. 이 여자다. 아내는 이 여자를 나에게 자기 친구라고 소개했다. 배여정? 그런 이름이 맞는 것 같다. 아내가 친구라며 누구를 나한테 소개한 것은 처음이라 나는 당황했다. 아내와는 전혀 다른 사람이었기 때문에 더 놀랐다. 그 여자는 어딘가 이상해 보였다. 누가 봐도 멀쩡한 사람은 아니었다. 노숙자 같기도 했고, 미친 사람 같기도 했고. 하지만 어딘지 모르게 아내와 닮은 데가 있기는 했다.

어디가 닮았냐면, 글쎄, 말로 하기는 어렵지만 아내도 평범한 사람은 아니니까. 어디가 그렇게 특별하냐고? 특별하다기보다는…. 아니, 그렇다고 아내가 이상하다는 말도 아니다. 아내는 특별하지도 않고 이상하지도 않다. 하지만 평범하지도 않다. 그냥 좀 삐딱한 사람인데, 아주 고

집스럽게 삐딱한 사람이다. 그걸 잘 몰라서 아내와 나는 많이 싸웠다. 나는 결혼할 때까지만 해도 아내가 매우 순하고 평범한 사람이라고 생각했다. 아내는 내가 무슨 말을 하던, "네.", "네."하고 대답했고, 우리가 서로 의견이 다르면 '그렇군요'라고 하는 게 전부였다. 나는 그게 아내가 내 말을 따른다는 뜻이라고 생각했고, 아내의 그런 수더분한 면이 좋았다. 아내와 함께 있으면 마음이 편했고 이제껏 누구한테도 하지 못한 이야기를 스스럼없이 할 수 있었다.

처음 아내를 만났을 때 나는 편의점 체인 본사에서 일하고 있었고, 아내는 편의점에서 일하고 있었다. 처음부터 아내를 여자로 느끼지는 않았지만, 점차 '이 사람이다' 하는 생각이 들었다. 아내는 미인이거나 애교가 많은 건 아니었지만, 언제 봐도 변함이 없는 사람이었다. 값비싼 핸드백이나 옷을 걸치는 건 한 번도 본 적이 없었다. 연예인이나 SNS나 이런 데도 전혀 관심이 없었다. 담백하고 소박한 사람이라서 이 사람이라면 결혼해도 괜찮겠다는 생각을 점점 더 자주 하게 됐다. 아내가 일하던 편의점에서 우리가 처음 만난 지 5년이 다 되었을 때, 나는 데이트 신청을 했다. 내가 영화를 보러 가자고 하자 아내는 "왜요?"라고 말했다. 그래서 나는 "그냥요."라고 말했는데, 평생 그렇게 얼굴이 빨개진 적은 없었을 거다.

알다시피, 내가 하는 일이 스트레스가 심한 일이다. 잘 모른다고? (잠시 웃는다) 스트레스가 심하다. 편의점이란 게 자본금만 있으면 누구나 할 수 있는 일이지 않나? 유통이나 마케팅이나 그런 걸 본사에서 다 알아서 해주니까, 딱히 기술이나 인맥이 없어도 된다. 그런 만큼 사실 점주가 알아서 해야 하는 부분도 있는데, 그런 걸 잘 모르는 양반들이 많다. 그저 일찍 은퇴했거나 해서 돈은 좀 있는데, 놀며 먹고 살 만큼은 안되는 그런 양반들이 덜컥 시작하는 경우가 많다. 브랜드 이름만 보고 본사에서 보장을 해줄 거라고 생각을 하는 거지. 그러다가 힘들어지고 나면 속았다고 생각하는 거다. 나는 멱살 잡힌 적도 많다. 그러다가 또 그게 안 통하면 나를 잡고 울고불고….

나는 이런 일을 할 성격이 못 된다. 다들 내가 일찍 그만둘 거라고 생각했다고 한다. 나도 그렇게 생각했는데, 정말 그만두고 할 게 없겠더라. 나는 지방대 출신이고 공무원 시험 준비를 꽤 오래했다. 그러다가 나이가 많이 들어버렸고 고향에 일자리가 너무 없어서 서울까지 오게 된 경우였다. 이래저래 스트레스가 심했다. 혼자 살 생각도 없었는데, 갑자기 혼자 살게 됐고… 그래서 더 빨리 결혼이 하고 싶었다. 서울에는 가까운 친구도 없었고 원래도 친구들과 쏘다니는 걸 좋아하지 않았다. 그렇지만 잘 알지도 못하는 사람과 조건을 따져가며 소개로 만나서 그렇

게 결혼하고 싶지는 않았다. 솔직히 그렇게 내세울 조건
도 없었다. 그렇다고 '오빠' '동생'하고 지내는 여자들이
있는 것도 아니었다. 나는 아내를 보면 볼수록 이 사람과
결혼해야겠다고 생각했다. 그런 마음으로 진지하게 연애
를 시작했고, 그게 우리 둘 모두에게 제대로 된 첫 연애였
다. 데이트를 시작한 지 얼마 안 되어 우리는 같이 잤는데,
알고 보니 아내는 그게 첫 번째 성 경험이었다. 나는 아내
를 책임져야겠다고 생각했는데, 오히려 아내는 자고 나서
헤어지고 싶어했다. 그때 아내는 그냥 한번 자보고 싶었
다고 말했다. 하지만 나는 아내의 그 말을 믿지 않았다. 그
저 너무 순진하다 보니 수줍어서 그런다고 생각했고, 그
런 면까지 귀엽다고 느꼈다. 그러고 나서 얼마 안 되어 결
혼했다. 나는 이 사람과 결혼해야겠다고 결심하고 밀어붙
였다. 아내는 고민하는 것 같았지만 내가 밀고 나가니까
그러자고 했다. 나는 서른이었고, 아내는 스물일곱 살이
었다.

결혼생활은 솔직히 말하면 아주 행복하기만 했던 건 아
니다. 아내는 엉뚱한 사람이다. 워낙 외모에 관심이 없어
서 화장도 전혀 하지 않았고 옷도 고등학생 때 입었음 직
한 옷을 입고 다녔다. 그런 걸 우리 어머니는 몹시 싫어했
다. 딸아이 공부에도 관심이 없었다. 아마 공부하라는 말
을 한 번도 한 적이 없었을 거다. 아내는 우리 부모님과 사

이가 좋지 않았다. 그 사람은 유순해 보이지만 굉장히 고집이 세다. 부모님 집에 가서 명절 음식 준비하는 건 열심히 했지만, 막상 명절 때 친척들이 오면 갑갑하다고 혼자 불쑥 나가버리고는 했다. 어머니는 노발대발하셨는데, 아내는 끝까지 굽히지 않았다. 차라리 처음부터 그런 사람일 줄 알았으면 좀 나았을 텐데, 어머니는 아내가 순한 사람일 거라고 생각하셨으니까…. 없는 집안 딸이라도 착하고 순한 줄 알고 들였는데, 이게 뭐냐는 말씀을 몇 번이나 하셨다. 나도 그때쯤에야 알았다. 아내는 늘 상대가 하는 말에 '그래' '그래'하고 대답하지만, 그건 진심으로 그렇게 생각해서 하는 말이 아니라는 걸. 그 사람은 외부에 자기 생각을 표현하는 걸 싫어하는 사람이다. 나는 차라리 솔직하게 싫으면 싫다고 말하라고 몇 번이고 요청했다. 그때마다 아내는 미안하다며 그러겠다고 했지만, 늘 원래 모습대로 돌아갔다. 뒤에는 점점 더 말다툼을 자주 하게 됐다.

아내는 집안을 꾸미거나 요리하는 데에도 재테크에도 관심이 없었다. 친구도 취미도 없었고, 하다못해 종교도 없었다. 그래도 딸에게는 좋은 엄마였다. 항상 같이 시간을 보내고 딸이 말하면 언제나 열심히 들어줬다. 그랬기 때문에 그런 식으로 딸의 물건을 정리하고 집을 나가서 연락이 끊긴다는 건 상상도 못했다.

나는 아내가 집을 나간 건 그 여정이라는 친구 때문이라고 생각한다. 그 여자가 처음 나타났던 날을 아직도 기억한다.

퇴근하고 돌아와 보니, 낯선 여자가 집에 와있었다. 옷도 너저분했고, 말하는 모양새가 딱 봐도 멀쩡한 직장이나 가정을 가졌을 법하지 않은 여자였다. 나는 처음부터 그 여자가 마음에 들지 않았다. 얼핏 젊어 보였지만, 가까이에서 보면 기미와 주름살이 얼굴에 가득했다. 눈빛이나 표정이 강렬했다. 말이 없을 때는 아주 무표정하고 어딘가를 뚫어지게 바라보는 것 같았다. 나를 볼 때도 그렇게 뚫어지게 봤다. 그러다가 갑자기 활짝 웃기도 했다. 그럴 때면 눈웃음을 과도하게 지었다. 나는 나를 유혹하나 생각한 적도 있었다. 젊었을 때는 그런 웃는 표정이 남자들 사이에서 인기가 좋았을지도 모르겠다. 그렇지만 지금은… 뭐랄까, 몹시 과도한 느낌이었다. 꿍꿍이가 따로 있는 것 같은 표정이었다.

둘이 워낙 이야기를 소곤거리면서 하고, 우리 집에서 자고 가기도 했다. 하지만 그렇게 별스러운 계획을 꾸밀 거라고는 상상도 못했다.

조명우에 대해서 알았냐고? 아니, 전혀 몰랐다. 나는 신문을 잘 보지 않는다. 인터넷도. 그저 가끔 야구 게임이나 보는 정도다. 취미? 결혼 전에는 가끔 자전거를 타기도 했지만, 아이가 생기고 일이 바빠지면서는 그것도 못하고 있다. 조명우 이름 정도는 들었던 것 같다. 뭐 하는 사람인지는 잘 몰랐지만. 가상현실 게임을 개발해서 순식간에 거부가 됐고, 돌출행동으로 유명하다는 건 모두 다 이번에 알게 됐다. 여자 연예인들과 스캔들이 여러 번 났다는 것도 몰랐다. 아내는 한 번도 그에 대해서 이야기한 적이 없었다. 그런데 그 여정이라는 여자가 계속 명우, 명우 떠들었다. 나는 처음에는 그것이 여정이라는 여자의 남편이거나 아들인 줄 알았다. 그런데 얘기를 들으면 들을수록 이상해서 물어봤다. 아내는 조명우가 고등학교 때 동창으로 부자가 됐는데 그 사람이 자신에게 빚이 있다고 말했다. 그 여정이라는 여자는 그 빚을 꼭 돌려받아야 한다고 부추겼다. 나는 그 빚이 얼마인지도 몰랐다. 물어봤지만 아내는 자세한 이야기는 피했다. 아내는 터무니없는 이야기를 하는 사람이 아니니까, 뭔가 빚이 있기는 있나 보다 하고 생각했다.

아내와 나 사이가 완벽했던 것은 아닐지도 모른다. 정안나 씨? 그건 다 지난 일이다. 이제 와서 정안나 씨는 아무 의미도 없다. 다 끝났다. 쉽지 않았지만 정리했고, 그것에 대해 아내는 몰랐다. 아내에게 다른 남자가 있었느냐고? 없었을 것이다. 차라리 그런 일이 생기기를 바란 적도 있었다. 무슨 말이냐고?

당신은 내 아내를 만난 적이 있다고 했지? 나는 아내가 남자를 사랑할 줄 아는 사람인지 모르겠다는 생각도 가끔 했다. 레즈비언이라고 의심했단 말이 아니다. 그저 아내는 다른 사람을 사랑할 줄 모르는 게 아닐까, 하는 생각을 자주 했다. 물론 하나만은 사랑했지만.

사랑이 뭐냐고? 뭘까? 사실 나도 그게 뭔지 모르겠다. 어쩌면 나는 아내가 아니라, 정안나 씨를 사랑했는지도 모르지. 오해하지 않았으면 해서 하는 말인데, 안나 씨는 나보다 나이가 훨씬 많고 이혼도 했고 다 큰 아들도 있는 사람이다. 나는 안나 씨를 만나기 전에는 여자와 남자 사이에 있다고 하는 그런 뜨거운 감정이 뭔지 몰랐다. 유행가 가사 같은 말들은 다 과장이거나 아니면 성욕을 좋게 둘러 말하는 거라고 생각했다. 여자가 성욕이 있다는 것도 잘 몰랐다. 안나 씨를 만나서 나는 그런 걸 알게 됐다.

안나 씨는 나에게 이혼하고 자신과 재혼하자고 했다. 하지만 나는 아내 옆에 남았다. 가정을 지키고 싶었다. 딸에게 상처를 주고 싶지 않았다. 아니, 지금 생각해 보니 잘 모르겠다. 정말 모르겠다. 안나 씨를 위해서였는지도 모르겠다. 그 사람이 그렇게 내내 자유롭게 살 수 있도록.

(잠시 침묵) 아니다. 사실은 알고 있다. 그때도 알고 있었

다. 나는 가정을 깼다고 손가락질받는 것도 두려웠고, 안나 씨처럼 강한 여자에게 휘둘리면서 사는 것도 두려웠고, 안나 씨의 아들이 나를 바라보는 시선도 두려웠고, 딸에게 원망을 듣는 것도 두려웠고…. 얼마 되지 않는 월급으로 위자료와 양육비를 주고 나서 빈털터리가 되는 것도 두려웠다. 그다음에 안나 씨에게까지 버림받으면 어떡하나. 다 두려웠다.

그래도 안나 씨 옆에 있을 때는 너무 행복했다. 그게 더 두려웠던 것 같다. 너무 행복해서 그 행복이 내가 하지 않던 일들을 하게 하고, 알 수 없는 곳에 데려가서 끝내 나를 망칠까 봐 두려웠다. 그래서 달아났다. 지금 아내 옆에서 조금 불만족스러운 채로 그냥저냥 살아가는 게 나한테 잘 맞을 것 같았다.

아이가 죽고 아내가 떠나버린 지금 후회하지 않냐고? 후회하지 않는다. 내가 아내와 이혼하지 않고 지금까지 살았던 이유? 그건 나도 잘 모르겠다. 사는 데에 꼭 이유가 필요한가. 아니지 않나.

수첩? 그런 이야기는 듣지 못했다. 조명우가 아내에게 진 그 빚이라는 게 수첩이라면 진짜 황당한 이야기다. 어쨌거나 기껏 해봤자 수첩 아닌가? 그 수첩이 특별한 꿈을 꾸게 해준다고? 비밀스러운 꿈을 꾸게 해주고 그 꿈이 실현되게 해준다고?

　황당한 얘기군.

　장안나 씨와 행복하게 살아가는 꿈을 꾸게 해줄 수도 있다고? (웃음) 그런 꿈은 이미 꾸고 있다. 그것으로 충분하다.

　다른 수상한 수단으로 꾸지 않아도 나는 괜찮다. 더는 할 얘기는 없다.

어떤 현실이 필요할까요

지난달, 조명우 대표에 대해 제보할 것이 있다는 연락을 받고서 임필립 씨와 배여정 씨 두 사람을 만났습니다. 두 사람에게 들은 이야기는 무척 흥미로웠지만, 확인할 수 없는 이야기도 많았지요. 좀 더 때를 지켜보기로 했습니다. 저희 잡지도 유명인의 치부 같은 건 거의 다루지 않는 데다가, 저 개인적으로도 확인도 안 되는 폭로나 고발, 그런 걸 즐기는 취향은 아닙니다. 저는 차라리 곱게 각색된 이야기를 더 곱게 다듬는 쪽을 선호합니다. 이 피곤한 세상에 한 줌도 안 되는 예쁘고 고운 것들을 예쁘고 고운 그대로 남겨놓는 걸 좋아하는 기자가, 한 명쯤은 있어도 좋지 않겠어요?

다만 저는 조 대표에 대해서는 개인적인 관심도 있고

해서 지켜보고 있습니다. 처음 관심을 가지게 된 계기는 조 대표를 인터뷰했던 거였죠. 10년쯤 전이었으니, 그때만 해도 반신전쟁 성공 전이었고 조 대표는 그저 막 뜨기 시작한 스타트업의 젊은 CEO일 뿐이었지요. 그때도 인상적이었어요. 대단히 자신만만했고 달변이었고, 사업에 대한 로드맵도 아주 구체적이었죠. IT 전공인데도 해박한 예술애호가였고 정치나 사회문화에도 관심이 많아 자기 의사를 개진하는 데에 거리낌이 없었습니다. 인터뷰를 끝내고 돌아오면서 젊은 놈이 대단한 허세에 속물근성이라고 사진기자에게 얘기했던 게 기억나네요. 사진기자도 머리를 흔들었어요. 우리는 그때 몇 년 지나서도 저 허세를 유지할 수 있을지 두고 보자고 했었죠. 하지만 지금, 결국 조 대표는 그때 자신했던 것 이상을 이루고 있지요. 계속 승승장구하고 있잖아요. 연달아 게임들이 히트하면서 브랜드 네임도 확실히 국내 유저들에게 인식시켰겠다, 주식은 연일 상한가에, 코스닥에도 상장이 됐고요. 한 손에 꼽히는 기업인 출신 SNS 인플루엔서이기도 하고, 나름 아마추어 예술가로도 활동하고 있어요. 지난 반신전쟁 관련 전시회에서 조 대표가 그린 원화도 나왔는데, 꽤 비싼 값에 다 팔렸다고 들었습니다. 조 대표가 싫다는 사람들도 많지만, 좋다고 하는 사람들은 열광하죠.

부러울 게 있을까 싶지요. 그런데 사람이란 게 만족을 모르지 않습니까. 여기까지만 하면 딱 좋은데, 참 좋은데, 그걸 정작 본인은 모르지요. 제 촉으로는 조 대표도 선을 넘은 것 같습니다. SNS에서 팬들과 설전을 벌이고, 발매 전 게임 내용을 자기가 스스로 스포일러했던 적도 있었죠. 요즘은 마치 무슨 사이비 종교 교주처럼 행세한다고 하더군요. 무슨 인도 악기도 사람들 앞에서 연주했다던데, 인터넷에 올라온 연주를 보고 한참 웃었습니다. 그런데 그 보잘것없는 연주에도 환호하는 사람들은 있더라고요. 요즘은 무슨 연구소를 만들어 의식실험인가에 몰두하고 있다고 하죠. 아무리 천재의 기벽이라고 해도, 부자의 악취미라고 해도 지나친 데가 있죠. 증권가에서도 로타리 게임은 오너 리스크가 큰 회사 중 하나라고 꼽고 있다고 하더군요.

이건 좀 다른 얘기입니다만…. 전유리 양 사건 아시죠? 조현병에 걸린 딸이 검사 아버지를 칼로 찔렀던 사건 말이에요. 전유리 양은 사건 당시에 18살로 미국 유학 준비 중이었죠. 검사 아버지에 교수 어머니를 둔, 재능이 출중한 피아니스트였어요. 정말 이상한 사건이었습니다. 전유리 양은 미국 명문 음악학교로 유학 준비를 하고 있었고 입학 허가도 받은 상태에서 모든 게 순조롭게 착착 준비되고 있었는데 말입니다. 그런데 갑자기 그런 비극적인 사건이 일어났으니까요. 전유리 양은 현장에서 바로 검거됐고 범죄를 자백했습니다. 범행에 썼던 칼도 경찰이 바로 확보했고요. 별별 소문이 다 돌긴 했지만, 사건 자체는 워낙 분명했죠.

그런데 말입니다, 전유리 양의 아버지 전백기 검사가 조 대표 담당 검사였다는 거 아십니까? 조 대표는 반신전쟁 관련 데이터 수집에 문제가 있었다는 혐의를 받고 있었는데, 전백기 검사는 확신이 있었다고 합디다. 전백기 검사는 한번 물고 늘어진 사건은 안 놓는 것으로 유명했죠. 국내에서 드물게 AI 데이터 수집 관련해서 식견이 있는 검사로도 손꼽히고요. 전백기 검사는 지금 의식불명 상태죠. 전백기 검사가 갑자기 빠진 통에 한참 진행 중이던 사건 조사가 흐지부지됐어요. 결국 나중에는 불기소됐고요. 물론 제가 지금 조 대표가 전유리 양에게 부친 살해를 종용했다고 말하는 건 아닙니다. 그저 이상하다는 거죠. 조 대표 주변에는 이상한 일이 많습니다.

회사 직원들에게 함부로 대한다는 소문도 몇 년째 있고요. 한 번도 피해자가 나선 적은 없었지만요. 그 연구소에 관해서도 이런저런 이야기가 들려요. 확실한 건 아닙니다만, 전유리 양도 연구소에 관련되어 있었다는 이야기도 있고요. 제일 이상한 이야기는 조 대표의 아버지에 관한 이야기죠. 조폭과 깊이 연루된 건설업자였는데, 어느 날 갑자기 조 대표에게 전 재산을 다 상속시켜 주고는 은 퇴했다고 알려져 있는데요. 조 대표가 아버지를 감금하고 있다는 소문도 있습니다.

뭐, 다 소문일 뿐이지만요. 저도 들은 게 있습니다. 하지 만 좀 더 기다리고 있어요. 아직 덜 익었어요. 저도 몸조심 도 해야 하고요. 하지만 언젠가 푹 익으면 떨어질 겁니다. 그전까지는 이 아름다운 세상, 나누어 먹을 콩고물도 많 은 세상을 즐겨야죠. 때라는 게 다 있으니까요.

그 두 여자분의 제보 말입니까. 구체적인 내용은 말씀 드리기 어렵습니다만, 솔직히 정보로서는 그다지 가치가 없었단 것까지는 말씀드릴 수 있겠군요. 황당무계한 마법 같은 이야기였으니까요. 하지만 제가 확인해 본 바로는, 임필립 씨와 배여정 씨가 조 대표와 한때 가까운 사이였 던 것은 틀림없는 것 같습니다. 두 사람이 말한 내용이 사 실이 아니라고 해도, 두 사람이 나타난 것만으로도 조 대 표한테 껄끄러운 일이 될 거라고 생각합니다.

그 모든 걸 떠나서 제 촉으로는 말이죠, 두 사람과 조 대 표 사이에는 뭔가 있어요. 아주 닮았거든요. 그 세 사람. 한 사람은 성공한 기업가에 스타, 다른 한 사람은 실패한 정신이상자, 나머지 한 사람은 그저 평범한 직장인에 아이 엄마. 그런데도 셋 다 아주 비슷한 냄새가 나더라고요. 사람에게는 숨길 수 없는 체취라는 게 있지 않습니까. 제아무리 독한 향수를 뿌려봤자, 사람한테는 숨길 수 없는 게 있죠.

당신은 빈털털이다

맞다. 이 두 여자다. 두 달 전에 만났다. 단골 술집에서 한 잔하고 있는데, 말을 걸어왔다. 내 유튜브 채널을 봤다나? 반신전쟁 이야기를 했지만 둘 다 게임 팬은 아니었다. 중년 여자들이었는데, 글쎄, 빈말로라도 상태가 좋다고는 할 수 없겠더군. 나름 재미있는 이인조였다. 한 명은 정말 말이 없었고, 다른 한 명은 정말 말이 많았다. 옛날에 장기 여행 다니면서 만난 세계 곳곳에서 온 괴짜들이 생각나더 군. 나도 나름 별의별 사람들을 다 만났었지. 이것저것 별 의별 것을 다 물어서 간신히 이야기를 끝냈다.

무슨 이야기를 나눴냐고? 이야기는 반신전쟁 이야기부터 시작해서 게임 제작사 이야기, 나중에는 나 살아온 이야기까지 꼬치꼬치 캐묻더라니까. 가끔 나를 알아보는 사람들을 만나기도 했지만, 그렇게까지 집요하게 안 놓아주는 사람들, 특히 여자들은 처음이었다. 나중에는 이 문신들을 가리키며, 저건 왜 했냐, 그건 또 뭐냐, 반신전쟁과 관련이 있는 거냐, 하나하나 다 물어보더라고. (허리를 젖히고 커다랗게 웃음)

사실 이 문신들은 예전에 한국 오기 전, 반신전쟁을 만나기도 전에 아시아 여러 나라를 여행하고 다니던 시절에 한 것들이라, 반신전쟁과 전혀 상관이 없다. 문신을 지우는 것도 쉽지 않은 일이라 굳이 지우지는 않지만, 더는 하고 싶은 마음은 없다. 한 시절이 끝난 거지. 뭐, 사실 더 할 자리도 남아 있지 않긴 하다.

내 유튜브 채널이야 고만고만하다. 그걸로 큰돈을 번 것도 아니긴 하지만, 간단한 용돈벌이는 하고 있지. 나야 뭐 구독자 수가 많다거나 하는 건 아니지만, 반신전쟁 유저들 사이에서는 나름 알려진 편이다. (폭소) 게임잡지에 반신전쟁 관련해서 내 인터뷰가 실린 적도 있었고. 아무래도 한국문화를 좋아하는 외국인들에게 관심이 많지 않나. 나도 그 덕을 좀 봤지. 나는 반신전쟁 때문에 아예 한국에 살고 있다고 하니, 한국 밖의 유저들도 궁금해서 내 유튜브를 보는 편이다. 나는 게임 실황도 올리지만, 그 게임이 배경으로 하는 한국에 관련된 것도 이것저것 올리니까.

언제까지 이렇게 살 거냐고? 글쎄, 아마도 오래. 당분간은 호주로 돌아갈 계획이 없다. 나는 호주인이다. 원래 직업은 페인터였고. 캔버스에 그림을 그리는 화가는 아니고 미장이. 벽에 페인트를 칠하고 이따금 간단한 벽화도 그렸다. 그때는 게임을 전혀 하지 않았다. 나는 한국에 오기 전까지 컴퓨터 게임을 해본 적이 손에 꼽을 정도다. 수입은 좋았다. 한 곳에 얽매이는 게 싫어서 집 대신 캠핑카에 텐트를 싣고 다니면서 살았다. 일 년의 절반은 여행하고 일 년의 절반은 일하면서 지냈다. 집을 가지게 되면 여행을 다닐 수 없으니까.

여행은 주로 아시아와 남미를 다녔다. 처음에는 남미가 좋더니, 나이가 들수록 아시아가 더 편해지더군. 음식은 남미가 더 맛있지만, 아시아인들이 좋았다. 아시아에서도 주로 태국과 네팔에 오래 있었다. 물가가 싸고 자연이 아름답고, 사람들이 상냥하니까. 요즘도 가끔 그 시절이 생각난다. 태국이나 네팔의 작은 마을 구석진 곳의 단골 숙소나 술집들이 그리울 때도 있고. 우기에는 몇 주씩 한 곳에 처박혀서 다른 장기 여행자들과 포커나 당구를 치고, 처음 만난 뜨내기 여행자들의 하소연을 들어주기도 하고. 나른한 고양이처럼 그렇게 살았다.

한국이나 중국, 일본은 물가가 비싸다고 해서 갈 생각을 한 번도 하지 않았다. 한국에 처음 오게 됐던 것도 딱히 원해서는 아니었다. 그해 여행을 시작한 지 두 달 만에 돈이 떨어져버렸다. 나름 아껴 쓰려고 했는데, 어쩌다 보니 과했어. 호주로 돌아가자니 아쉬워서 어쩐다하고 있던 차였다. 여행하다 만났던 여자와 오랜만에 연락이 됐는데 그 이야기를 듣더니, 자기가 한국에서 영어 강사를 하고 있다고 오지 않겠냐고 하더군. 리사라는 여잔데 내심 마음에 뒀던 여자였어. 나는 그 말을 듣자마자 냉큼 한국으로 왔지. 대책 없게 들리겠지만, 그때는 그렇게 살았어.

그리고 리사가 진짜 보고 싶었기도 했고. 리사는 특별한 여자였다. 리사와 나는 처음부터 죽이 잘 맞았다. 지금도 리사를 처음 만났을 때가 생각난다. 태국 북부 구석의 단골 술집에서 술을 마시다가 만났다. 뜨내기 여행자들보다는 현지인들이나 오래 묵은 외국인들이 많이 오는 작은 싸구려 술집이었어. 새로운 얼굴이 많지 않은 곳이었지. 한잔하려고 들어갔는데, 그날은 다들 들떠가지고 소란스러웠다. 무슨 일인가 둘러보니, 리사 때문이라는 걸 알겠더군. 머리는 두피가 보일 정도로 짧게 깎고 얼굴에는 피어싱으로 곳곳에 구멍을 냈는데도 가려지지 않는 미인이었어. 올리브색 피부에 백금발이 잘 어울리고 무엇보다 몸매가 끝내줬다. 리사는 술도 잘 마셨고 말도 잘했고 웃음소리가 컸고 당구도 잘 쳤지. 그날 밤 술집에 있던 남자들, 아니 여자들까지도 모두 다 리사에게 반했던 것 같

아. 별것 아닌 농담에도 다들 폭소하고, 큰 소리로 다 같이 노래를 부르고 마치 오랜 친구들처럼 끈끈하게 느껴지더군. 그전까지 춤추는 사람을 한 번도 본 적이 없는 술집이었는데, 갑자기 테이블을 밀어놓고 춤도 추고 말이야. 아무도 새벽이 되도록 술집을 나가지 않았어. 그렇게 마셨는데도 그날만은 시비 거는 놈도 없었고, 수작 부리는 놈도 없었지. 다들 느꼈을 거야. 그날은 특별한 날이라는 걸. 꼭 아이로 돌아가서 맞는 크리스마스 같았다. 그날 밤 나는 리사를 몇 번 쳐다보기는 했지만, 얘기를 하지는 못했다. 나는 리사가 나를 봐주길 바라면서도 막상 리사가 나를 보면 그 태양 같은 눈에 눈이 멀 것같이 두려웠어. (폭소) 우습게 들리겠지만 좀 봐달라고. 나도 그 여자 말고는 이렇게 표현하는 여자 없으니까.

그 밤 이후로 오가며 몇 번 더 마주쳤는데 상태가 썩 좋아 보이지는 않았어. 그 동네에서 제일 야비하고 쓰레기 같은 놈과 데이트하거나, 아니면 형편없이 취해서 낮부터 비틀거리고 있거나. 한번은 또 그 술집에서 마주쳤길래 둘이 이야기하게 됐지.

과연 리사는 패션모델이었대. 한때 꽤 잘 나갔었다고 하더군. 하지만 모델 일을 일찍 그만뒀어. 성추행을 고발했는데 증거 부족으로 패소했대. 저쪽은 인맥이 넓었고, 패소 뒤에는 제대로 된 일이 들어오지 않았다고 하더군.

리사는 젊었고 군대를 갔다 와서 새로운 삶을 살 생각으로 입대했다고 해. 리사는 이스라엘 여자다.

군대 생활은 잘 맞았대. 끝내주게 했다고 하더군. 그랬을 거야. 겁이 없거든, 그 여자. 하지만 문제는 제대한 뒤였어. 하루하루 지날수록, 무대 위가 아닌 자기 삶이 무의미하고 재미가 없다는 걸 매일매일 더 잘 알게 된다는 거야. 무대 위에 서 모든 방향에서 난사하던 셔터 소리와 플래시 불빛 사이에서, 그 순간 죽어도 좋을 것 같던 황홀경없이 살아야 한다는 것을 매 순간 새로 깨닫는다는 거였어. 그런데 그것이 매일매일 새롭게 괴롭다고.

나는 리사 이야기를 홀린 듯이 들었어. 꼭 누가 내가 살아온 이야기를 단어만 몇 개 바꿔서 내게 들려주는 것 같았어. 나는 모델은 아니었지만, 한때 야구를 했었어. 그때는 나도 메이저리거가 꿈이었지. 배트를 메고 타석에서 공이 날아오기를 기다릴 때, 온몸의 털끝까지 낱낱이 곤두서던 게 지금도 생각이 나. 배트를 휘둘러 공이 맞는 순간 폭발할 것 같던 기분도. 홈런을 치고 나서 천천히 그라운드를 돌면, 그제야 모두의 웃는 표정과 환호성이 들리고 보여. 꼴 보기 싫은 놈도 있었고, 야비한 놈들도 있었지. 하지만 이기고 나서 함께 날뛰고 있을 때는 그런 게 중요하지 않았지. 그때는 평생 그렇게 살 줄 알았어. 그런 게 삶인 줄 알았지. 사는 건 그런 거라고….

그런데 대학교 2학년 때였는데 갑자기 공이 얼굴로 날아든 거야. 바로 넘어졌어. 얼굴 뼈가 함몰됐어. 넘어지면서 팔도 다쳤고. 지금도 얼굴 여기 봐봐, 여기가 패여 있지. 그래도 그때는 금방 훌훌 털고 다시 그라운드에 설 줄 알았지. 재활이라는 게 정말 사람 잡더군. 길고 지루한데 무엇보다 끝이 없어. 일 년 만에 간신히 다시 경기에 나섰는데, 예전 같지 않더군. 공이 날아오는 게 두렵고 몸은 느리고 둔해지고. 내가 알던 내가 아닌 거야. 무엇보다 못하니까 재미도 없었어. 무리해서 잘하려고 하다가 또 다치고. 그렇게 이 년쯤 보내고 나니, 학교에서는 다른 길을 알아보라고 하더군.

그때쯤에는 나도 야구에 정나미가 떨어졌어. 때려치우고 페인트칠하니 살 것 같더군. 하지만 몰랐지. 평생 그때를 돌아보고 살게 될 줄은. 가끔 생각해봐. 혹시나 4년, 아니, 5년이라도 끝까지 재활을 참고 견뎠으면 언젠가 나도 다시 그라운드로 돌아갈 수 있었을까?

이제 야구 뉴스 따위는 보지 않지만, 어쩌다가 재활에 성공한 스타 플레이어의 이야기가 나오면 보게 돼. 그러면 감탄스럽지. 그냥 처음부터 스타로 타고 나서 스타로 해 먹고 있는 놈들의 이야기는 별로 궁금하지도 않고, 재미도 없어. 그냥 운 좋은 놈들인 거니까. 하지만 오히려 크게 다쳤다가 성공한 놈들 이야기는 보게 돼. 그리고 부러워. 그런 집요함과 성실함을 타고났다는 게. 그건 아무나 가질 수 있는 건 아니니까.

이런 이야기를 하면서 우리는 낄낄대고 웃었어. 숨을 제대로 못 쉴 정도로 낄낄댔지.

물론 리사는 이십 대 초반이었으니까, 다시 도전하기에 충분히 젊었지. 나와는 달랐어. 하지만 나는 아무 말도 하지 않았어. 처음으로 내 이야기를 완전히 이해하는 여자를 만났거든. 나는 사랑에 빠졌다는 걸 알았지. 하지만 그 말을 못 했어. 그런 말을 하고 나면, 리사가 나를 버릴 것 같았어. 리사는 그때 그 동네에서 같이 자는 놈들이 한둘이 아니었지. 오히려 나는 리사와 자는 걸 피했어. 같이 자고 나면, 그냥 그런 놈 중의 하나가 돼버릴까 봐 두려웠거든. 그러다가 결국 같이 잤지만, 그러고 나서도 우리는 서로 변죽만 울렸지. 그러다가 리사는 그 동네를 떴고. 그 뒤에는 그라운드가 그리운 만큼이나, 리사가 그리웠어. 그리고 반년이 지난 뒤에 연락이 된 거야. 리사가 한국으로 오라고 했어.

나는 잔뜩 들떠서 바로 한국으로 왔는데, 막상 와보니 리사는 냉랭했어. 리사 덕에 바로 일을 시작하기는 했고, 집 찾는 거부터 시작해서 적응하는 걸 많이 도와줬지. 하지만 리사는 둘이 함께 시간을 보내고 싶어하지 않았어.

나는 어찌할 바를 몰랐어. 여자야 많이 만났지만, 리사는 달랐으니까.

날씨도 하필이면 여름이었어. 나는 태국의 여름보다 한국의 여름이 훨씬 더 힘들어. 그쪽은 녹음이 우거진 곳도 많고 느슨한 기분으로 늘어져 있을 수도 있는데, 한국의 여름은 갇힌 기분이 들어. 시멘트로 둘러싸인 도심 한가운데에서 에어컨이 나오는 방에 갇혀서 숨을 죽이고 지내야 하니까. 남한테 뭔가를 가르치는 것도 평생 처음이었어. 낯설기만 하더군. 학생들이 나를 좋아하지 않았으면 나는 금방 잘렸을 거야. 학생들한테 인기가 좋았어. 특히 남자애들이 좋아했지. 남자애들은 문신에, 턱수염에 그런 걸 좋아하잖나. 나는 그냥 겉돌기만 했어. 조용한 지방 소도시였는데 치안도 좋고 주변은 깨끗했지만 정말 심심한 곳이었어. 나는 리사 주위만 맴돌았어. 하지만 리사는 게임에 빠져 있었는데, 나를 얼마나 귀찮아하던지! 그 게임이 반신전쟁이었어. 나는 컴퓨터 앞에 앉아 있는 것 자체를 싫어했어. 컴퓨터 게임 패드를 두들겨서 누구를 죽이고 두들겨 패고 한다는 게 유치하고 남자답지 않다고 여겼지. 내가 그렇게 말했더니, 리사는 야유하더군. 그러다가 리사와 말다툼도 하고 그러다 그게 도대체 뭔가 싶어서 반신전쟁을 시작했지.

처음에는 정말 못 해먹겠다고 투덜거렸는데, 히든스테

이지가 열리니까, 맙소사! 그 기분은 지금도 잊히지 않아. 끝날 때는 온몸에 총알이 박히면서 머리 뚜껑이 열리는 것 같았어. 물론 지금도 좋지만, 처음 그 맛은 지금도 잊히지 않아. 리사한테 그 이야기를 했더니 자기도 그렇대.

콰! 그걸로 끝난 거지. 무슨 말인지 알겠어? 굳이 홈런을 치지 않아도 된다는 거야. 딱히 그 시절에 유행하는 광대뼈나 눈 크기, 가슴 모양을 갖지 않아도 되는 일이지. 거기 늘 그대로 있는 거야. 접속만 하면. 심지어 싸고 불법도 아니고. 약처럼 딜러를 찾아다니지 않아도 되지. 명상한답시고 동굴에 처박혀 있을 필요도 없고 말이야.

그 뒤로 나는 반신전쟁에 빠져들었어. 학원에서 반신전쟁하는 아이들과 게임 이야기도 하게 되고, 그러고 나니 일도 훨씬 할 만 해지더군. 유튜브를 시작한 것도 학원 애들이 해보라고 해서 시작한 거야. 그러다 초반에 입소문을 좀 탔고. 요즘은 학원 일보다 이쪽이 수입이 더 높기는 해.

나는 이 게임이 치유 효과가 있다고 봐. 나는 좀 더 자유로워졌다고 느끼거든. 이 현실이라는 게 전부는 아니라는 걸 깨달았다고 해야 하나? 그건 뭐라고 말로 할 수 없는 체험이었어. 종교보다 더 종교적이고, 더 근본적인 체험이었다니까. 아직도 이 종교가 맞네, 저 종교가 맞네 어쩌고 하면서 서로 죽이는 인간들한테 반신전쟁을 보내줘

봐. 게임을 하느라 서로 죽일 일도 없어질걸.

리사? 리사는 이스라엘로 돌아갔어. 리사는 요즘은 게임은 하지 않고, 아기 엄마가 되었다고 해. 결혼사진과 아기 사진은 SNS에 올린 걸 봤지. 일을 하는 것 같긴 한데, 무슨 일을 하는지는 모르겠어. 무슨 작은 사무실에 다니는 것 같던데. 리사는 한국을 떠날 때 나에게 자기와 함께 이스라엘이나 호주로 가자고 했어. 하지만 나는 거절하고 남았어.

요즘은 연락하지 않아.

그런 꿈을 꾸지 않으려면

네, 저는 반신전쟁 개발팀에 있어요. 그때는 새 히든 스테이지 개발 중이었어요. 얼핏 봐서는 그냥 평범한 건물 입구인데, 4인이 모여서 각기 특정한 아이템으로 때리면 포탈이 열리고, 그 포탈을 통해서 들어간다는 설정이었어요. 요즘 같은 때, 좀 크리피하잖아요. 사람을 때려죽이는 것보다 개새끼 때려죽이는 것에 대해 더 예민한 사회니까요. 내부에서도 걱정을 좀 했지만, 대표님이 워낙 그 아이디어를 좋아라 해서 그냥 들어갔지요.

반신전쟁 팀 일은 힘들어요. 대표님이 워낙 애정이 많으시니까, 요구도 많고, 기대도 높아요. 다들 다른 팀으로 옮겨가고 싶어 했는데, 대표님이 그걸 허락하지 않았어요. 저는 작년부터 이러다가 누구 하나 폭발할 것 같다고, 자살이라도 하는 거 아닌가 조마조마했어요. 누구 하나

관두면 다들 따라서 퇴사하려고 눈치만 슬금슬금 보고 있었어요. 하지만 다들 위장약 먹고 우울증약 먹으면서 그럭저럭 버텨나갔죠. 대표님은 우리더러 다른 회사에 가면 가만 안 둘 거라는 둥, 지옥까지 쫓아갈 거라는 둥 그런 이야기를 농담처럼 자주 했어요. 우리야 웃으면서 듣지만, 당연히 속으로는 기분이 안 좋았죠.

미국 증시에 상장이 됐을 때, 대표는 굉장히 기분이 좋았어요. 그날 반신전쟁이 유럽 쪽에서도 반응이 좋다고 기사도 나왔었던 날이에요. 회식한다고 해서 다 같이 술에 엉망으로 취했어요. 우리 모두 엉망진창이었죠. 저도 꽤 취해 있었어요. 뭐 술병이며 컵이 다 2개, 3개로 보이고 앞으로 왔다가 뒤로 물러났다가 할 지경이었으니 말 다 했죠. 어쩌다 보니, 대표가 옆에 앉아 있더라고요. 대표가 제 목을 조르다가 뺨을 손바닥으로 계속 툭툭 치는데, 저는 너무 취해 있어서인지 그냥 애정 표현인가 보다 싶고 아무렇지도 않았어요. 그런데 그러다 대표가 저를 가만히 내려다보더니 이상한 이야기를 했어요. 대표가 눈이 크잖아요. 완전히 소 눈깔이죠. 저는 취해서 '소 눈깔이 가까워졌다 멀어졌다가 하네' 생각하면서 그냥 그렇게 대표한테 얻어맞고 있었죠. 대표가 그런 저를 보면서 말했어요. 마조히스트와 사디스트가 있는데, 마조히스트가 때려달라고 애원하면 진짜 사디스트는 뭐라고 하는지 아냐고요. 그래서 모르겠다고 했더니, 진짜 사디스트라면 "싫어."라고 한다고요. 그러고는 저를 보고 웃으면서 "들뢰즈가 한 말이야. 들뢰즈 알아?" 이러더니, 제 뺨을 때리는 장난을 멈췄어요. 그때 찬물을 뒤집어쓴 것 같았어요.

별일 아닌가요? 잘 모르겠어요. 별거 아니라고 생각했는데, 그다음 날 출근하려고 일어나려는데 못 일어나겠더라고요. 너무 짜증이 나고 눈물이 쏟아졌어요. 그동안 대표가 저한테 그런 장난을 많이 쳤었거든요. 엉덩이나 머리를 툭툭 친다거나, 아니면 저더러 아이큐가 동물과 비슷할 거라고 한다거나. 저는 그때마다 기분이 나빴지만, 그냥 저 사람이 좀 유치해서 저렇겠거니 하고 웃으면서 넘기려고 애를 썼었어요. 그런데 그게, 그런 게 아니라는 걸 알겠더라고요. 도저히 회사에 못 나가겠더라고요. 그 꼴을 보고 있었던 다른 동료들도 보기 싫었고요.

누가 자기는 회사를 위해서 헌신한다는 그런 이야기를 하면, 대표는 "그게 아니라 나한테 착취당하는 거지." 이렇게 말했어요. 한때는 그게 차라리 위선적이지 않고 솔직해서 좋다고 생각했는데, 그것도 그런 게 아니었어요. 그러니까, 그 새끼는 우리를 가지고 노는 게 좋았던 거예요. 그리고 그걸 우리 앞에서 과시하고 싶어 했어요. 씨발놈.

그 며칠 전에 제가 건강검진 결과가 나왔는데, 제 상태가 말이 아니었어요. 회사를 관둬야 할 것 같다는 생각도 들었는데, 대표가 우리 팀에서는 아무도 못 그만둔다고 입버릇처럼 말한 것 때문에 저도 퇴사는 포기하고 있던 참이었단 말이에요. 그런데 그날 아침에 누워서 울면서 그만 회사 생활 참으면서 하다가 죽는 건 너무 개죽음이라는 생각이 들었어요. 그날부터 회사 안 나갔죠.

처음부터 회사 관두려고 한 건 아니었어요. 너무 열도 받고 회사 사람은 다 꼴 보기 싫어서 병가 내고 며칠 쉬었어요. 쉬면서 머리를 식히고 나니까, 점점 더 회사가 싫어졌어요.

그러고 있는데 같은 팀의 요셉이한테 전화가 왔었어요. 왜 안 나오냐고 묻더라고요. 좀 놀랐어요. 같은 팀원이기는 했지만, 사실 사적으로 연락하는 사이는 아니었거든요. 솔직히 말하면, 우리 팀에는 은근히 요셉이를 따돌리는 분위기가 있었어요. 대놓고 싫은 티를 내는 사람은 없었지만, 다들 불편해했죠. 대표가 워낙 요셉이를 아꼈으니까요. 팀장 빼놓고 대표하고 직접 이야기를 할 때도 있었고, 둘이 사이도 좋았어요. 대표가 워낙 칭찬을 안 하는 인간인데, 요셉이한테는 칭찬을 많이 했죠. 최종 스테이지는 그 친구 발상이라고 했어요. 좀 특이한 친구였어요.

서양 영화에나 나오는 음침한 고스족인가 생각했을 정도로 늘 검은색 옷만 입고 다니고, 사람들 눈에 띄는 걸 싫어했어요. 우리끼리도 쟤는 진성 오타쿠라고 놀렸어요. 전쟁 영화에 나올 법한 치사하고 옹졸한 악역 같아 보이는 남자였죠. 왜 착한 여주인공 희롱하고 소작농들 등쳐먹다가, 분연히 일어선 착한 남주인공에게 제일 먼저 맞아 죽을 것 같은 스타일이라고 해야 하나? 왜소하고 음침한 남자였어요.

처음에는 혹시 대표가 시켜서 전화했나 싶었어요. 하지만 생각해보니, 대표가 나 같은 조무래기가 회사 출근 안한다고 그런 지시를 할 것 같지는 않더라고요. 전화에다 대고 요셉이한테 화풀이하는 기분으로 대표 욕을 했어요. 진짜 양아치에 쓰레기라고, 회사 관둘 거라고 큰소리를 쳤죠. 진짜 관둘 생각은 아니었어요. 그런데, 요셉이가 그러는 거예요. 자기도 회사 관둘 거라고. 저는 의외였어요. 다들 관둬도 요셉이만은 안 그럴 줄 알았거든요. 요셉이는 오히려 자기는 예전부터 그만둘 생각을 하고 있었다고, 그러면서 제일 먼저 나가는 것만 피하려고 했다고 했어요. 그게 다였어요. 더 자세한 이야기는 안 했어요. 전화 통화도 그때 딱 한 번 했어요.

그때 진짜 그만둬도 되겠단 생각이 들었어요. 뭐, 남들

같으면 다시 출근했겠지만요. 저는 그다음 날 인사과로 전화해서 그만두겠다고 했어요. 팀장이 전화해서 이월이라도 하러 나오라고 했는데, 아프다고 안 나갔어요. 알아요. 무책임했죠. 유치하고. 그런데 정말 나가기 싫었어요. 나가서 사람들 얼굴 못 보겠더라고요. 제가 좀 그래요. 뭔가에 한 번 빠지면 완전히 몰입해서 하는데, 하기 싫으면 또 죽어도 못해요. 게다가 어차피 제가 맡은 그놈의 개 잡는 스테이지는 얼추 마무리가 되어갔고 팀으로 하던 일인데, 다 나를 불러내려는 수작이라고 생각했어요.

그렇게 회사 관두고 퇴직금 받고 몇 달 쉬었어요. 몇 달 쉬니까 다행히 몸도 좀 좋아지고 해서 재취업 준비를 했죠. 다른 회사로 금방 옮길 수 있을 줄 알았어요. 경력도 괜찮고 능력도 자신이 있었으니까요. 그런데 정말 쉽지 않았어요. 처음에는 그냥 시기가 안 좋나 보다, 좀 기다리면 괜찮아지겠지 했어요. 그런데 갈수록 이상한 거예요. 그래도 탑티어 회사에 있었고 핵심 팀에서 3년 이상 일을 했는데도, 신생 회사에서도 떨어졌으니까요. 잘 알던 친구가 창업했는데, 그 녀석도 절 안 쓰더라고요. 나중에 개가 연락을 해줬는데, 다른 일 찾는 게 좋을 거라고 했어요. 대표가 블랙리스트를 돌렸다고요. 설마설마했는데 말이에요.

한참 끙끙대다가 회사로 대표를 만나러 갔어요. 대표는 저를 보더니 의기양양해서는 자기 비위를 거스르고도 이 업계에서 살아남을 줄 알았냐고 했어요. 저더러 다른 일 찾아보라고 했어요. 그렇게 대단한 성자이기라도 한 것처럼 SNS는 맨날 휘갈기면서, 개새끼. 돈은 그렇게 벌어놓고도 양아치도 그런 양아치가 없잖아요. 진심인 것 같더라고요. 그래서 제가 어떻게 했냐고요? 아실 것 같은데. 모르시나요?

무릎 꿇고 빌었어요. 잘못했다고, 받아달라고.

지금 생각하면 왜 그랬는지 모르겠어요. 아뇨, 사실은 알죠. 지금은 그렇게 하지 말 걸 하고 후회하지만, 그때는 게임 일 안 하면 못 살 것 같았어요. 할 줄 아는 것도 없고, 게임 떠나면 인생 실패자가 될 것 같고 겁이 났어요. 대표는 만족하는 것 같았어요. 저를 친절하게 일으켜 세우는가 싶더니, 뺨을 몇 대나 쳤고… 피도 났어요. 이도 부러졌고요. 정신을 잃었는지 아닌지도 모르겠어요. 머리가 텅 비고 눈앞이 하얗게 됐어요. 한참 그러고 나서 정신 차렸을 때는, 비서님 부축받고 사무실을 나오고 있더라고요. 그다음 날부터 출근했어요.

그다음부터 사장은 나한테 연구소 관련한 일을 시켰어요. 그 연구소 아시죠?

이름은 그럴싸한데, 거기 진짜 이상한 데예요. 지금도 거기가 뭐 하는 곳인지 모르겠어요. 이름은 연구소에, 무슨 자기 계발하고 꿈 분석하는 곳이라고 되어 있잖아요. 그런데 가보면 사람들이 맛이 완전히 갔어요. 거기 사람들은 하루 종일 누워서 잠을 자요. 저는 사람들이 꾸는 꿈을 기록하고 그걸 3D 영상으로 만드는 프로그램을 개발하는 일을 했어요. 하다 보니까 게임하고는 아무 상관이 없는 일이었어요. 왜 그런 걸 만들려고 할까? 지금도 모르겠어요.

연구소에서 나오려고 하는 사람들은 없냐고요? 그거야 저도 모르죠. 뭐, 길게 이야기를 해본 적은 없으니까. 그냥 사장 심부름으로 다녀온 게 다예요. 그래도 거기 경비원들이 아주 많고, 무기까지 들고 있어요. 함부로 들어가거나 나오지 못할 거예요.

저는 거기서 사장 아버지도 봤어요. 말 못 해요. 치매라고 들었는데, 치매 맞나? 싶어요. 치매 환자들도 말하잖아요. 그런데 말을 못 해. 그리고 치매 환자가 왜 거기 있어요?

그리고 그 아버지 죽였다고 하는 무슨 검사 딸 있잖아요. 걔도 거기 있어요. 그 검사가 사장이랑 관계있다면서요.

그냥 거기 가면, 다들 잠을 자고 있어요. 연구가 다 되어서, 이제 무슨 꿈을 꾸는지 옆에서 다 알 수 있어요. 마음만 먹으면 꿈을 조정할 수도 있고요. 그런데 그렇게 해서, 대표는 도대체 뭘 하려고 하는 걸까요? 가끔 보고하러 대표실에 들어가면, 대표는 내가 들어간 줄도 모르고, 혼자 창밖을 물끄러미 볼 때가 있어요. 소름 끼쳐요.

요셉이하고는 회사 돌아온 뒤에도 가끔 메신저로 이야기를 했어요. 자기는 진짜 회사를 그만둘 거라고, 더 이상 이 업계에 안 있을 거라고 했어요. 차라리 귀농해서 농사를 지을까, 어쩌고 하면서 땅을 산다고 했어요.

그런데, 그냥 사라졌어요. 죽었대요. 술 마시고 집에 가다가 싸움이 붙어서 칼에 찔려 죽었다고요. 모르겠어요. 제가 알기론 걔는 술도 안 먹고 누구와 주먹으로 싸울 만한 위인이 아니었는데.

모르겠어요. 알고 싶지도 않아요. 지금은 아무 생각 없어요. 그냥 머리를 비우고 쉬고 싶을 뿐이에요. 한동안은 일요일마다 낚시했어요. 그런데 웃기는 게, 잘하다가 갑자기 낚시통 안에 잡은 물고기들이 꿈꾸는 사람들처럼 보이는 거예요. 파닥거리는 모습도 그렇고, 그 축축하게 보이는 번들거리는 광택도 그렇고. 그러고 보니 낚시의 손맛이라는 게 너무 사람 같아서 못 하겠어요. 이제는 게임도 싫어요. 지긋지긋하도록 싫어요. 일 때문 아니면, 게임

안 해요. 죽이는 것도 죽는 것도 토하도록 싫어요. 그런데 이제는 못 그만두겠어요. 요셉처럼 될 것 같아요.

요즘은 낚시도 안 하고 그냥 걸어요. 지치도록 걷습니다. 걷다 보면 미칠 것 같이 속에서 솟구치던 게 좀 가라앉아요. 언젠가 일을 관두면 스페인의 순례길을 걸어보고 싶어요. 거기에 가서 무슨 대단한 깨달음을 얻을 것 같지는 않지만, 도대체 사는 게 뭔지, 왜 이따위인지 좀 알고 싶어요.

언제쯤 갈 수 있을지 모르겠지만요.

담벼락 안에서는 아마

The World of Dream

  밤하늘의 별들이 글씨를 만들었다가 다시 흩어지면서, 켄타우루스를 닮은 사수좌 별자리의 모양이 되었다. 사수좌 별들은 곧 진짜 켄타우루스가 되었다. 신화와 달리, 켄타우루스의 상체는 금발을 드리운 여자였고 하체는 흰 말이었다. 켄타우루스는 밤하늘에서 화살을 쏘며 기철 쪽으로 뛰어 내려왔다. 켄타우루스의 눈동자에 기철이 비쳤다. 기철의 코앞까지 온 켄타우루스는 기철을 낚아채 자신의 뒤에 태우고 달렸다. 주변 풍경이 빠르게 변해갔다. 님프들이 목욕하는, 아름다운 샘을 지났다. 님프들은 기철을 보고는 소리를 지르며 버드나무 뒤편으로 숨었다. 어느새 켄타우루스는 말로 변했고, 기철은 기수가 되어

승마 레이스를 달렸다. 골인 지점으로 가까이 오자, 사람들이 환호하며 손뼉을 쳤다. 환호 소리에 귀가 멍해질 무렵, 순식간에 풍경은 해안도로가 되었다. 이제 켄타우루스는 스포츠카가 되고 기철은 차를 운전하고 있었다. 해안도로 끝에서 차는 그대로 허공을 향해 돌진했다. 그리고 기철은 우주 한가운데를 유영하고 있는 자신을 발견했다. 발아래 별들이 부유했다. 저쪽에서 별들이 글씨를 만들었다.

Dreams Come True
Now and Here
당신의 꿈을 실현하세요.
지금 이곳에서

조명우 연구소

그리고 세상은 조명우 연구소의 사회 환원 운운하는 자막으로 가득 찼다. 기철은 헬멧을 벗고 뒤를 돌아보았다. 뒤에는 흰 가운을 입은 의사와 연구자들이 서 있었다. 세련되고 멀끔하게 보이는, 평소라면 가까이 갈 일조차 없는 사람들이었다. 그러나 기철 옆에 나란히 서서 비틀거리는 사람들은 익숙한 사람들이다. 후줄근한 옷차림을 하고 손을 떠는 알코올중독자 같은 70대 노인부터, 불안한 표정을 한 20대 초반의 여자, 피로한 얼굴로 다리를 내내 주무르는 50대 남자. 버스에서, 술집에서, 피시방에서, 익숙하게 보아오던 그런 사람들이다.

기철은 쓴웃음을 지었다. 지금 기철은 명우 연구소의 입소식에 참가하고 있다. 명우의 연구소에서 실험 참가자를 모집하고 있다는 광고를 보고, 기철은 바로 신청했다. 명우가 무슨 꿍꿍이속인지 알려면 이 길이 제일 빠를 것 같았다.

이상하게 돈을 많이 줬다. 아무것도 알아내지 못해도, 적어도 돈은 건질 거니까 한 번 해보지, 싶어서 신청했다. 실험 참가자들은 한 달 동안 시키는 대로 잠만 자고 꿈을 꾸면 된다고 했는데, 기철이 평소 막노동하고 받는 월급보다 돈을 더 많이 준다고 했다. 진작에 알았으면 막노동 대신 이걸 했을 텐데.

신청하기 전에는 돈을 워낙 많이 준다고 하니, 학력이 높고 아는 게 많은 사람을 찾겠거니 했다. 그런데, 지금 와보니 다른 참여자들이라고 해서 기철보다 상태가 좋아 보이지는 않았다. 솔직히 어딘가 모자라는 사람들만 모아놓은 건가 싶었다. 게다가 도무지 기준이라고는 알 수 없는, 성별, 나이, 학력이 모두 제각각인 열다섯 명이 실험 참가자였다. 여기서 도대체 뭐해, 명우야?

연구소 직원이 의자 사이를 오가며, 3D 헬멧을 걷어갔다. 앞에는 김석기 박사라는 사람이 나와서 인사를 했다. 여기 책임자라고 했다. 기철은 명우가 있을까 봐 마음을 졸였으나, 명우는 보이지 않았다. 김석기 박사는 사람이 좋아 보였다. 실험 참가자들에게 잘 부탁한다고 허리를 숙이며 인사했다. 어리숙해 보일만치 둥글둥글하고 친근한 인상의 사내였다.

"사람들은 꿈의 힘을 잘 모르고 있어요. 전쟁에 참가했거나, 범죄 피해자가 됐거나, 또는 고문을 당했다거나, 특별한 고통을 겪는 사람들의 경우, 그런 꿈을 반복적으로 꾸고 또 괴로워하는 경우가 많습니다. 우울증이나 공황발작 등 정신적 문제를 갖게 되기도 하거든요. 그런데 관련된 체험을 꿈에서 하고 그 체험을 극복하는 경험을 하면 좋아집니다. 좋은 꿈을 꾸고 나서 용기를 얻고 살아갈 힘을 얻는 사람들도 많습니다. 예를 들어서, 어머니가 갑자기 돌아가셨는데, 임종을 못 지켜서 그것에 깊은 상처나 죄책감을 느끼고 사는 사람이 꿈에서 어머니를 만나서 사과하는 경험을 할 수 있다면, 그것이 얼마나 큰 위로가 되겠습니까?

꿈은 무한한 가능성이 있습니다. 사람들이 우주선 만들어서 우주도 탐사하고, 저 바다 밑 깊은 곳으로 잠수함 타고 가서 석유도 캐옵니다. 하지만 사람의 마음은 아직도 미개척된 땅입니다. 바로 여러분들이 그 꿈을 탐험하는 개척자입니다. 스스로 자랑스러워하셔야 합니다."

뒤에서 연구소 직원들이 요란하게 손뼉을 쳤다. 참가자들은 어리둥절한 얼굴로 눈을 깜박이다가, 따라 손뼉을 쳤다. 기철은 박사가 하는 말을 잘 알아들을 수 없었다. 하지만 추켜세우는 말을 곧이곧대로 믿으면 나중에 호되게 당한다는 건, 삶이 가르쳐주었다.

직원이 안내해준 방은 넓고 깨끗했다. 모든 것이 새하얀 욕실에서 거울을 보자, 얼굴은 더 시커멓고 늙어보였다. 기철은 얼른 고개를 돌렸다. 흰 침대 시트 위에 흰 잠옷을 입고 눕자, 잠이 잘 오지 않았다. 벽에는 커다란 시간표가 붙어 있었다. 참가자들은 서로 다른 스케줄에 따라 움직였다. 몇몇이 실험을 받는 동안, 다른 참가자들은 강의와 비디오 감상 따위를 하는 식이었다. 기철과 같은 방을 쓰는 남자가 기철에게 말을 걸었다.

"내가 형일 것 같은데…."

"저는 서른둘입니다."

"좋을 때네. 나는 올해 마흔이오."

남자의 이름은 근석이라고 했다. 근석은 사업이 망해 사채를 빌렸는데, 이자가 밀렸다고 했다. 근석은 자기 친구의 친구에게서 이 연구소 이야기를 들었다고 했다.

"그 친구분은 어떠셨대요?"

"그놈은 버티기 힘들 거라고 했다고 하대. 그런데 뭐, 딱히 힘든 게 있어 보이지는 않네. 뭐, 살 만하니까 까다롭게 굴지. 우리야, 이판사판이니까."

"우리요?"

"그래, 우리 같은 사람들 말이야. 우리 같은 사람들을 좋아한다고 하더라고. 가진 것 없고 몰린 사람들을 찾는데."

근석이 말했다.

첫 일주일 동안, 시간은 느리게 지나갔다. 실험에 참가한다고 해도 밤에는 전극을 머리에 꽂고 자다가, 수시로 일어나서 꿈에 대해서 질문을 받으면 답하고는 다시 잠드는 게 전부였다. 낮에는 그 꿈을 시뮬레이션하는 3D 영상을 체험하거나 심리상담사와 상담하고 운동을 하는 게 고작이었다. 지루했다. 이래서야 조사를 한다고 들어온 보람이 없었다. 명우 새끼, 돈이 많아서 이렇게 뿌리나? 그냥 돈이나 좀 벌고 간다고 생각해야 하려나? 명우에 관한 이야기도 전혀 들을 수 없었고, 필립이나 여정과도 아무 관계가 없을 것 같았다. 기철은 내내 하품을 하며 졸았다. 기철의 룸메이트인 근석은 밤마다 여자들에 관한 이야기를 떠들었다. 쓸데없는 농담을 하다가 핀잔을 들으면서도, 그것이 무척 즐거운지 근석은 싱글벙글했다.

　"야, 이거 한 달 아니라 일 년이면 딱 좋겠네. 그럼, 원금
은 싹 갚을 수 있는데."

　셋째 주에 들어가던 날 밤, 화장실에 가고 싶어서 기철
은 일어났다. 불을 켜자, 근석이 옷도 갈아입지 않고 침대
에 대자로 누워서 천장을 보고 있었다.

　"형, 뭐하세요? 옷도 안 갈아입고."

　"잠이 안 와."

　근석이 기철을 돌아보지도 않고 말했다. 눈이 빨갰다.
그러고 보니, 언젠가부터 근석의 말수가 확 줄어들었다는
게 떠올랐다. 조용해져서 좋다고만 생각했는데, 표정도
어두워졌다. 얼마 전부터 근석은 개인 실험에 들어갔다.
근석은 공동 프로그램에 들어오는 시간이 확 줄었다. 돌
아가면서 한다고 했는데, 기철은 그 순서가 한참 뒤였다.

　"무슨 일 있어요? 말란 씨한테 차였어요?"

　기철은 농담을 했지만, 근석은 아무 말도 하지 않았다.
기철은 화장실에 다녀와 잠을 청했다. 근석의 숨소리가
거칠게 들려왔다. 잠시 뒤 근석이 어둠 저편에서 말을 걸
었다.

　"그거 알아? 말란 씨 옆방 여자가 나갔대."

　"음. 왜 나갔대요? 중간에 나가면 한 푼도 못 받고, 오히

242

려 참가 기간 숙박비 어쩌고 하면서 돈 오히려 물어야 한다고 그러지 않았나?"

"돈을 엄청나게 물라고 한 모양이야. 그 여자 자살하려고 했대."

"아니, 왜요?"

"모르지. 그걸 난들 아나? 그 뒤에야 여기에서 있었던 일은 아무한테도 말하지 않겠다고 각서 쓰고 대신 돈은 안 물고 나갔다고 하더구먼."

근석은 거친 목소리로 말했다.

"더러운 새끼들."

근석은 더는 말하지 않았다. 기철은 불을 켜고 좀 더 물어볼지 생각했지만, 졸렸다. 날이 밝으면 좀 더 천천히 물어봐야겠다고 생각했다.

다음날, 기철이 일어났을 때, 근석은 방에 없었다. 그날 오후 기철은 휴게실에서 사람들의 표정이 좋지 않다는 걸 발견했다. 사람들의 말수가 부쩍 줄어, 휴게실이 무척 조용했다. 기철은 근석과 이야기할 시간을 찾았지만, 근석은 보이지 않았다.

근석은 점심시간에야 나타났다. 그러나 이야기할 시간 따위는 없다. 근석은 식당에서 식탁을 엎으며 난동을 피웠다. 사람들이 소리를 지르며 자리를 피했고, 근석은

말리던 행정직원을 때렸다. 경비원이 오자, 근석은 의자
와 테이블을 내동댕이치며 소리 질렀다.

"건들지 마. 나 좀 내버려둬. 좀 내버려두라고. 안 그러
면 내가 너희 다 죽여버릴 거야."

행정직원들은 전기충격기까지 동원해서 근석을 끌어
냈다. 근석은 짐승처럼 울부짖으며 끌려 나갔다.

"나 또 실험하지 마."

기철이 저녁 시간에 방으로 들어왔을 때, 근석은 멍든
얼굴로 짐을 싸고 있었다. 옆에는 경비원이 근석을 감시
하고 있었다. 근석은 한결 누그러진 얼굴이었다. 부끄러
워하는 것처럼, 다른 사람이 된 것처럼 가볍게 미소를 짓
고 있었다.

"이제 괜찮아요?"

"응, 내가 잘못했지, 뭐…."

근석의 눈빛이 흐렸다. 기철은 근석이 무슨 약을 먹은
것 같다는 생각이 들었다. 경비원이 무표정한 얼굴로 둘
을 바라보다가, 비스듬하게 뒤로 돌았다. 근석은 입술을
실룩거리더니, 기철의 팔을 당겨 귀에다 대고 속삭였다.

"너도 지금 나가."

"왜요? 무슨 일 있었던 거예요?"

그때 보안 직원이 돌아봤다. 근석은 갑자기 말투를 바
꿨다.

"딸 보고 싶어서 나가는 거지 뭐. 나가면 연락해. 술 한 잔하자고."

근석은 크게 웃으려고 했지만, 웃음소리는 책을 읽는 것처럼 헛헛하게 들렸다. 근석이 경비원을 따라 나가고 난 뒤, 기철은 벽에 붙은 근석의 스케줄표를 봤다. 근석은 지난주부터 5실험실에서 일정이 있었다. 기철은 아직 한 번도 5실험실에 가지 않았다. 기철의 5실험실 일정은 다음 주였다.

기철은 5실험실을 찾아보기로 했다. 그날 저녁 휴식 시간, 기철은 산책하는 척 건물 밖으로 나갔다. 5실험실은 참가자들이 지내는 옆 건물의 별관에 있었다. 그러나 별관 앞에는 경비원이 지키고 서 있었다. 기철은 경비원을 어떻게 지나쳐야 할지, 일단은 물러나야 할지 망설였다. 그때 화려하게 꾸민 중년 여자가 기철의 앞을 지나갔다. 명우의 고모였다. 명우의 고모는 고등학교 때부터 기철을 좋아했고 기철이 놀러 가면 유난히 간식거리와 반찬 따위를 챙겨줬다. 기철은 고모에게 다가가 인사했다.

"고모님, 안녕하세요."

"아니, 이게 누구야? 기철이 아니야?"

"여기는 웬일이야? 명우 만나러 온 건 아닐 테고."

"실험 참가하러 왔어요. 돈을 많이 주잖아요."

기철은 쑥스럽게 말했다.

"잘했어. 잘했어. 명우는 기철이 온 거 알아? 만나면 되게 반가워하겠네."

둘째 고모는 진심으로 반가운 기색이었다. 기철은 재빨리 물었다.

"명우한테 연락 못했죠. 바쁠 텐데요. 조 사장님은 요즘 어떠세요?"

"오빠야 늘 그렇지 뭐. 여전해. 여기 위에 있잖아. 말 안 들어. 젊어서도 말을 그렇게 안 듣더니, 늙고 치매 오니까 더해."

고모는 별관 건물을 가리키며 말했다. 기철은 놀란 기색을 드러내지 않으려고 애썼다.

"요양병원에서 모시지 그러셨어요? 외진 곳인데, 고모님 왔다 갔다 하시기 힘들지 않으세요?"

"보통 사람 같으면 요양원 갔지. 그런데, 우리 명우가 워낙 유명하잖아. 사람이 돈 많고 유명해지니 보는 눈이 많아져. 여기 좋아. 다 알아서 해줘."

고모는 대수롭지 않게 말했다.

"제가 아버님 뵙고 인사 한번 드려도 될까요?"

고모의 입술이 삐딱하게 올라갔지만, 곧 "그래, 올라가자. 오빠도 반가워하겠지. 요즘 손님이 오랫동안 뜸했는데."라고 선뜻 말했다.

보안 직원은 고모와 함께 온 기철을 보고 놀랐지만, 고모는 태연했다.

"내 손님이야. 우리 조카 친구."

직원은 허리를 숙여 인사하고 아무 말도 하지 않았다. 기철은 5실험실만큼이나 조 사장에 대해서 궁금했다. 뜻 밖의 수확이었다. 고모는 별관의 꼭대기 층으로 갔다. 꼭 대기 층은 밑의 다른 층과 판이했다. 평범한 거주용 아파 트처럼 보였다. 고모는 슬리퍼를 신고 안으로 들어서며, 기철에게도 슬리퍼를 신으라고 손짓했다. 넓은 아파트의 거실이 나왔다.

안쪽 문을 열자, 그 안에는 플라스틱으로 만든 투명한 새장 같은 것으로 둘러싸여 있었다. 플라스틱 벽은 투명 하고 두꺼웠다. 안에서 조 사장이 고모와 기철을 보고는 일어나서 투명한 벽을 마구 두드리고 발로 찼다. 그러나 벽 밖으로는 아무 소리도 들리지 않았다.

"오빠, 오늘은 좀 어때요?"

고모는 조 사장을 향해서 들리지 않을 질문을 하고는, 냉장고 문을 열었다. 냉장고에서 우유와 콘플레이크를 꺼 내서 그릇에 담았다. 플라스틱으로 된 둥글고 큰 그릇에 콘플레이크를 붓고 나서는, 투명 벽의 패널을 눌렀다. 지 문을 인식시키라는 메시지가 나오자, 고모는 여러 번 눌 렀지만 잘되지 않았다. 한참 시도한 끝에 '확인되었습니 다'라는 메시지가 나왔다.

"내가 이걸 좀 고쳐 달라고 몇 번을 말했는데, 아직도 안 고쳐주네."

고모가 패널을 누르자, 넓은 접시가 튀어나왔다. 콘플레이크가 들어간 그릇을 접시에 올리고 화살표가 그려진 노란 단추를 누르려고 하자, 또 지문을 인식시키라는 메시지가 나왔다. 고모는 투덜거리면서 한참을 또 실랑이하며 지문을 인식시키더니, 이번에는 구석의 빨간 버튼을 한참을 눌렀다.

"이제 됐네. 고쳐 달라고 몇 번을 말해도…."

접시는 그릇을 올려둔 채로 안쪽으로 들어갔다.

"명우가 오빠 편하게 지내라고 이렇게 다 만들어준 거야. 근데 10년이 다 되어가니, 이렇게 심심하면 고장이 나지. 오빠가 이 접시 위에다가 다 먹은 그릇과 숟가락을 올려두면 이렇게 다시 나와서 내가 설거지하면 되지. 그런데 오빠가 깔끔하지를 않아서 저 지경이다…."

고모는 혀를 차며 플라스틱 감옥 안쪽을 손가락질했다. 반만 먹다가 던져 놓은 콘플레이크 그릇이 구석구석 보였다. 조사장은 좌절한 표정으로 이쪽을 바라보다가, 침대로 돌아가 앉았다.

"사람이 저렇게 이기적이야. 먹었으면 저렇게 접시 위에 올려놓기만 하면 되는데…. 저래 봤자 자기만 더러운데 살지. 저거 한 번 치우려고 해도, 마취했을 때 해야 해.

한번은 마취가 덜 되어서, 연구소 사람을 때리고 목을 졸라서 난리가 났어. 위험해, 위험해."

"무섭지 않으세요?"

"이렇게 보여도 내 몸 하나는 내가 지킬 수 있어. 그러니까 마취 안 되어 있을 때는 절대 안으로 들어가면 안 돼."

고모는 냉장고를 가리키며 자랑스럽게 말했다. 냉장고 위에는 총처럼 생긴 뭔가가 있었다.

"진짜 총은 아니고, 마비 총이야. 저 총에 한 번 맞으면 코끼리도 바로 마비된대. 자, 인사해."

고모는 귀가 그려진 버튼을 눌렀다. 갑자기 벽이 사라진 것처럼, 조사장의 헐떡거리는 숨소리가 생생하게 들렸다. 조사장은 아무 말 없이 기철을 노려보았다. 헐거운 옷 사이 뼈밖에 남지 않은 상체가 보였다. 옷 안 몸에는 상처가 많았다.

"오빠, 기철이 왔네. 기철이 기억나? 명우 친구야."

조사장은 계속 노려보기만 했다.

"안녕하세요, 사장님."

고모는 다시 귀 버튼을 눌렀다. 이제 거짓말처럼 조사장의 숨소리는 사라졌다. 고모의 핸드폰이 울렸다.

"아, 명우네. 얘가 웬일이지…. 잠깐만 기다려."

고모는 방 밖으로 나갔다.

"냉장고 안에 커피 있어. 마시고 있어. 커피 안에 넣으면 안 돼. 절대 자중해야 하니까. 그리고 캔 커피 같은 거 함부로 넣으면 그거 가지고 위험한 짓 해. 자해하고 난리다. 지난번에 방이 다 피범벅이 되어서 그거 치우느라 난리가 났었어."

기철은 고개를 끄덕였다. 고모가 밖으로 나가자, 조사장은 일어나 기철 쪽으로 걸어왔다. 조사장은 벽에 바싹 붙어서 기철의 눈을 노려보았다. 눈은 충혈되어 있고 옷은 지저분했지만, 얼굴은 과거와 아주 다르지 않았다. 기철도 바깥쪽 벽으로 다가가 조사장을 마주 보았다. 둘은 한 뼘 남짓한 공간을 사이에 두고 마주 섰다.

조사장이 입을 천천히 크게 움직여 입 모양으로 뭔가를 말했다. 기철은 패널을 더듬어 소리를 들리게 하는 버튼을 눌렀다. 조사장의 숨소리가 들렸다. 조사장은 주름진 얼굴은 황갈색 가죽으로 만든 가면 같았고 바스러지기 일보 직전으로 보였지만 눈만은 불타올랐다.

"명우가 사장님을 거기에 집어넣었어요?"

"나를 좀 꺼내줘."

조 사장은 숨을 몰아쉬었다.

"이 문 어떻게 여는지도 몰라요."

"바로 그 버튼을 누르면 돼. 여기 이대로 있으면 명우가 나를 죽일 거야."

"나가실 수 없어요. 여기에서 나가도 밖에 명우 직원들이 다 깔려 있어요. 명우가 사장님에게 무슨 일을 했어요?"

"빨리. 동생이 들어오기 전에 나가야 해."

"경찰에 신고해드릴게요."

"경찰? 아무 도움도 안 돼. 제발 그 버튼만 눌러줘."

"명우가 사장님을 여기 가뒀어요? 왜요?"

"이 멍청한 새끼야, 지금 그런 이야기를 할 때가 아니야. 어서 그 버튼을 눌러. 그것만 하면 돼. 그러면 나가서 네가 궁금해하는 건 다 말해주마."

기철은 조사장을 보았다. 조사장은 삐쩍 말라서 살아 있는 사람이 아니라, 미라 같아 보였다. 뻣뻣한 얼굴에는 여기저기 상처가 많이 나 있었고, 머리는 빡빡 밀고 있었다.

"나가서 뭘 어쩌시려고요?"

"다 생각해 놓은 게 있어. 너는 그 버튼만 누르면 돼."

그때 바깥에서 고모가 이쪽으로 들어오는 발걸음 소리가 났다. 젠장. 기철은 마음이 약했다. 눈을 질끈 감고 버튼을 눌렀다. 누르면서도 기철은 벌써 후회하고 있었지만, 벌써 바람이 위로 빨려 올라가는 소리가 들리면서 있는지도 몰랐던 투명 철창이 올라갔고, 느리게 플라스틱 문이 열렸다. 조사장은 나오면서 잠시 비틀거렸고, 숨을 천천히 몰아쉬고는 주변을 둘러보았다. 그러나 숨을 가다듬은 뒤에는, 10년간 감금되어 있던 이 같지 않게 재빠르게 움직였다. 조 사장은 냉장고 위에 있던 마비 총을 잡아서, 기철을 향해 쐈다. 기철은 몸을 전혀 움직일 수 없었다. 소리는 생생하게 들렸다.

조사장은 거실로 나갔다. 고모의 새된 목소리가 비명처럼 들렸다.

"어떻게 나왔어?"

"네가 은혜를 원수로 갚아?"

몸싸움하는 소리와 가구가 무너지는 소리가 들렸다.

"명우야!"

고모는 비명처럼 명우의 이름을 불렀다. 그리고 바로 뒤이어서 조 사장의 비명이 울렸다. 말 못 하는 짐승이 울부짖고 헉헉거리는 것 같은 소리가 한참 들리더니, 육중한 뭔가가 넘어지는 소리가 들렸다. 그리고 고모의 목소리가 들렸다. 전화에 대고 말하는 것 같았다.

"여기, 오빠가 또 나와서 난리가 났어. 그 아까 나하고 왔던 젊은 애 있지? 걔가 오빠 방문을 열어줘서 그랬지. 걔는 명우가 따로 다른 방에 데려다 놓으라고 했어. 애가 들어오는 장면은 시시티브이에 찍힌 것도 다 지워. 응, 그래. 그렇게 하면 돼. 오빠 방 뒤쪽에 작은 방에 넣어두래. 그래. 그래. 아, 나 지금 배고프니까 밥 좀 차려오고."

발소리가 들려왔다. 그러나 기철의 귀는 서서히 기능을 잃어가기 시작했다.

3부
그대가 꿈을
발견했는가?

그것을 바라보고 병에 걸렸다 1

"우리가 사랑해 마지않는 남자, 여자친구보다 남자친구보다 더 좋은 남자, 한국의 게임 시장을 재편한 이 남자, 한국이 내놓은 21세기 최고 아웃풋, 로터리 게임의 조명우 대표님을 소개합니다."

사회자가 늘어놓는 요란한 소개말을 들으며, 명우는 주변을 둘러보았다. 방송에 들어오기 직전, 명우는 고모와 통화했다. 기철을 잡았다. 기철은 처음부터 끝까지 저 스스로 걸어들어왔다. 명우는 기분이 좋았다. 하지만 대가는 있었다. 명우는 심장에 날카로운 통증을 느꼈다. 명우는 인상을 찌푸렸다가 카메라를 생각하며 표정을 가다듬었다.

새로 바꾼 신경안정제가 제법 효과가 좋아, 오랜만에 방송에 나왔다. 적어도 아직은 약효가 좋았다. 이건 또 얼마나 갈는지. 명우는 입술을 지그시 깨물었다. 그러나 여정과 필립만 마저 잡는다면, 이 지긋지긋한 통증도 곧 끝날 것이다. 명우는 가슴의 통증을 떨치려 애쓰며 머리를 흔들고는 소파 깊숙이 앉았다.

"축하드립니다, 대표님. 유럽에서도 반신전쟁이 좋은 평가를 받고 있다고 들었습니다."

이 자식이 기분을 또 잡치는구먼. 명우는 사회자를 노려보았다. 사회자는 어리둥절한 미소를 지었다. 유럽 시장 반응이 심상치 않았다. 유럽 시장은 초기반응만 잠깐 좋았을 뿐, 완전히 박살이 났다. 거기에 쏟아부은 돈은 회수될 수 없을 것이다. 아직 한국 언론은 그 이야기를 하지 않고 있지만 증권가 찌라시에는 이야기가 나왔다. 순식간에 몇백만 달러가 연기처럼 사라졌다. 오늘 아침에는 너무 화가 나 머리에서 김이 날 지경이었다. 모든 것이 마음대로 될 것 같다가, 꼭 놀리는 것처럼 하나씩 어긋났다. 발 아래 미끈한 반투명 회백색 무대바닥에 반사된 명우의 얼굴이 반질거렸다. 명우가 아니라 꼭 명우를 닮게 만든 추한 인형 같았다. 순간 그 추한 인형의 얼굴이 저 혼자 일그러지려고 했다. 명우는 급히 고개를 들었다. 안돼. 안돼. 여기서는 안돼.

"고맙습니다. 다 국내 팬들이 보내주신 성원에서 출발했다는 걸 꼭 기억하려고 합니다."

명우는 또박또박 말했다.

"하하, 오늘 방송은 해외 팬 분들도 많이 보실 텐데."

"물론, 해외 팬들의 애정이 지금 저희가 가는 길이자, 미래지요!"

"여기서 박수 한 번~"

"와!"

명우는 아래를 보지 않으려고 애쓰며 허공에 시선을 고정했다. 주머니 속의 손가락을 꼬아서 매듭을 만들었다. 이런 것들이 정신을 붙들어줬다. 가슴의 통증이 서서히 가라앉았다. 시선도 흔들리지 않았다. 이젠 됐어. 넘어가는 거야. 그런데 사회자의 얼굴이 묘하게 턱이 각진 것이 어딘가 낯익었다. 명우는 저도 모르게 그 턱선을 멍하니 쳐다봤다. 어럽쇼. 그 얼어 죽을 검사 새끼를 닮았네. 안돼! 이런 생각을 하면 안돼! 그러나, 벌써 머릿속에서 그 아이가 말하기 시작했다.

아버지? 아버지네. 아버지야. 아버지라고? 아버지란 뭐지? 아버지가 정자를 제공하고, 양육비를 낸 남자라는 말이라면, 그 사람은 내 아버지가 맞다. 아닐 이유는 없다. 그래도 그 사람을 아버지라고 하는 건 좀 이상하다. 아무리 생각해도 이상하다. 그 사람을 찌른 건 너무 이상해서다.

유리였다. 유리의 아버지 전백기 검사가 얼마 전에 의식을 회복했다고 했다. 조현병에 걸린 유리를 조종하는 건 쉬웠다. 그러나 조정이 끝난 뒤에, 명우는 유리에게서 완전히 떨어져 나오지 못했다. 유리의 의식은 명우의 의식에 남아 있었다.

사회자가 어리둥절한 표정을 지으며 말했다.

"조 대표님은 사회공헌을 위해서도 큰 노력을 하고 계시죠. 조명우 연구소의 꿈 프로젝트에 대해 다들 기대가 큽니다."

명우는 미소를 지으려 애쓰며, 고개를 끄덕였다. 뒤의 말은 잘 들리지 않았다. 귓가에서 벌들의 날갯짓 소리가 들렸다. 윙윙윙, 벌새들의 날갯짓 소리도 멀리에서 들려온다. 잘못하면, 이제 아무것도 들리지 않을 거다.

"하하, 감사합니다. 우리 회사의 창조적 능력과 연구소의 과학기술이 함께 만나서 꿈을 디자인하는 프로그램을 기획하고 있습니다. 머지않은 미래에 우리는 우리에게 필요한 꿈을 자유롭게 디자인하고 그 꿈을 통해 기쁨, 위로, 치유, 자유로움을 만날 수 있을 거라고 생각합니다."

명우는 대충 둘러댔다.

"그러니까, 꿈을 자유자재로 원하는 대로 꿀 수 있단 말씀이죠?"

"네, 머지않은 미래에 가능하게 될 거라고 봅니다."

사회자와 게스트들 모두 과장되게 고개를 끄덕였다. 하지만 나이 들어 한물간 일본인 여자 배우 게스트가 고개를 갸웃거리다가 끼어들어 대본에도 없이 질문을 했다.

"아니, 남이 제 꿈을 만들면, 그게 제 꿈이 되나요? 그건 그냥 제 꿈이 아닌 거 아니에요? 남이 만든 영화를 보는 거나 마찬가지잖아요."

무슨 헛소리를 하는 거야? 멍청하긴. 명우는 화가 치밀었다.

"아니, 그게⋯."

명우는 입을 열었다. 그런데, 그 순간 그 배우의 눈이 너무 빛났다. 눈에서 벌레가 기어나왔다. 벌레가 빠져나오자, 배우의 눈은 시커먼 구멍이 되었다. 시간이 멎었다. 멈춘 시간 속에서 움직이는 건 벌레와 명우뿐이었다.

작은 벌레가 있었어.

그 벌레는 사람의 콧구멍과 눈구멍으로 들어갔다 나왔다 했다. 이야기하는 중에도 그 벌레는 들어갔다가 나왔다가 했다. 그 남자와 그 여자가 나한테 말하고 있는데, 어느 날은 한꺼번에 그 벌레들이 이쪽저쪽으로 움직였다. 그 벌레는 그 남자의 왼쪽 콧구멍으로 들어갔다가 오른쪽 콧구멍으로 나왔고 여자한테는 오른쪽 콧구멍을 들어갔다가 왼쪽 콧구멍으로 나왔다. 그게 너무 징그러워서 나는 도망쳤다.

그 남자는 나한테 소리를 질렀다.

"아빠가 말하는데 누가 그렇게 건방지게 함부로 나가?"

나는 벌레 이야기를 할 수가 없었고, 아무 말 없이 잘못했다고 말했다. 벌레 이야기는 누구한테도 할 수 없었다. 하면 안 된다고, 하면 다들 내가 잘못됐다고 말할 거라는 걸 알 수 있었다. 하지만 나는 그 벌레를 안 보려고 해도 벌레는 계속 보였다. 그 벌레가 뭔지 아무리 애를 써도 알 수 없었다.

나는 아무 말도 하지 않았는데도, 계속계속 뭔가가 잘못되어 갔다.

학교에서 어떤 애가 내 가방을 뒤졌다.

선생님이 창문을 닫자 찌그러지는 소리가 났다.

놀이터에서 아이들이 새끼 고양이를 데리고 놀다가 죽였다.

다들 별 게 아니라고 말했다.

나는 소리를 질렀다.

학교에서 아이들이 나를 정신병자라고 불렀다. 아이들의 눈과 코에서 벌레들이 나왔다. 벌레, 벌레들….

정신 차리라고. 새끼야. 정신 차려. 정신이 돌아왔다. 그러나 가위에 눌린 것처럼 몸은 움직여지지 않았다. 그저 저 멀리에서 사회자가 의아한 얼굴로 명우를 보는 모습이 어렴풋이 보일 듯 말 듯 했다. 꼭 물속에 가라앉아서 물 밖을 보는 것처럼, 희미하고 아련하게. 명우는 코가 메웠다.

한쪽 눈에서 눈물이 핑글 도는 게 느껴졌다. 명우는 그 감각을 붙잡으려고 발버둥 쳤다. 드디어 1밀리미터쯤, 목이 움직여졌다. 명우는 손바닥을 쳐다보았다. 명우의 손바닥의 생명선은 짧았다. 명우는 그 생명선에 시선을 고정했다. 점차 생명선이 회오리를 치기 시작했고, 그 회오리가 손바닥을 삼켰고 회오리는 점점 더 커졌다. 회오리가 세계를 다 삼켰다. 명우의 의식이 까마득해졌다. 그러나 다시 시야가 밝아졌을 때, 명우는 무대조명 아래 관람객들과 카메라, 게스트, 사회자 옆에 앉아 있었다. 눈이 부셨고, 등에 식은땀이 줄줄 흘렀다. 명우는 아찔한 기분으로 눈을 질끈 감았다가, 바로 눈을 떴다. 옆을 보자, 사회자가 의아한 얼굴로 명우를 바라보고 있었다. 명우는 과장되게 커다란 미소를 지었다. 몇 초나 지났을까? 관람객들도 주변을 둘러보며 어리둥절한 표정이었다. 명우는 짐짓 진지한 얼굴로 고개를 끄덕였다. 도대체 누가 무슨 얘기를 했을까? 명우는 사회자를 향해 곁눈질했다. 이런 몰골이 카메라에 잡혔을까?

"영화를 꿈의 공장이라고 하지요."

사회자가 명우의 눈치를 보며 천천히 말했다. 꿈의 공장? 도대체 그런 말이 왜 나온 거야?

"우리는 영화를 볼 때, 우리가 영화 주인공이라도 된 것처럼 느끼지 않습니까? 게임도 마찬가지지요. 영화나 게임 캐릭터가 적을 때릴 때, 우리는 상대를 때리고 있지요. 목숨을 뺏길까 봐 숨을 죽이지요. 그래서 우리가 영화를 보고 게임을 하죠."

하지만 명우가 생각하기도 전에, 혁가 먼저 움직였다. 사회자가 고개를 흔들며 감탄했다는 표정을 지었다. 방청석에서 박수가 터져 나왔다. 뭐가 뭔지도 모르겠지만, 넘어간 것 같았다. 명우는 한숨을 내쉬었다.

"으흠."

질문을 했던 배우는 반신반의하는 표정이었다. 명우는 그를 향해 미소를 지었지만, 죽여버리고 싶다는 충동을 느꼈다. 예전이라면, 정말 죽일까 고민했을 것이다. 그러나, 좋은 시절은 끝났다. 파티는 끝나버린 거다. 이제 힘을 쓰는 대가가 무서웠다. 오전에 기철이를 잡느라고 힘을 썼던 대가가 이랬다. 방송에서 오줌을 지릴 뻔하지 않았나. 더는 무리였다. 배우가 멍청한 얼굴로 명우를 향해 미소를 지었다. 명우는 쓴웃음을 오래 지었다.

산다는 게 뭔지. 모든 게 다 일장춘몽이지, 안 그래? 이번 꿈에서 명우는 멍청한 벼락부자의 역할을 맡고 있는 것이다. 산다는 게 자꾸 비루해지다 못해 이제는 시시한 꿈 같았다. 하지만 이 꿈밖에는 어떤 나락이 있을까?

머릿속에서 유리가 속삭였다.

그저 세상은 벌레의 바다, 바다, 바다.

(벌레의 바다는 노랗다. 노란 것은 바나나 우유…)

명우는 가슴팍을 쥐었다. 겉옷 안주머니에 수첩이 만져졌다. 사회자가 마무리 멘트를 하고, 피디가 컷이라고 외쳤다. 끝이었다. 명우는 긴 한숨을 토했다. 이제 당분간은 방송 출연은 하지 않을 것이다.

사회자가 허리를 숙이며 명우를 치하하는 인사를 했다. 명우는 웃으며 그 손을 맞잡고 답했다. 그러나 명우의 귀에는 이미 아무 소리도 들리지 않았다.

명우는 밖으로 나왔다. 가을 하늘이 너무 맑았다. 너무 맑아서 손을 대면 짓이겨질 만큼 가깝게 느껴졌다. 면도날처럼 날카로운 무언가가 머리를 관통하고 지나간 느낌이 들었다. 머리가 지독하게 아팠지만, 맑았다. 너무 맑아서 깨질 것 같았다.

어쨌든 됐다. 기철이를 잡았다.

그것을 바라보고 병에 걸렸다 2

폐공장 앞에 차를 세우고, 명우는 숨을 깊이 들이마셨다. 이곳에 온 것이 한두 번이 아녔지만, 여전히 이곳에 오는 것은 두렵고 어려운 일이었다. 공장은 허물어져 갔고, 근처에는 가로등도 모두 깨졌거나 고장이 나 있었다. 잡초가 무성한 앞뜰을 가로질러 명우는 공장 안으로 들어가, 핸드폰의 전등을 켰다. 개 냄새가 코를 찔렀다. 이층 저쪽에서 개들이 으르렁거리고 짖는 소리가 났다. 명우는 손전등으로 자기 손바닥을 비춰봤다. 손바닥의 생명선이 선명하게 보였다. 짧다. 명우는 목이 타는 듯한 갈증을 느꼈다. 명우는 어두운 복도를 익숙하게 걸었다. 이미 익숙해진 어둠이다. 명우는 문도 없는 홀로 들어갔다. 널브러진 침대 매트들 위로 개들이 누워 있다가 명우를 보고 으르렁거렸다. 발로 차주고 싶었지만, 그랬다가 잘못하면 눈이 마주칠 것이다. 그러면 어느 심연으로 끌어당겨질지 모른다. 명우는 심드렁한 목소리로 두려움을 감추며 말했다.

"접니다."

"이게 누구신가? 귀한 손님이 오셨네?"

심 권사가 안경 너머로 명우를 내다보며 킬킬거렸다.

"왜 왔는지 알고 계시죠?"

명우는 서둘러 말했다.

"네 입으로 말해."

심 권사를 볼 때마다 명우는 살해 충동을 느꼈다. 죄와 벌의 주인공처럼 뭐라도 내리쳐서 이 노파를 죽이고 싶다. 이 모든 상황의 책임을 물어, 천벌을 내리고 싶었다. 심 권사의 눈은 희미한 미소를 지으며 명우를 살폈다. 저 흥미로워하는 눈빛은 명우의 깊은 속내마저도 알고 있는 것 같았다. 해보라고, 덤벼 봐! 명우는 심 권사의 목소리가 저 멀리에서 들리는 것 같았다.

뒤에서 누가 명우의 허리를 훑었다. 영애의 장난이었다. 명우는 영애를 내버려두었다. 영애의 장난에 맞장구를 쳐주고 싶지 않았다.

"우리 명우 왔어?"

명우는 말했다.

"꿈이 현실을 훼방놓는 게 갈수록 심해지고 있어요. 전유리가 나를 집어삼키겠어요."

"그야 네가 약해빠진 놈이니까. 네가 전유리보다 약한
거야. 너는 전유리를 잡아먹지 못했어. 이제 네 안에서 전
유리가 너를 잡아먹겠지."

뒤에서 거친 웃음소리가 터졌다. 경희가 커다랗게 웃으
며 말했다. 웃음소리는 곧 거친 기침 소리로 바뀌었다. 경
희는 10년 전에도, 지금도 죽어가고 있다고 했다. 그러나
명우의 눈에 경희는 그저 똑같았다.

"그만해, 경희야. 명우 너는 수첩의 주인이 되지 못했어.
네 사람이 과수원에 들어갔으니, 수정같이 맑은 대리석
에 이르렀도다! 너, 여정이, 필립이, 기철이가 모두 수첩의
네 모서리를 쥐고 있어. 그 애들의 손가락이 수첩을 움켜
쥐고 있는 동안, 너는 수첩의 주인이 될 수 없다. 이제까지
네가 무탈했던 건, 운이 좋았던 거야. 이제 너는 결정해야
해. 누가 수첩의 진짜 주인인가 하는 걸."

"노력하고 있어요. 시간이 걸리는 것 뿐이에요. 게다가
지금 유리한테 목이 졸리고 있으니 쉽지 않단 말이에요."

명우는 피가 식는 기분이었다.

"거짓말! 너는 지금껏 몇 년을 밍그적거려 왔어. 너는
그저 수첩이 두려운 거야. 수첩의 진짜 주인이 되는 게 무
서운 거지."

"내가 수첩의 주인이 되는 겁니까, 수첩이 내 주인이 되

는 겁니까?"

"그건 너 하기에 달렸다. 수첩은 그저 네 욕망을 실현하게 해주는 물건일 뿐이야. 수첩은 수첩의 주인도 모르는 욕망을 이루어주지. 네가 네 욕망을 감당한다면, 수첩이 너를 배신할 일은 없다. 뱀의 꼬리 말고, 목을 잡아야 뱀에게 물리지 않지! 수첩의 주인이 되어서, 너 자신의 주인이 돼라, 명우야!"

심 권사는 명우를 향해 말했다.

"하지만 기억해. 우리가 내내 너를 기다려줄 수는 없다는 걸. 좋아, 이번에는 봐주마. 네가 싸우는 동안 유리는 우리가 잠시 맡아줄 테니, 힘껏 해봐."

심 권사는 다정하게 말했다. 심 권사가 품 안에서 단도를 꺼내 명우의 가슴을 찔렀다. 처음 심 권사를 만났을 때와 달리, 이번에는 명우의 눈에, 그 단도가 진짜 단도처럼 보이지는 않았다. 그러나 통증은 여전히 진짜와 똑같았다. 명우는 식은땀을 흘렸다. 심 권사가 단도를 비틀었다. 온몸에서 땀이 떨어지기 시작했다. 눈앞이 하얘졌다. 그리고 유리가 떠났다.

유리가 잘려서 명우의 몸에서 뽑혀 나왔다. 명우는 자유의 숨을 들이마셨다. 착하고 예뻤던 유리. 명우를 만났을 때부터, 헌신적인 팬을 자처했던 유리가 사라졌다. 명우는 가벼워진 영혼을 한 채 몸을 돌려 폐공장을 나왔다.

그것을 바라보고 병에 걸렸다 3

여정은 일을 하고 있었다. 여정의 부친과 모친은 과일 가게로 출근한 뒤였고, 집에는 여정 혼자 있었다. 여정은 일종의 재택근무자다. 아는 사람은 몇 없었지만, 여정은 우주에서 가장 중요한 일을 하는 사람이었다. 여정은 신문과 뉴스를 보고, 중요한 사건들을 스크랩했다. 여정에게 일자리를 찾으라고 눈총을 주는 여정의 언니와 오빠는 상상도 하지 못할 만큼 중요한 일이었다. 전쟁 난민, 실업자, 강간 피해자, 초음파 때문에 괴로워하는 돌고래, 사육장 속의 개…. 여정은 그들을 구해줄 수 없었다. 그러나 지켜보는 임무도 막중했다. 세상의 이 많은 고통은 목격자를 필요로 했다.

그날도 여정은 바쁘게 손을 움직여 스크랩하고 있었다.

딩동. 벨이 울렸다. 여정은 대답하지 않았고 늘 하던 대로 헤드폰을 썼다. 하지만 딩동, 딩동, 딩동, 벨소리는 끊기지 않고 계속 이어졌다. 문을 두드리며 여정의 이름을 불렀다.

"여정아, 여정아."

나이 든 여자의 목소리였는데, 낯선 목소리였다. 엄마 친구인가? 여정은 짜증과 두려움이 섞인 감정으로 발걸음 소리를 죽여 현관으로 나가, 현관문에 달린 유리 구멍으로 밖을 내다보았다. 밖에는 네 명의 중늙은이들 서 있었다. 대머리 남자와 백발의 노파, 그리고 멍한 얼굴의 여자, 검은 선글라스를 끼고 흰 레이스로 온몸을 감싼 여자. 꼭 여정이 안에서 밖을 훔쳐보고 있는 것을 보기라도 한 것처럼, 그들은 "우리야."라고 말했다.

분명히 모르는 사람들인데도, 얼굴은 어딘가 낯이 익었다. 그들은 여정이 보이기라도 하는 것처럼 여정 쪽을 향해 빤히 쳐다보며 미소를 지었다. 여정은 그들의 얼굴을 기억해냈다. 고등학교 때 필립에게서 수첩을 받았을 때 봤던 사람들이다. 그 사람들을 만난 이후로 세계가 뒤바뀌었다.

"너는 기억력이 좋구나."

대머리 남자가 개를 품에 안고 어르면서 말했다. 여정은 그들이 악마라는 생각이 들었다.

"바보 같은 소리 하지 마. 네 머릿속에 있는 것을 남들

에게 꿰맞추지 말라고. 얘는 저렇게 멍청한데 일이 되겠
어?"

흰 원피스를 입은 여자가 투덜거렸다. 여정은 자신이
아무 말도 하지 않았는데, 여자가 무슨 말을 하는지 의아
했다. 얼굴이 누렇게 부은 여자가 흰 원피스의 여자에게
소리를 질렀다.

"멍청하다는 말 좀 하지 마."

"내가 너한테 그런 게 아니잖아. 쟤는 진짜 멍청하대도.
난 멍청한 애한테는 힘을 빌려주기 싫어."

"권사님 말을 안 들을 참인 건 아니겠지? 네가 좋든 말
든 문제가 아니야. 이대로라면, 얘나 필립이한테 너무 불
공평하다고."

"조용, 조용히. 여정아, 힘을 빌려주마. 네가 좀 나서야
겠다. 뭐, 네가 선택할 문제는 아니긴 하다만. 하지만 내
고명딸이 네가 씨름해서 이길 때만 너를 도와주겠다는구
나."

말이 없던 백발의 노파가 히죽히죽 웃으며 말했다.

"네가 아무리 멍청해도, 네가 단 한 번이라도 내 등을
바닥에 닿게 한다면 힘을 빌려주지. 하지만 다들 알지? 내
등이 바닥에 닿기 전에, 내가 쟤를 잡는다면 게임은 끝이
라고. 아무리 다들 나를 구슬려도 그땐 난 안 해."

흰 원피스를 입은 여자가 말을 마치고, 갑자기 치맛자

락을 들어올렸다. 다른 일행이 흰 원피스를 입은 여자에게서 멀어졌다. 원피스 자락 안에는 아무것도 없었다. 그 안에는 어둠조차 없이, 텅 비어 있었다.

사방이 갑자기 어두워지고 아무것도 보이지 않았다. 저편 어둠 속에서 희미한 선으로 된 그림자가 보였다. 그림자는 어슴푸레하게 보였다. 그것은 어둠 속에서 재빨리 움직였다. 순식간에 여정의 오른쪽 왼쪽을 오갔다.

여정이 어리둥절해서 주변을 두리번거리는 동안 그림자는 손을 뻗어, 여정의 팔을 잡았다. 여정은 그림자의 손을 뿌리치려고 했지만, 손은 여정의 팔을 파고들었다. 그림자의 두 손은 드라이아이스처럼 차갑고도 뜨거웠고, 여정은 온몸이 불붙는지 얼어붙는지 알 수가 없었다.

여정은 흰 원피스를 입은 여자가 자신을 잡으면 게임에서 이긴다고 했던 게 생각났다. 지기 싫어. 여정은 생각했다. 여정은 그림자를 발로 차려고 발버둥 쳤지만, 그림자는 그림자였다. 여정의 발은 허공을 가르고 그림자에 타격을 줄 수 없었다. 하지만 여정의 팔을 붙잡는 그림자의 손은 단단했다. 그 손을 뿌리치려고 했지만, 되지 않았다.

이건 꿈이야. 아니면, 이런 일은 일어날 수 없어. 여정은 생각했다. 그래, 꿈이라면 깰 수도 있어. 여정은 꿈에서 깨려고 해봤지만 꿈은 끝나지 않았다.

이제 그림자는 여정의 목을 움켜쥐려고 했다. 잡히면

게임은 끝이다.

이게 진짜 꿈이면, 꿈이라면…!

여정은 자신이 바닥에 엎드려서 자고 있다고 상상했다. 나는 여정이고, 지금 바닥에 엎드려서 자는 중이야. 그러면, 그림자는 내 밑에 깔려 있지. 바닥에.

어디선가 킬킬거리는 웃음소리가 들렸고, 빛이 쏟아져 들어왔다. 누가 "바보는 아니네. 힘을 빌려주마. 잠시만이다. 수첩을 찾아. 그러면 힘을 영원히 갖게 될 거니까."라고 말했다.

여정은 잠에서 깼다. 여정은 엎드려서 자고 있었다. 진짜 꿈이었구나. 아니, 혹시 이게 꿈이면? 내가 지금 잠이 드는 중이라면? 내가 여정이라는 게 긴 꿈일 뿐이라면? 어디에 무엇이 꿈이라는 증거가 있는지? 없다는 생각이 들었고, 그 생각은 두려웠지만 어딘가 황홀하기도 했다.

여정은 천천히 눈을 떴다. 여름이었고, 아침이었다. 더워서 목이 말랐다. 커튼이 쳐지지 않은 창문으로 뜨거운 아침 햇살이 쏟아져 들어오고 있었다. 등이 식은땀으로 축축했다.

"더워 죽겠네."

여정은 투덜거리면서 선풍기를 더듬어 켰다. 어서 자리에서 일어나서 일을 해야 했다.

일어나자, 이상한 기분이 들었다. 신문의 냄새가 코를 찔렀다. 신문의 기사들이 비릿하고 싱싱한 냄새를 풍겼다. 여정은 신문을 읽지 않고도, 냄새만으로 기사를 읽을 수 있을 것 같았다. 냄새, 폐를 지나서 온몸에 새겨지듯이 냄새가 번져갔다. 여정은 몸을 떨었고, 기침을 몇 번 했다. 온몸이 터져버릴 것처럼 감각이 생생하게 부풀어 올랐다. 뇌가 빙글빙글 돌면서 냄새가 빨아들인 정보를 소화하고 있었다.

쨍하게 냄새가 났다. 온 세상이 냄새를 타고 여정의 몸 속으로 쳐들어와 있었다.

"그게 돌아왔구나. 돌아왔어."

여정은 중얼거렸다.

열린 창문으로 바람이 들어왔고, 신문지가 바람에 일제히 나부꼈다. 기사 속에서 전쟁과 테러, 재난으로 세계는 아우성치고 있었다.

그건 꿈이 아니었어. 뭔지는 모르겠지만. 그럼 이게 꿈인가? 신문 기사 속에서 이 모든 인간, 동물들, 죽은 것들, 산 것들이 겪고 있는 고통과 비명이 다 꿈이라고? 이것들이 다 가짜라서, 아침에 누군가 눈을 뜨면 사라져갈 거라고? 여정은 생각해봤다.

하지만, 아니야. 이건 꿈이 아니야. 여정은 눈을 감고 잠시 생각했다.

모두가 다 이렇게 비명을 지르고 있어. 그 비명의 엄중함 앞에 여정은 몸이 떨렸다. 나는 이제 뭔가를 할 수 있어. 해야 해.

그렇지만…. 뭔가가 더 남아 있었다. 등이 근질근질했다. 이건 수수께끼다. 지금은 풀 수가 없었다. 뭔가를 해야 했다. 여정은 주변을 둘러보았다.

이 힘의 주인은 왜 나에게 힘을 빌려준 걸까? 힘이 있는 동안 뭘 해야 할까?

여정은 잠시 생각했지만, 그 생각은 오래 걸리지 않았다. 냄새가 여정을 이번에도 이끌었다. 신문 기사들 사이에 뭔가가 있었다. 여정은 몇 달 치 신문을 정신없이 뒤졌다. 일본으로 파친코 관광을 가는 사람들을 성토하는 조각 기사가 눈에 들어왔을 때, 이게 찾던 거라는 걸 알았다.

그 뒤 여정은 아르바이트해서 항공권을 살 돈을 모았다. 여정은 동네 식당에서 서빙을 했고 학교에서 급식을 거들면서 돈을 모았다. 여정은 서두르지 않았다.

두 달 뒤, 여정은 오사카로 가는 비행기를 탔다. 오사카에 내려서는 파친코 가게로 향했다. 가게 안에 들어섰을 때, 여정은 머리카락이 쭈뼛 서도록 흥분했다. 여기가 맞아. 냄새가 그렇게 말했다. 뭘 찾는지도 몰랐지만, 여정은 자신이 와야 했던 곳이 이곳이라고 확신했다. 기계 앞에 앉아 있는 사람들의 일그러진 얼굴에는 좌절감과 도취한 흥분감의 냄새가 숨 막히도록 짙게 났다. 피로한 얼굴의 남자가 여정을 쏘아보더니, 고개를 다시 돌렸다. 남자는 언제부터 거기 앉아 있었는지 다 구겨진 양복을 입고 있었다. 그는 담배 냄새가 풍기는 손가락으로 다시 레버를 당겼다.

여정은 시선을 모으지 않으려 애쓰면서 코를 벌름거리며 냄새를 맡았다. 기계 하나에서 비릿한 쇳내가 났다. 여정은 입에 침이 고였다. 얼른 그 기계 앞에 앉았다. 여정은 레버를 당겼다. 30분이 지나자, 여정이 모아온 돈 삼분의 이가 날아갔다. 그러나 쇳내는 더 강해졌다. 여정은 그 냄새에 어지럽다 못해 온몸이 근질거렸다. 여정은 몸을 마구 긁었다. 긁을수록, 몸은 더 근질거렸다. 여정은 손톱을 물어뜯었다. 다시 레버를 당겼다. 됐다. 등 뒤쪽에서 뭔가가 절그럭 열리는 소리가 났다. 찰칵찰칵찰칵. 화면이 마구 돌아가더니, 칩이 쏟아지기 시작했다. 칩이 쏟아지는 소리와 함께 여정은 뱃속에서 불같은 게 치솟는 기분이었다.

여정은 그날 가게 세 군데를 돌았다. 두 번째 가게, 세 번째 가게에서는 더 이상 처음처럼 시간이 걸리지 않았다. 여정은 가게에 들어서자마자 바로 앉아야 할 자리를 찾을 수 있었다.

세 번째 가게에서였다. 한 남자가 여정에게 가까이 와 바로 옆에 의자를 끌어당겨 놓고 앉았다. 새틴 광택의 검은 셔츠를 입고 번쩍거리는 검은 가죽구두를 신은 남자였다. 여정이 일본어를 못 알아듣는다고 손을 내저어도 끈질기게 일본어로 말을 걸었다. 여정이 그를 모른 척하고 게임을 하자, 남자는 일어났다. 하지만 곧 다른 남자를 데리고 돌아왔다. 그가 데리고 온 남자는 한국어가 서툰 일본 남자였다. 따라온 남자는 겁에 질린 표정으로 새틴 셔츠의 남자가 여정에게 호감이 있다고 했다. 새틴 셔츠는 파친코 숍을 여러 개 관리하는 거물인데, 여정이 마음에 들었다며 원한다면 파친코 숍을 차려주겠다고 했다. 새틴 셔츠는 아주 예쁜 밝은 갈색 구두를 신고 있었다. 여정이 그 구두를 쳐다보는 것을 보자, 남자는 으스대며 말했다. 통역이 번역해주기를 그 남자는 어린 송아지 가죽으로 된 구두만 신고, 한 번 주름진 구두는 신지 않는다고 했다. 남자의 구두는 백화점에서 날 것 같은 환한 꽃냄새가 났다. 그 꽃냄새 사이로 어린 소의 피 냄새와 어미 소의 비탄의 냄새가 났다. 그 냄새가 코를 지지듯이 메웠다. 여정의 손가락이 레버 위에서 미끄러졌다. 여정은 심장이 차가워지는 걸 느꼈다. 여정은 잠시 생각에 잠겼다.

그리고 여정은 새틴 셔츠를 따라가겠다고 말했다. 통역은 안도하는 표정으로 자리에서 일어났고, 새틴 셔츠가

고갯짓하자 사라졌다.

여정은 남자를 따라갔다. 여정이 남자를 따라 뒷골목에 들어섰을 때, 갑자기 남자의 냄새가 바뀌었다. 조심해. 여정 속에서 누가 말했다. 남자가 여정의 목을 조르기 직전에 여정은 펄쩍 뛰어 뒤쪽으로 향했다. 허공을 가르는 남자의 손을 여정은 할퀴고 달아나려고 했다. 아랑곳하지 않고 남자는 여정을 밀어서 넘어트렸고, 남자는 한 번 더 여정의 멱살을 잡은 다음 바닥에 패대기쳤다. 남자의 완력은 대단했다. 꼭 자동차에 부딪힌 것 같은 압도적인 완력의 차이를 느끼며 여정은 몸이 허공에 떴다가 패대기쳐졌다. 붕- 갑자기 시간이 느리게 흐르는 것 같았다. 공기 속 수많은 입자의 냄새가 여정 속으로 들어왔다. 여정은 슬로우모션으로 남자의 손이 여정을 향해 다가오는 것을 보았다. 그때 여정의 손끝에 단단하고 차가운 쇠로 된 것이 닿았다. 거리에 뒹굴고 있던 그것이 무엇인지 여정은 쳐다보지도 않았다.

다시 한번 남자가 여정의 멱살을 쥐고 들어 올려 자기 쪽으로 여정을 당겼을 때, '지금이야'라는 소리가 머리를 터트릴 것처럼 커다랗게 여정의 머릿속에서 울렸다. 남자의 완력에 온몸을 실어 몸을 남자에게 향하게 하면서, 여정은 침착하게 손에 잡힌 물건을 남자의 얼굴을 향해 내리쳤다.

남자의 얼굴에서 피가 쏟아져 여정의 얼굴 위로 떨어졌다. 그때야 여정은 자기 손에 잡혔던 것이 벽돌인 것을 알아보았다.

남자가 비틀거리는 동안, 여정은 벽돌로 머리 뒤편을 한 번, 가슴팍 정중앙을 한 번 더 내리쳤고, 남자는 비틀거리며 무릎을 꿇었다. 여정은 대로로 뛰었다. 돈이 든 가방은 소중하게 안고 뛰었다. 저 멀리에서 다른 남자들이 여정을 쫓아왔다. 여정이 대로에 도착하자, 마침 택시가 지나갔다. 여정은 택시 앞으로 뛰어들듯이 했고, 다행히 택시는 비어 있었다.

여정은 "에어포트, 공항, 공항, 에어포트!"라고 외쳤다.

여정은 송곳에 묻은 피를 치마에 닦았다. 머리가 희끗희끗한 택시 기사는 일본어로 웃으며 여정에게 뭔가를 물어봤지만, 여정은 일본어를 못한다는 뜻이 전달되기를 바라며 손을 흔들면서 웃었다. 기사는 더는 묻지 않았다.

여정은 무탈하게 한국행 비행기를 탔다. 비행기가 한국에 도착하자, 안도감이 밀려왔다. 무사히 돌아왔고 이제 돈은 충분했다. 여정은 이 모든 것이 운명이라고 생각했다. 모두의 고통을 함께 겪으면서 보냈던 12년 동안 쌓았던 선한 공덕이 자신을 지켜주고 있노라고 여정은 믿었다.

여정은 일본에서 벌어온 돈 거의 전부를 털어서 권총
한 자루를 샀다. 수첩을 찾기 위해서 필요한 건 딱 하나 더
남아 있었다. 동지였다. 여정은 필립을 찾아갔다.

그것을 바라보고 병에 걸렸다 4

필립은 퇴근길에 공원을 지나갔다. 늘 하나와 함께 가던 공원이었다. 하나는 엄마와 함께 공원 가는 걸 좋아했다. 친구보다 엄마를 더 좋아하던 일곱 살이었다. 집은 늘 어지럽고 집안일 하는 것을 귀찮아하는 엄마를 이해해주던 하나였다.

"엄마는 어린이 같아."

"왜?"

"노는 걸 좋아하고 집안일을 좋아하지 않잖아."

하나가 말했을 때, 필립은 몹시 부끄러웠다.

"하지만 나는 엄마가 제일 좋아. 엄마하고 노는 게 제일 재미있어. 다른 엄마하고 우리 엄마를 바꾸지 않을 거야."

필립은 행복해서 숨이 막혔다. 하나와 함께 있을 때, 가끔 필립은 그랬다. 그런 경험을 하게 될 거라는 걸 살면서 기대해본 적이 없었다. 그리고 이제는 다 끝이 났다.

공원은 공사 중이었다. 하나가 있었다면 속상해 했을 거라고 필립은 생각했다. 공원 안에서 한 여자가 끌려 나오고 있었다. 공사하는 인부들이 그 여자의 팔을 붙잡고 끌고 나왔다. 그 여자는 안 나오려고 소리를 지르면서 몸부림을 쳤다.

"엄마, 저기 좀 봐. 떼쓰는 애도 아닌데, 저렇게 어른을 끌고 나와."

한 아이가 제 엄마에게 말했다. 하나 나이 또래의 아이였다. 아이의 엄마는 아이 손을 잡아끌고 가자고 했다. 필립은 그 아이의 엄마가 부러워 입술을 깨물었다.

"놔, 놔, 이 새끼들아."

공원에서 끌려 나오던 여자는 욕을 하며 끌려 나오지 않으려고 몸부림을 쳤다. 행인들이 모두 그 모양새를 구경하고 있었다.

"쯧, 미친 여자야. 계속하지 말라고 하는데도, 포크레인 앞으로 뛰어든대."

"왜 그랬대?"

"몰라. 미친 거지. 나무 자르지 말라고 소리를 지르던데?"

필립은 참 특이한 여자라고 생각했지만 그게 다였다. 필립은 그 광경을 지나쳐 집으로 들어왔다. 필립은 집에 들어오자마자 수면제를 먹고 침대에 누웠다.

하나를 처음 품에 안던 날 필립은 알았다. 자신 안의 가
장 소중하고 연약한 것이 밖으로 튀어나와버렸다. 필립이
제 몸속에 있는 줄도 몰랐던 그것을, 아기는 가지고 밖으
로 나왔다. 포대기에 싸여 하품하는 아기를 안고 어르면
서 이 주름지고 연약하기 짝이 없는 동물이 자기 속에 있
었다는 사실에 필립은 어리둥절했다. 아기는 안전하고 행
복해보였다. 필립은 아기를 꼭 안으면서 자신이 아기의
우주가 되는 걸 느꼈다. 그리고 아기는 필립의 우주가 되
었다. 불현듯 필립은 자신이 디딘 땅도 단단하고 안전하
다고 느꼈다. 그것은 비로소 만난 살 만한 세계였다. 필립
은 자신이 할머니를 잃은 이후로 얼마나 외로웠는지 그제
야 알아차렸다.

하지만 고작 칠 년 뒤 하나는 죽었다. 일어나서는 안 되
는 일이었다. 작년 겨울 하나는 방과 후 집으로 오다가 교
통사고를 당했다. 하나는 통원버스에서 내려 혼자 집으로
오는 중이었다. 늘 필립이 마중 나갔지만, 사고가 났던 그
한 주만 필립은 회사 일이 바빠 하나에게 혼자 돌아오라
고 했었다. 그다음 주부터 필립의 퇴근 시간은 하나의 통
원버스에 맞춰 다시 조정된 상태였다. 필립이 병원으로
뛰어갔을 때, 하나는 마지막 숨을 거둔 뒤였다.

"내가 같이 있었더라면…."

필립의 말에, 남편은 당신이 있었어도 마찬가지였을 거라고 위로했다. 그러나 필립이 하고 싶었던 말은, "차라리 그랬더라면 하나와 같이 갈 수 있었을 텐데."였다.

남편과 마주치고 싶지 않았다. 가끔 남편이 하나에 관한 이야기를 꺼내려고 하면, 필립은 모욕받은 기분이 들었다. 필립은 남편이 바람을 피우고 이혼을 생각했던 것을 알고 있었다. 필립은 하나를 위해 모른 척했고 그 일은 그냥 지나갔지만, 하나가 가고 나자 남편이 자신과 하나를 버리려고 했단 사실이 더는 용서되지 않았다. 남편이 그런 입으로 하나의 이름을 꺼내는 것이 참을 수 없었다.

"위로하려고 하지 마."

필립은 남편에게 말했다. 남자들은 모른다. 아이를 낳아보지 않은 여자들도 모른다. 아이를 먼저 보내보지 않은 엄마들도 모른다. 아니, 아무도 모른다. 필립은 고통 속에 혼자 있었다.

필립은 한밤중에 깼다. 또 하나의 꿈을 꿨나 보다. 하나의 목소리가 메아리처럼 남아 울렸다.

"엄마, 엄마!"

꿈에서 필립은 끝없이 이어진 복도 앞에 서 있었다. 텅 빈 복도를 향해 수없이 많은 문이 펼쳐져 있었지만, 문은 모두 다 닫혀 있었다. 그 문들 뒤, 어딘가에 하나가 있었다. 필립은 복도를 뛰어다니며 하나씩 문을 열어 하나를 불렀다. 그러나 어느 문 뒤에도 하나는 없었다. 목소리는 늘 다른 문 뒤에서 들려왔다.

하나의 목소리가 들리는 다른 문을 열어보지만, 거기에도 하나는 없었다. 이번에도 하나의 목소리가 또 다른 문 뒤에서 들려왔다.

꿈꾸는 내내 필립은 복도를 달리고 또 달렸고, 문을 열고 또 열었다. 엄마를 부르는 하나의 목소리가 환청처럼 꿈에서 깬 뒤에도 생생하게 귓가에 남아 있었다. 필립은 마치 제가 "엄마"라고 외친 것처럼 목이 아프고 부었다. 꿈에서 깨자, 꿈속에서도 하나를 안을 수 없다는 것이 너무 참혹했다.

일어나 주변을 둘러보자, 어느새 남편이 와서 잠들어 있었다. 남편은 가볍게 코를 골면서 자고 있었다. 어둠 속에 잠긴 남편이 가짜 같았다. 필립은 남편이 깨지 않도록 조용히 거실로 나왔다. 필립은 베란다로 나가 도시 야경을 멍하니 내려다보았다. 차 소리와 옆집 텔레비전 소리가 공허하게 들렸다.

남편이 왜 아직도 예전에 바람 피던 여자에게로 가지 않는지 알 수 없었다. 하지만 남편이 나간다고 해서 크게 달라질 것도 없다. 살겠다는 의욕은 없었지만, 죽고 싶은 욕심도 없었다. 하나를 잃은 슬픔에서 달아나고 싶지 않았다.

어떤 상처는 치유될 수 없다.

며칠 뒤 퇴근길에 다시 필립은 그 공원을 지나갔다. 공사는 여전히 진행 중이었고, 그 공원 앞 벤치에는 한 여자가 누워서 잠들어 있었다. 필립은 그 여자를 흘깃 쳐다봤다. 그 여자가 그때 공원에서 쫓겨나던 여자라는 걸 알아봤다. 초록색 남방을 똑같이 입고 있었다. 필립은 그 여자를 서둘러 지나가려고 했다. 그런데 갑자기 그 여자가 일어나더니 필립에게 말했다.

"안녕, 필립아. 오랜만이네."

필립은 곧 그 여자가 여정이인 것을 알아봤다. 여정은 어제 만난 친구를 대하듯이 태연하게 굴었다. 너무 뻔뻔해서 이상했다. 너저분한 옷차림과 헝클어진 머리, 공원에서 끌려 나오던 모습. 필립은 잠시 망설였지만, 뒤로 돌아섰다. 얽히고 싶지 않았다. 둘 사이에 우정이 있었던 건너무 예전 일이었다.

"수첩 돌려주러 왔어."

필립은 그 말에 뒤를 돌아보았다. 여정은 필립을 보며웃으며 말했다. 한쪽 입술이 살짝 들린 비웃는 것 같은 미소를 보니, 예전 여정의 얼굴이 희미하게 보였다.

"그럼 줘."

필립이 말했다.

"지금은 없어. 명우가 수첩을 가지고 갔어. 명우에게서 수첩을 찾아서 줄게."

여정의 말에 필립은 어이가 없었다. 명우와 기철, 여정이 서로 짜고서 수첩을 자신에게서 훔쳤다는 걸 깨달았을 때 느꼈던 상실감과 배신감이 저 뒤편에서 올라오는 것 같았다. 필립은 따가운 말을 해주려다가, 상대를 하지 않기로 했다. 필립은 다시 돌아섰다.

"그때는 미안했어. 하지만 이번에는 명우한테서 수첩을 뺏어다가 너한테 돌려줄게. 그때 너한테 뺏어갔던 것처럼."

돌아서서 필립은 여정을 노려보았다. 여정은 필립의 눈을 피하지 않았다. 여정은 또 비뚜름하게 웃었다. 그때 저쪽에서 어제 공원에서 마주쳤던 여자애와 그 아이의 엄마가 손을 잡고 나란히 걸어오는 게 보였다. 필립은 둘의 모습을 멍하니 바라봤다. 여정이 눈을 감고 코를 킁킁거렸다.

"수첩을 다시 찾게 되면, 네가 잃은 걸 돌려받을 수 있을 거야. 너도, 나도 인생에서 놓친 게 있잖아."

여정이 말했다. 필립은 문득 그런 생각이 들었다. 수첩을 다시 갖게 되면, 적어도 꿈에서라도 하나를 마음껏 만날 수 있지 않을까? 어젯밤 꿈에 들렸던 하나의 목소리가 멀리에서 메아리쳐 들려오는 것 같았다. 엄마, 엄마.

꿈에서라도 엄마를 부르는 하나의 목소리에 답할 수 있다면. 두 팔로 하나를 안아볼 수 있다면. 추운 겨울날 이불을 꽁꽁 싸매서 따스하게 재울 수 있다면. 하나의 포동포동하고 작은 팔과 어깨를 느껴볼 수 있다면. 작고 매끄러운 머리를 가슴에 안을 수 있다면. 그럴 수만 있다면. 그런 가능성이 손톱만큼이라도 있다면, 말이야…. 나는, 나는, 있지…. 하나야.

여정은 전혀 믿음이 가지 않았다. 그러나, 여정을 믿어서 삶을 낭비한다고 해도, 뭐가 문제란 말인가? 어차피 파탄 난 인생인데. 필립은 여정에게 물었다.

"뭘 어떻게 하자는 건데?"

여정은 필립이 그렇게 말할 줄 알았다는 듯 웃었다.

"아아, 그건 나도 아직 모르겠어. 하지만 알게 될 거 같아. 곧. 너랑 같이 있으면 말이야."

광기라고 부를 수도 있을 것 같은 이상한 확신이 여정의 얼굴에 있었다. 여정은 이상해졌다. 그래, 수첩은 사람을 이상하게 만들지. 필립은 잠시 하늘을 쳐다봤다. 나도 이상했지. 스무 살이 될 때까지 나는 이상한 애였어. 나는 외로움도 두려움도 모르는 애였어. 수첩을 잃고 필립은 멀쩡하게 살았다. 하나를 잃고 불행해도 이것은 멀쩡한 불행이다. 이제 필립은 이것이 싫었다. 멀쩡하고 불행한 삶보다는, 이상한 삶이 더 나을 것이다. 필립은 생각했다.

필립은 다음 날 회사에 사직서를 내고, 적금은 깨서 현금으로 만들었다. 나오기 전, 집을 깨끗이 청소했다. 흔적을 최대한 남기고 싶지 않았다. 가장 어려웠던 것은, 하나의 방을 정리하는 거였다. 하나의 침대와 가구를 사람들이 가져가는 걸 쳐다보기가 어려웠다. 옷과 쓸 만한 물건들은 기증하고 나머지는 쓰레기봉투에 담았다. 하나의 방이 완전히 빈방이 됐다. 필립은 그날 바로 집을 나왔다. 남편에게는 편지를 남길까 말까 망설였지만, 볼펜을 손에 들자 할 말은 하나도 떠오르지 않았다. 결국 편지는 남기지 않았다. 남기지 않아도 남편도 알 거 같았다. 이제 와서 용서한다는 말도 용서하라는 말도 무의미하다는 것을 말이다.

그것을 충분한 양만큼 먹되

필립은 텅 빈 복도에 서 있었다. 복도 양쪽에는 문들이 줄지어 서 있었다. 복도의 끝이 보이지 않았다. 멀리에서 하나가 "엄마, 엄마"하고 불렀다. 희미하게 필립은 이것이 꿈이라는 것을 알고 있었다. 하나는 죽었으니까. 하지만 하나의 목소리가 들릴수록 필립의 마음은 죄어들었다.

문을 열어 하나를 찾기만 하면! 그럴 수만 있다면! 하나를 꿈에서 데리고 나와 현실로 갈 수 있을 텐데. 그럴 수 있을 텐데. 그러나 아무리 문을 열어도 하나는 없었다.

필립은 문을 하나 열 때마다 문 뒤편에는 어둠밖에 없었다. 도무지 문을 몇 개나 열었는지 모르겠다. 그런데 이번에 잡은 손잡이는 따스하다. 이 문인가? 이 뒤에 하나가 있나? 그런데 아무리 문손잡이를 당겨도 밀어도 문은 열리지 않았다. 필립은 문에 어깨를 부딪치고 발로 찼고, 그러다가 넘어졌다. 필립이 바닥에 나동그라지자, 문은 저절로 열렸다. 문 안에서 빛이 쏟아졌다. 누가 빛 속에서 바깥으로 나오고 있었다. 빛 때문에 얼굴이 보이지 않는다. 하나야? 필립은 물었다. 하나야? 대답은 없었다.

잠시 뒤, 필립은 꿈에서 깼다. 그 빛은 꿈의 빛이 아니라, 현실의 빛이었다. 햇살이 뜨겁게 필립의 얼굴에 쏟아졌다. 필립은 얼굴에 눈물이 범벅인 것을 느꼈다. 잠에서 깨지 않으려고 눈을 뜨지 않았지만, 이미 햇살은 눈꺼풀 안쪽까지 밝게 그 빛을 드리웠다.

필립은 눈을 떴다. 세상이 환하기 그지없을 줄 알았는데, 필립이 깨서 둘러봤을 때, 세상은 아직 어둑어둑했다. 그 햇살마저 꿈이었나? 아니, 저쪽에서 누군가 보고 있는 핸드폰의 불빛이 필립의 눈 쪽을 쏘고 있었다. 필립은 손으로 빛을 가리며 잠시 여기가 어디인지 혼란스러웠다. 그러다 천천히 알아보았다. 야간 버스 안이었다.

야간 버스는 어둡고 조용했다. 코 고는 소리가 여기저기에서 들려왔다. 승객들은 많지 않았고 다들 잠에 빠져 있었다. 옆자리의 여정도 깊이 잠들어 있었다. 필립은 버스 창문에 비치는 풍경을 바라보았다. 서서히 동이 터오고 있었다. 필립은 물을 마셨다. 여정을 따라나선 지 수십 일째였다. 집을 나온 뒤, 꿈은 갈수록 생생해졌다. 꿈의 내용은 전과 비슷했지만, 너무 생생해서 매번 필립은 꿈속에서 놀랐고 좌절했고 아팠다. 필립이 꿈에서 그것이 꿈이라는 걸 알고 있다는 것도 달라진 점이다. 꿈속의 필립은 하나를 찾기만 하면, 꿈에서 데리고 나갈 수 있다고 믿었다. 그것을 조롱이라도 하듯, 꿈은 꼭 필립이 하나를 찾기 직전 끝나버렸다.

목에서 쓴 물이 올라왔다. 필립은 몸을 뒤로 젖히고 창밖을 바라보았다. 창밖에는 밭과 시골집들이 줄지어 지나갔다. 지금 여정과 필립은 필립의 할머니가 머물렀던 절로 가고 있었다.

필립은 여정에게 이 절로 가자고 했다. 수첩을 찾으러 가기로 했을 때, 제일 먼저 들었던 생각이 바로 이 절로 되돌아가야 한다는 것이었고, 과정을 돌아 돌아 결국에는 절을 향하게 되었다.

필립은 하나를 낳은 뒤로 할머니에 대해 자주 생각했다. 중국에서 돌아왔을 때, 왜 할머니는 딸과 손녀에게 돌아오지 않고 절로 갔을까. 그리고 왜 목숨을 잃을 때까지 딸과 손녀를 보려고 하지도 않았을까. 필립은 하나를 낳고 잃어보니 할머니가 더 이해되지 않았다. 할머니는 수첩 때문에 그랬나? 도대체 수첩이 뭐길래? 필립은 절에 가면 할머니에 대해 좀 더 알 수 있을 것 같았다. 수첩에 대해서도, 그리고 필립 자신에 대해서도.

할머니가 돌아가셨던 절은 인터넷 지도에는 나와 있었지만, 지도의 전화번호는 틀렸다. 필립은 어쩌면 절은 없어졌을지도 모른다고 생각했다. 하지만 가보지 않을 수는 없었다.

필립도 깜박 잠이 들었다. 버스가 마지막 역에 도착했을 때, 여정이 필립을 흔들어 깨웠다. 새벽의 시골 역은 인적 없이 조용했다. 이십 년 만에 온 이곳은 거의 변하지 않았다. 역 앞에는 가로등만 불을 밝히고 있을 뿐, 가게들은 아직 문을 열기 전이었다. 역 앞에는 어묵과 잔 소주를 파는 리어카가 있었다. 엄마가 잔 소주를 마시던 그때 그 리어카일지도 모르겠단 생각이 들었다. 새벽일을 나온 듯한 중년 남자 하나가 어묵 국물을 안주 삼아 소주를 마시고 있었다. 안개 속에 보이는 리어카와 남자의 뒷모습이 꿈속 풍경 같았다. 남자에게 묻자, 버스는 지나간 지 얼마 되지 않았다고 20분은 더 기다려야 한다고 했다. 여정은 떡꼬치를 하나 베어 물고는 잔 소주도 청했다. 주인은 묻지 않고 필립 앞에도 잔 소주를 한 잔 내려놓았다. 몇 년 만에 필립은 술을 마셨다. 국물과 소주가 뜨끈하게 위장을 흔들었다. 이제 두어 시간 뒤면 거의 이십 년 만에 할머니의 마지막 흔적을 다시 마주하게 된다. 술을 마시는 편이 나을 것 같았다. 한참 그렇게 국물과 소주를 번갈아 먹은 뒤에야, 버스가 왔다.

필립은 비틀거리며 버스에 올랐다. 취기가 올라 뺨이 얼얼하도록 뜨거웠다. 울고 싶은지 웃고 싶은지 모를 기분이 되어, 필립은 버스에 탔다. 버스는 꼬불꼬불한 산길을 덜컹거리며 달렸다. 필립은 이리저리 흔들리며 토할 것 같았다. 가느다란 산길이 뱀의 몸뚱어리 같았다. 어느새 해가 높이 떴다. 버스 창으로 햇살이 쏟아져 눈이 부셨다. 필립은 참을 수 없이 졸렸다. 유리창에 머리를 부딪혀 가며 졸다가, 버스 기사의 내리라는 고함에 버스에서 내렸다. 여정도 졸았는지 멍한 표정으로 필립을 뒤따라 내렸다.

이십 년 만이건만, 절로 가는 버스 정류장은 꼭 어제 왔던 것 같았다. 울창한 숲 사이로 난 좁다란 길을 따라 한참 들어가면 나오는 절 대문 앞까지, 하나도 변한 게 없는 것 같았다.

그러나 막상 대문을 넘어 들어가 보니, 절은 변해 있었다. 그때는 제법 번듯한 절이었는데, 지금 절은 인적 없이 초라했다. 마당에는 깨진 콘크리트 사이로 잡초가 무성하게 자라고 있었고, 법당은 모두 문이 닫혀 있었다. 법당의 문을 여니, 안에는 먼지가 소복했다. 필립과 여정은 절 뒤편으로 난 울타리 쪽으로 갔다. 울타리 너머로 벽돌 건물과 그 옆의 움막 몇 채가 보였다. 스님과 할머니가 지냈던 곳이었다. 요란하게 짖어대던 개들은 간데없었다.

"아무도 안 계십니까? 아무도 안 계십니까?"

필립이 울타리 앞에서 소리 치자, 벽돌집에서 작은 체구의 중년 비구니가 나왔다. 필립은 그를 알아보았다. 20여 년 전, 엄마와 함께 이 절에 왔을 때, 안내해 주던 비구니였다. 희고 살점 많은 둥근 얼굴의 비구니는 나이가 들었다. 그때 엄마는 이 비구니의 얼굴에 침을 뱉었다. 필립은 그 기억을 잊으려고 고개를 흔들었다.

"어떻게 오셨는지?"

비구니가 둘에게 물었다.

"안녕하세요, 오랜만에 뵙겠습니다. 기억하실지 모르겠는데, 제가 저희 어머니하고, 20년 전에 왔었는데요. 저희 할머니가 양정애 보살님이라고 이 절에서 공양주 보살로 오래 일을 하다가 돌아가셨는데…."

비구니는 필립의 얼굴을 뚫어지게 바라보았다. 그리고 여정의 얼굴을 번갈아 보았다.

"아, 알아볼 것도 같고. 이제야 왔구먼."

비구니는 의뭉스럽게 웃었다. 필립은 얼굴이 붉어지는 걸 느꼈다. 엄마가 난동 부리던 모습과 자신이 수첩을 훔쳐 갔단 것을 비구니가 기억할 것 같았다. 술 냄새가 날까봐 걱정도 됐다. 술을 마신 게 후회됐다.

"그때 주지 스님은 이제 안 계시는가요?"

"이 사람아, 벌써 오래전에 소천하셨어. 주지 스님을 뵈려면 좀 더 일찍 왔었어야지."

"그랬군요. 저희 할머니에 대해 스님께 여쭤봐도 될까요?"

"이제 와서? 무슨 일이 있나?"

"알고 싶은 게 있어서요."

필립은 힘주어 말했다.

"글쎄… 나는 공양주 보살님에 대해 별로 아는 게 없네만…. 뭐 일단 여기까지 왔으니, 들어오게. 일단 부처님 전에 인사부터 올리고."

비구니는 필립과 여정을 법당으로 안내했다. 필립은 법당 안으로 들어가 불상에 절을 하고, 가지고 있는 현금을 모두 헌금함에 넣었다. 이십만 원이었다. 비구니가 뒤에서 지켜보고 있는 게 느껴졌다. 밖으로 나오자, 비구니는 필립과 여정을 뒤의 벽돌 건물로 데려갔다.

이층의 벽돌집은 혼자 살기에는 큰 것처럼 보였다. 안에 들어가자, 거실에는 난방 텐트가 설치되어 있었다. 밖은 싸늘했다. 비구니는 난방 텐트 밖으로 전기장판을 끌어내어, 필립과 여정에게 그 위에 앉으라고 권했다.

"혼자 지내니, 보일러를 틀 수가 없어. 내가 이렇게 산다네. 그래, 뭐가 궁금한가?"

비구니는 뜨거운 물을 끓이며 물었다. 필립과 여정은 잠시 마주 봤다. 필립은 막상 말하려니 막막한 기분이 됐다. 술이 깨는 것 같았다.

"할머니는 이 절에서 어떻게 지내셨나요?"

"뭐, 잘 지내셨어. 좋은 분이셨지. 젊은 비구니들을 딸처럼 챙기셨어. 나나 도반들은 공양주 보살님이 엄마 보살 같다고 그랬어. 솔직히, 걔들 때문에 속 썩었던 것 말고는 공양주 보살님에게 서운했던 기억은 하나도 없다네. 공양주 보살님이 그 개들을 싸고도는 바람에, 그 개들 뒤치다꺼리하느라고 고생하기는 했네만."

비구니는 느긋하게 말했다. 필립은 비구니가 뭔가 숨기는 것 같다고 느꼈다.

"그 개들은 어떻게 됐나요?"

"보살님 아는 사람들이 와서 개를 다 데려갔어."

"할머니가 아는 분이요?"

"그랬네. 머리가 하얀 나이 든 보살님하고, 검은 안경 쓴 보살님하고, 한두 명 더 왔나? 커다란 트럭을 싣고 한 번에 데려갔지. 얼마나 우리가 안심했나 몰라. 그 개들을 절에서 계속 뒤치다꺼리할 수는 없는데, 어디에 보내야 하냐고 다들 걱정이 많았지. 보살님 아플 때부터 우리는 걱정했거든.”

“그 사람들 또 보셨어요?”

여정이 갑자기 앞으로 나서서 자세를 고쳐 앉으며 물었다. 비구니는 그런 여정이 이상하다는 얼굴로 쳐다보고는 말을 이었다.

“그건 왜 묻나? 아니, 그때 딱 한 번 봤어.”

“개들을 어떻게 한다고 그러던가요?”

“그런 말은 들은 기억이 있네. 우리끼리도 그 많은 개를 어쩌려고 다 데려간다는 걸까 하고 뒤에서 이야기하기도 했어. 보신탕집에라도 팔아넘기려고 그러나 싶기도 했지만, 물어보지는 않았지. 어차피 이 절에서는 그 개들을 더 데리고 있을 수도 없었으니까.”

“그 사람들 이상하지는 않던가요?”

“글쎄, 그러고 보니 그 사람들은 천도재에서 절도 안 하고 싱글벙글 웃기만 했던 게 기억나네. 주지 스님이 그 사람들을 그냥 내버려두라고 했어. 그 뒤로는 그 사람들 더 본 적 없네.”

비구니는 입술을 씰룩거렸다.

“혹시 가리교에 대해서 들으신 적 없으세요?”

필립이 말을 꺼냈다.

그 말에 비구니는 얼굴을 일그러트리더니, 필립을 노려보며 말했다.

"있네. 무슨 말이 하고 싶은 건가?"

"있으시군요."

여정이 말했다.

"보자 보자 하니까, 못 하는 말이 없구먼. 자네들 여기에 왜 왔나? 보살님 소식 들으러 왔다는 것도 거짓말이지? 자네들 김휘철이 보내서 왔지?"

"그놈이 누구죠? 그놈 어디 있어요?"

여정은 눈을 가늘게 뜨고 허공으로 코를 들어 올리고 콧잔등을 찡긋거렸다. 여정은 눈에 열기를 띠고 비구니에게 물었다.

"자네야말로 김휘철을 알고 있는 거지? 김휘철에 대해서 나한테 묻는 속셈이 뭔가? 김휘철이 이번엔 뭘 가져오라고 하던가?"

"전에는 뭘 가져오라고 했었는데요?"

여정이 묻자, 비구니는 대답하지 않고 여정을 노려봤다. 여정은 그 눈을 똑바로 바라봤다. 비구니는 그런 여정에 대해 더 화가 나는 모양이었다.

"그만해!"

필립이 여정을 막았다.

"스님, 저희는 김휘철이라는 사람을 몰라요. 저희 할머니가 가리교셨고, 관련해서 알아볼 게 남아 있어서 왔어요. 그것뿐이에요."

비구니는 크게 충격을 받은 표정이었다. 허공을 쳐다보다가, 바닥을 보고 주변을 둘러보았다.

"자네가 지금 무슨 말을 한 건 줄 아나?"

"왜 그러세요?"

"이 절이 왜 이 꼴이 된 줄 아냐고? 그건 여기가 가리교 절이라는 헛소문 때문이었어. 그런데, 지금 자네들이 와서 그게 헛소문이 아니라 사실이라고 말하고 있는 거야. 이 절에 진짜 가리교인이 숨어 들어와서 살았다고."

"스님, 고정하세요. 절에 있는 스님들 전부가 가리교인 이라는 게 아니라, 저희 할머니가 가리교인이라는 거잖아 요."

그러나 비구니는 이미 필립의 말을 듣고 있지 않는 것 같았다. 눈을 감고 입술을 달싹거리며 경을 외웠다. 여정 과 필립은 서로 마주 봤다. 비구니는 잠시 뒤 눈을 뜨고는 여정과 필립을 노려보며 말했다.

"나는 이제 아무것도 모르겠네. 공양주 보살님을 데려온 건 주지 스님이었지. 두 분은 특별한 사이였어. 여느 절의 주지와 공양주 보살이라기에는, 주지 스님이 공양주 보살님을 각별하게 대했지. 친언니 보살보다 더 각별해보였어. 그런데 도대체 어디에서 어떻게 만났는지 알 수가 없었어. 젊었을 때 중국에서 수행하다가 만난 사이다, 공양주 보살이 머리를 안 깎아서 그렇지, 속은 진짜 비구니다, 이런 말씀은 하셨어.

　김휘철은 공양주 보살님이 돌아가시고 나서 일 년 인가 이 년인가 뒤에 나타났지. 처음에는 신자인 척하고 왔다가, 주지 스님을 협박했어. 돈을 안주면 가리교 교인이라고 소문을 내겠다고 말이야. 처음에는 주지 스님이 몇 푼 찔러주셨던 모양이야. 그런데도 그놈은 성이 안 찼는지 한 사람 두 사람 주지 스님이 가리교라는 소문을 잔뜩 내놓고는 줄행랑을 쳤지. 경찰에 내가 신고했지만, 경찰은 뭐 증거가 없다고 그냥 아무것도 해주지를 않더라고.

　알고 보니까, 더러운 놈이었다고 하더군. 가리교 교주가 어린 여자아이들과 남자아이들을 성추행하도록 돕고, 아이들의 부모에게 거짓말을 했던 놈이라고 하대. 가리교 장로였지만 중국 공안에게 다른 순진한 교인들의 정보를 팔고 본격적인 수사가 시작되기 전에 한국으로 도망왔다고 했어. 한국에서 다른 가리교인들의 정보를 가지고, 교인들을 협박해서 그 돈으로 떵떵거리며 잘 먹고 잘살고 있다는 것까지 들었네. 그놈을 요절내놓으러 도반들과 서울까지 가려고 했는데, 주지 스님이 다 내려놓으라고 하셔서 그러지도 못했지. 그 뒤에는 도반들도 절을 다 떠나고, 주지 스님은 몇 해 못 넘기고 돌아가셨네. 신자들 발길도 끊겨서 이 지경이 되고 말았지."

　"그놈이 지금 어디 있는지 알고 계세요?"

비구니는 말없이 일어서서 사진 한 장을 꺼내서, 그 뒤에 뭔가를 적어서 주었다. 사진 속에는 머리가 희끗희끗해지기 시작한 중년 남자가 승복과 비슷한 옷을 입고 서 있었다. 옹졸해 보이는 작은 입으로 크게 웃고 있었지만, 눈은 차갑고 무표정했다.

"이 남자야. 아직도 거기 살고 있을지는 모르겠지만, 그때 내가 찾아봤을 때는 거기 살고 있었네."

"이 남자가 뭘 가져가려고 했었는데요?"

"절에 도둑이 들었었어. 절을 쑥대밭으로 해놓고 도망갔는데, 절 시시티브이에 찍힌 사진을 보니까 영락없이 그놈이었어.

주지 스님은 경찰에 신고하지 말라고 하셨어. 이제 없는 걸 알았으니 안 올 거라고. 우리한테 그게 뭔지는 말씀하지 않으셨어. 그때도 벌써 도반들이 다 떠나고 나 말고는 딱 한 명만 남아 있을 때였지. 그 일이 있고 얼마 지나지 않아서, 그 도반도 절을 떠났네. 그러고 나서는 김휘철은 이쪽에 발을 들이지 않았지."

"그게 수첩이었을까?"

여정은 필립에게 속삭였다. 필립은 어깨를 으쓱했다.

"그놈을 찾아봐야겠어."

여정이 말했다.

"왜?"

"모르겠어. 그래야 할 것 같아. 냄새가 나."

여정이 태연하게 말했다. 필립은 한숨을 쉬었다. 여정은 항상 자기 직관대로 움직였다. 여정은 자신의 직관을 늘 믿었지만, 필립은 그게 과연 믿을 만한 건지 의심스러웠다.

"친구 보살님은 가게 내버려둬. 친구 보살님이 가고 나면, 내가 손녀 보살님에게 보여주고 싶은 게 있어."

비구니가 필립을 향해 말했다.

"지금 보여주시면 되잖아요."

여정이 말했다.

"곤란하네. 그건 이 보살이 떠나고 난 뒤에만 보여줄 수 있네."

비구니는 여정을 흘겨보며 말했다. 비구니는 여정을 못 마땅해하는 기색을 숨기지 않고 말했다.

"그게 뭔가요?"

필립이 물었다.

"공양주 보살님이 쓰던 기도실. 뭐 말이 좋아서 기도실이지. 움막에 딸린 지하 광이지. 공양주 보살님이 거기에서 밤에 기도하셨어. 어두운 곳에서 밤에 뭘 하시는지 불도 안 켜고 계셨지. 기도한다고 하셨어. 공양주 보살님이 돌아가신 뒤에도 주지 스님이 그 움막과 지하 광을 손을 못 대게 하셨어. 그래서 거기가 그대로 남아 있지. 하지만 친구 보살님은 안되네. 관계없는 외부인에게 보여줄 수는 없어."

비구니의 말에 여정은 발끈하는 표정이었다. 그러나 필립은 여정을 막았다.

"너 먼저 가. 나는 할머니 기도실에 갔다가 갈게."

필립은 손이 차가워졌다. 거기를 보려고 여기까지 왔나 싶기도 했다.

"여기에 혼자 남겠다고?"

여정이 비구니를 의심스럽게 보며 말했다.

"왜? 뭐가 그렇게 걱정이라도 되나? 외부인들한테 수행처를 그렇게 함부로 보여줄 수 있는 게 아니네. 손녀 보살이 할머니 그리워서 온 게 딱해서 보여주려고 했건만⋯. 내키지 않으면, 가보게."

비구니가 말했다. 여정은 화가 난 얼굴로 비구니를 노려보았다.

"너 먼저 가. 나는 천천히 내려갈게."

필립은 내켜 하지 않는 여정을 억지로 보냈다. 여정은 떨떠름한 표정으로 김휘철의 사진과 주소를 챙겨 절을 나섰다. 비구니는 여정이 절의 대문을 나서는 걸 못마땅하게 지켜봤다. 여정이 사라지자, 몸을 돌려 할머니의 움막 쪽으로 필립을 데려가주었다. 할머니가 개들을 키우던 자리는 텅 비어서 잡초만 무성했다.

움막 안은 그대로인 것 같았다. 그때처럼 텅 비어 있었고, 한낮 햇살 아래 먼지가 하얗게 빛났다.

비구니가 손가락으로 바닥 한구석을 가리켰다. 거기에는 예전에 왔을 때 보지 못했던 작은 문이 보였다. 비구니와 필립이 함께 한참 동안 힘쓴 뒤에야, 문은 무겁게 삐걱거리며 열렸다. 문이 열린 자리에는 아래로 뚫린 시커먼 구멍이 나타났다. 비구니가 불을 켜자, 지하실 안에 푸르스름한 형광등 불빛이 들어왔다. 제대로 된 계단도 없이 사다리가 하나 문 쪽으로 걸쳐져 있었다. 지하실에는 작은 좌식 책상만 하나 있었다. 책상 맞은편에는 커다란 나무 널빤지가 하나 있었다.

"여기에서 할머니가 기도하셨다고요?"

"그러셨지. 내려가보겠나?"

"네."

"나는 무릎이 안 좋아서 못 내려가네."

필립은 사다리를 타고 내려갔다. 나무로 된 사다리가 금방이라도 무너질 것처럼 삐걱댔다. 음습한 곰팡내가 코를 찔렀다. 밖의 햇살이 거짓말처럼 지하실 안은 춥고 습했다. 안에는 아주 작은 불상 하나만 놓여 있었다.

"공양주 보살님이 쓰시던 그대로 남겨놓았네. 그 널빤지 위에서 절을 하셨을 거야."

"저희 할머니는 왜 이렇게 힘들게 지내셨나요?"

필립은 눈에 눈물이 고였다.

"나도 그게 궁금했네. 승려도 아닌데, 왜 저렇게까지 하나… 주지 스님이 그러셨지. 어떤 사람들은 더운밥 먹고 잠자리 편안하면 만사형통이지만, 아닌 사람들도 있다고. 주지 스님은 자네 할머니가 온 우주를 위해 기도하는 분이라고 하셨지."

마지막 말이 비꼬는 건가 싶었지만, 그렇지는 않은 것 같았다. 필립은 주변을 둘러보았다. 벽의 물에 젖은 곰팡이 흔적 말고는 아무것도 없었다.

"돌아가실 때는 많이 안 아프셨어요?"

"입원을 안 하려고 하셨어. 의사가 퇴원 못 하게 했을 때도 억지로 나와버리셨어. 진통제도 안 맞으셨어. 의사는 몹시 아프실 텐데, 어떻게 저렇게 태연하냐고 신기해했지. 내가 안 아프시냐고 여쭸더니, 담담한 얼굴로 '좀 아프다, 그런데 참을 만하다'라고 하셨던 게 기억이 나. 참 특이한 분이셨지."

비구니는 덤덤하게 말했다. 필립의 눈에서 눈물이 흘렀다. 비구니가 같이 내려오지 않아서 다행이라는 생각이 들었다. 갑자기 불이 꺼졌다. 앞이 순식간에 컴컴해졌다.

"불이 나갔군. 핸드폰 있나?"

"스님 쓰시는 방에 가방을 놓고 왔어요."

"그래, 잘됐네. 기도를 제대로 할 수 있겠어."

비구니가 사다리를 치웠다.

"스님!"

필립은 소리를 질렀다. 지하실 문이 닫히고, 밖에서 문이 잠기는 소리가 났다.

지나치게 먹어 토하지 않게 하라 1

비는 하루 종일 추적추적 내리다가 그치고, 내리다가 그치기를 반복했다. 여정은 오늘 하루 종일 차에 앉아서 사다 놓은 빵과 과자를 먹었다. 여정은 그 절에 필립을 혼자 내버려놓고 나온 게 신경 쓰였지만, 어쩔 수 없었다. 촉이 안 좋은데…. 하지만 필립의 고집을 누가 꺾겠나? 여정은 지금 이곳으로 빨리 와야 했다. 사실 왜인지는 모르겠다. 늘 그랬던 것처럼. 그냥 이렇게 해야 했다는 것만 알 뿐이다.

인가가 드문 시골 외곽에 낡은 집 하나가 강을 바라보고 있다. 그 빌어먹을 비구니가 써준 대로, 이곳은 휘철의 집이었다. 개 짖는 소리만 요란할 뿐, 사람의 소리는 들리지 않았다. 대문 사이로 훔쳐보자, 커다란 개장 속에 개들이 가득 있었다. 개들의 몰골은 형편없었다.

여정은 이 집으로 오기 전에, 마을에 들렀다. 마을 모퉁이에 있는 구멍가게 주인에게 휘철에 관해 물었다. 가게 주인은 휘철 이름을 듣자마자 진저리를 쳤다. 걸핏하면 술을 외상으로 달라고 조르지만, 외상값을 갚은 적이 없다고 했다. 키우는 개를 개장에 놓고 키우면서 새끼를 계속 치게 하고, 내킬 때마다 어미 앞에서 새끼를, 새끼 앞에서 어미를 잡아먹는다고 했다. 그 이야기를 들었을 때부터, 여정은 이 집으로 오는 것이 두려웠다.

집 앞에 도착해서 차 문을 열자, 개 냄새가 코를 찔렀다. 개장에서 끌려나와 발버둥을 치다 맞아 죽는 개 한 마리의 환상이 실제처럼 여정을 에워쌌다. 여정은 바닥에 토했다. 먹은 것을 한참 동안 다 게워내고 나자, 마음이 좀 진정됐다. 그러고 나서 여정은 차에 앉아 빵을 뜯어먹었다. 그렇게 오후가 지나가고, 이제 저녁 어스름이 내렸다. 그사이 차 구석에는 빵 봉투가 계속 쌓여 갔다.

여정이 한 번 더 새 빵 봉지에 손을 대려고 할 때, 오토바이 소리가 들렸다. 빗길을 미끄러지듯 오토바이는 달려왔고 대문 앞에 섰다. 비옷을 입은 키 큰 남자가 오토바이에서 내렸다. 구부정한 어깨를 한 그 남자는 휘철이었다. 휘철은 호주머니에서 열쇠를 꺼내 대문에 꽂았다. 대문 안에서 개들이 늑대처럼 울부짖었다. 여정은 조용히 차에서 내렸다. 개들의 울음소리와 냄새가 다시 온몸을 저미

듯이 여정 속으로 파고들었다. 그 냄새가 여정의 팔과 다리를 움직였다. 여정은 저 자신이 꼭 꼭두각시 인형처럼 느껴졌다. 아무 생각도 나지 않았고, 자신보다 훨씬 더 덩치가 큰 휘철이 두렵지도 않았다. 여정이 생각하기 전에, 팔과 다리가 물이 흐르듯이 움직였다. 정신을 차렸을 때, 여정의 손가락은 휘철의 머리카락을 거머쥐고 머리를 뒤로 젖히고, 휘철의 등에다가 총을 겨누고 있었다. 휘철은 등에 총구를 대자 움직이지 않았다. 여정은 휘철을 잡아 끌고 대문을 넘어갔다.

"누구야, 당신은? 누가 보내서 왔어?"

휘철이 입술을 핥으며 물었다. 입술에서 역겨운 마른 쉰내가 났다. 여정은 그 말을 듣고서 갑자기 정신이 들었다. 휘철을 바닥으로 힘껏 밀어서 내동댕이치고, 총을 겨눴다. 완력 차이가 나는데, 가까이 붙어 있으면 안 됐다. 비가 다시 추적추적 오기 시작했다. 흐린 달빛 아래 개들이 개장 안을 오가며 요란하게 짖고 발버둥을 치는 게 보였다.

"보광사는 왜 기웃거리고 헛소문을 낸 거야?"

"보광사에서 보내서 왔군. 그게 왜 헛소문이야? 거기 주지가 가리교 밥을 먹고는 교주님 돌아가시기 전에 손을 털고는 아무렇지도 않은 척 땡중 노릇을 하고 있었지. 그 절에 양 권사가 숨어 살았지. 교주님 보물을 훔쳐 가지고는 호의호식하면서. 그 보물만 있었더라면, 교주님이 그렇게 돌아가시지는 않았을 텐데."

휘철은 비틀거리며 땅을 짚고 몸을 일으켜 비스듬하게 앉았다.

"가리교 보물? 그걸 훔치려고 보광사에 갔지? 보광사 스님한테도 그걸 내놓으라고 협박하고는 그걸 못 얻어서 결국 가리교라고 소문을 냈군."

"그 중대가리는 제 지은 죗값을 치른 것뿐이야. 보물이 없으면 돈이라도 주면 입을 다물어주겠다고 했는데, 돈도 내놓지 않았지. 죗값을 치른 거야."

"죗값? 죗값은 네놈이 치러야지. 네놈이 부모들을 속여서, 아이들을 그 쓰레기 같은 교주에게 데려갔잖아."

"너네 같은 불신자들은 몰라. 그 아이들은 깨끗한 몸으로 교주님께 기쁨을 바치는 축복을 받은 것뿐이야. 부모들도 다 알고 있었어."

여정은 휘철의 등을 발로 찼다. 휘철은 헝겊 인형처럼 맥없이 나동그라졌다. 달을 가리던 구름이 걷혔다. 개장 위로 달빛이 비쳤다. 개들이 으르렁거렸다. 몇 마리는 바닥을 긁었다. 꼭 개들이 휘철을 죽이라고 여정에게 말하는 것 같다는 생각이 들었다. 여정은 현기증을 느꼈다. 총을 다잡았다.

"그렇게 신앙이 대단하면, 너도 다른 가리교도들처럼

죽지 그랬어."

"나는 새 구세주가 오실 거라는 걸 알았어. 그리고 오신 거야. 내 기도의 응답으로. 다 이루어졌다. 보물도 돌아왔어."

"보물이 돌아와? 조명우가 네 구세주야?"

"불신자 주제에 함부로 그분의 이름을 입에 올리지 마라."

"명우가 너 같은 쓰레기를 구원해주겠대? 그게 구원자 맞아?"

"너네 같은 불신자들은 몰라. 나는 충성하는 법을 알아. 세상 누구보다도 더 잘 알지. 나는 모시는 분을 위해서 제일 더러운 일을 마다하지 않는 것뿐이야."

여정은 휘철을 쏘고 싶었다. 그러나 지금 휘철을 죽인다고 해도, 휘철은 스스로 순교한다고 믿고 죽을 뿐이었다. 여정은 휘철을 순교하게 돕고 싶지 않았다. 여정이 망설이는 동안, 휘철은 재빨리 밖으로 뛰어나갔다. 여정은 총을 겨누었으나, 차마 쏘지 못했다. 잠시 망설였을 뿐인데, 어느새 휘철은 어둠 속으로 사라졌다. 오토바이 엔진이 돌아가는 소리가 들렸다. 마당의 개들이 다시 울부짖기 시작했다.

"조용, 조용히 해!"

여정은 개들을 향해 소리를 질렀지만, 개들은 더 크고

요란하게 울부짖었다. 이제 환해진 달빛 아래 개들의 모습이 훤하게 보였다. 개들은 뜬 장 안에 갇혀 있었고, 뜬장 아래에는 오래된 똥오줌이 쌓여 있었다. 개들은 밖에서 볼 때보다 더 많았고 끔찍한 모습이었다. 여정은 개들을 모두 죽이고 싶었다. 잘못된 세계에 태어난 잘못된 생명들에게 죽음으로 자유를 주고 싶었다. 여정은 총을 든 손에 압력이 거세지는 느낌이었다. 총을 다시 들어 올렸다.

그러나 곧 여정은 정신이 들었다. 내가 무슨 말도 안 되는 생각을 한 거야? 왜 이 불쌍한 개들을 죽이겠단 거야? 여정은 총을 집어넣었다. 그러나 여정은 다시 돌아섰다. 날이 밝으면 휘철은 돌아올 것이고, 개들을 계속 잔인하게 죽이고 먹고 키울 것이다. 어떻게 해? 이 개들을 위해 여정은 해줄 것이 아무것도 없었다. 여정은 총을 다시 꺼냈다. 이대로는 이 세계를 참을 수 없었다. 여정은 개들을 쏘기로 마음먹었다. 너무 꼬여버린 매듭은 끊어내야만 풀리는 법이다. 이 답 없는 세계에는 죽음 외에는 해답이 없었다. 죽음, 죽음, 죽음만이 답이다. 여정은 총의 걸쇠를 풀었다.

그때 갑자기 손목이 비틀렸다. 여정은 소리를 지르며 총을 떨어트렸다. 여정은 제속에서 누군가 울부짖는 소리를 들은 것 같았다. 그건 사람의 말이 아니라 동물의 비명

같았다. 여정은 불현듯 개들이 모두 다 허공으로 떠오르는 모습을 보았다. 개들은 나무처럼 뿌리를 길게 땅에 내리고 있었으나, 그 뿌리는 곧 끊어질 것 같았다. 여정은 자신이 비명을 지르는 게 아니라, 자신이 비명이 된 것처럼 비명을 질렀다. 갑자기 세계는 암흑 속에 잠겼다. 깜깜한 어둠 속에서 여정의 비명은 침묵 속으로 잠겨갔다.

깨어났을 때, 여정은 머리가 아팠다. 사방에서 보이지 않는 쇠젓가락이 뇌를 찔러대는 것 같았다. 여정은 자신이 왜 야외에 있는지 떠오르지 않아, 주변을 두리번거렸다. 개들이 요란하게 짖어댔다. 그 소리를 듣고서야, 이곳이 휘철의 집이고 어제 휘철을 놓치고 자신은 쓰러졌다는 게 기억났다. 여정은 몸을 일으켜 앉았다. 어제 개들을 쏘지 않아서 천만다행이었다. 얼굴이 눈물로 젖어 있었다. 무슨 꿈이라도 꿨나? 여정은 온몸이 두들겨 맞은 것처럼 아팠고, 슬프고 두려운 기분이 들었다. 뭔데? 왜 자꾸 이러는 건데? 여정은 까슬까슬한 목구멍으로 한숨을 쉬었다. 핸드폰을 꺼내 보니, 시간은 벌써 새벽 한 시였다. 뜬장 안에 개들 몇 마리는 잠들어 있었고, 몇 마리는 깨지 않고 어슬렁거리다가 여정을 보고 으르렁거렸다.

핸드폰에 메시지가 와 있었다. 메시지에는 그림이 함께 전송되어 있었다. 줄이 처진 노트에 굵은 사인펜으로 거칠게 대충 그린 그림을 사진으로 찍어서 누가 여정에게 전송했다. 미궁 한가운데에 갇힌 사슴의 그림이었다. 사슴의 가슴에 화살이 세 개 박혀 있었다. 사슴의 얼굴은 꼭 사람 여자의 얼굴 같았다. 사람 여자는 여정을 닮았다. 이게 뭐야? 여정은 그림을 확대해서 들여다보았다. 그러자 그림 속 사슴이 고개를 틀어 여정을 쳐다보는 것 같았다. 심장이 쾅 울렸다. 가슴이 아팠다. 그림 속 사슴은 여정 자신이었다. 여정은 미궁에 갇혀 있었다. 미궁의 벽들이 모두 불타고 있었다. 사슴은 경악 속에서 미궁을 헤매며 달렸다. 푸르고 검은 연기로 앞은 보이지 않았다. 개 짖는 소리가 미궁 밖에서 들려왔다. 저 멀리에서 사냥꾼의 뿔피리 소리가 들렸다. 그러나 개들은 더 높이 울부짖었다. 여정은 식은땀을 흘리며 주저앉았다. 몸에 한기가 돌고 떨렸다.

누군가 대문을 두드렸다. 여정은 숨을 죽이고 잠시 기다렸다. 대문을 두드리는 소리가 점점 커졌다.

"아무도 안 계십니까? 아무도 안 계십니까?"

거친 남자 목소리였다. 휘철은 아니었다. 여정이 대문을 내다보자, 경찰들이 서 있었다. 여정이 말이 없자, 경찰들은 더 거칠게 대문을 두들겼다. 개들이 흥분해서 뜬 장안에서 이리저리 뛰어다니고 컹컹거리며 짖었다. 여정의 심장이 날뛰었다. 여정의 눈앞에서 이 낡은 집의 마당이 불타는 숲으로 변신했다.

"경찰서에서 나왔습니다. 문 좀 열어주시죠."

"아무도 안 계십니까?"

밖에서는 문을 두드리는 소리가 점점 커지더니, 이윽고 문을 강제로 여는 쇳소리가 들렸다. 그 소리가 너무 요란해서 귓가에 대고 울리는 것 같았다.

바로 이곳이 미궁이었다. 미궁 밖으로 나갈 수 있는 길은 없다. 어떤 길을 가도 안으로, 안으로만 더 들어가게 될뿐이다. 이제 숲은 활활 불타올랐다. 불로 된 바다처럼 불꽃이 넘실거렸다. 그 바다가 사슴을 삼키려고 넘실거리고 있었다. 여정의 눈은 텅 비었다. 여정은 꿈 저편에서 사냥꾼이 불바다를 헤치고 들어오는 것을 보았다. 사냥꾼들이 여정을 잡으려고 했다. 여정의 신체를 침범하고 감금하려고 했다.

여정은 거부했다.

그때 쾅! 심장이 울렸다. 미궁 위로 또 한 겹의 미궁이 내려왔다. 이번의 미궁은 그저 암흑뿐이었다. 모든 것은 이미 불탄 뒤였다. 여정은 머리가 텅 비었다. 앞이 보이지 않았다.

철컹 대문이 열리는 소리가 여정의 귀에 아득하게 들렸다.

"이 여자 왜 이래?"

"어휴, 뭐야. 앰뷸런스 불러. 눈 뒤집어졌네. 간질인가."

개 짖는 소리와 함께 낯선 목소리들이 들렸다.

또 죽었네, 또 죽었어. 여정은 자신이 또 죽었다고 확신했다. 여정의 몸은 높이 떠올라 아래를 바라보았다. 이제 마음은 편안했다. 문을 열고 들어온 건 경찰들이었다. 경찰들이 쓰러진 여정을 보고 있었다. 이번에는 아주 쉽게 편하게 죽어버렸다. 여정은 그게 너무 웃겼다. 자신은 편하게 죽지 못할 거라고 생각했다. 아니었다. 죽음은 이토록 편하고 가깝게 있었다.

어렸을 때 들었던 찬송가가 어디선가 흘러나왔다.

만나리, 만나리, 요단강 건너가 만나리,
만나리, 만나리, 요단강 건너가 만나리.

흰빛이 시야를 가득 채웠다. 저 위에 흰 문이 보였다. 여정은 굳이 자신이 그 문까지 걸어갈 필요도 없을 거라고 생각했다. 저절로 문이 열릴 것이고, 여정은 넘어가게 될 것이다. 저 세상으로. 그곳이 지옥인지 천국인지는 모르겠지만.

지나치게 먹어 토하지 않게 하라 2

애령은 가게에서 일하다가 전화를 받았다. 전화를 받은 김에, 허리를 펴고 잠시 쉬려고 일어나 섰다. 여정이 아버지는 또 옆집 부동산에 놀러가서 한 시간이 넘도록 돌아오지 않고 있었다. 낯선 지역번호로 시작되는 전화를 애령은 대수롭지 않게 받았다. 지역 거래처에서 온 전화일 거라고 생각했다.

"경찰서입니다. 배여정 씨 어머니 되십니까?"

애령은 숨을 깊이 들이마셨다. 이런 전화를 지난 10년간 두려워해 왔다. 모르는 누군가가 전화해서 여정이를 찾을 거라고. 여정에게서 마지막으로 연락이 온 지가 벌써 두 달이 되었다. 여정이 고등학교 동창인 기철이에게 여정을 찾아달라고 부탁을 한 지도 한 달이 넘었다. 기철마저 이제는 전화를 받지 않았다.

"여정이 무사한가요?"

애령은 전화를 붙잡고 말했다. 핸드폰 저쪽에서 헛기침을 몇 번 했다.

"경찰병원에 입원 중입니다. 외상은 없는 상태입니다."

"여정이가 무슨 일을 당했나요?"

경찰은 설명했지만, 들을수록 애령은 경찰이 무슨 말을 하는지 알아먹을 수가 없었다. 도대체 무슨 소리를 하는 건지? 애령은 끝내 이해할 수 없어서 서둘러 옆집 부동산으로 가 남편을 불렀다. 남편에게 핸드폰을 건네고 무슨 말인지 들어보라고 했다. 한참 저쪽에서 하는 말을 듣던 남편도 어리둥절한 표정이 되었다.

애령은 남편에게서 다시 전화를 건네받았다. 권총, 폭행, 협박, 불법 침입, 무기 소지…. 애령은 한참 헤맨 끝에 여정이 피해자가 아니라, 가해자라는 말이라는 걸 알아들었다.

"그게 다 무슨 말이에요? 이 양반이 말도 안 되는 소리를 하시나?"

애령은 화가 났다. 애령이 늘 두려워했던 일은 여정이 범죄 피해자가 되는 일이었지, 가해자가 되는 일은 아니었다.

경찰은 퉁명스럽게 "전달해 드렸습니다."라는 말만 남기고 전화를 끊었다. 남편이 "이게 무슨 일이야?"라고 물었다.

"난들 알겠소?"

애령이 소리를 질렀다. 과일을 고르던 동네 사람들이 놀란 표정으로 애령을 돌아보았다. 애령은 누그러진 말투로 말했다.

"내가 가서 알아볼 테니, 있어 봐요."

"도대체 무슨 일이 일어난 거야?"

"거 참, 나도 모른다니까."

애령은 집으로 가서 옷을 갈아입고 버스를 탔다. 인정하고 싶지 않았지만, 여정은 정신이 성치 않은 애였다. 밥 한술도 제대로 못 먹으면서도 남의 걱정을 하느라 눈이 불어 터지게 울던 애였다. 그런 애가 남을 해쳐? 총? 협박? 말도 안 되는 소리였다. 누명을 쓴 게 틀림없었다. 애령은 사돈의 팔촌까지 뒤져서라도 검사나 변호사 따위를 찾아보라고 남편에게 일러두고 왔다. 애령은 마음을 단단히 먹었다. 남편도 자식도 없이, 있는 거라고는 이 못 배운 어미 아비밖에 없는 여정을 지키려면, 애령이 강해져야 했다. 다섯 시간 뒤 애령이 경찰서 문을 열고 들어갔을 때, 애령은 사자처럼 싸울 준비가 되어 있었다. 피 흘릴 각오를 했다.

애령이 경찰서 문을 밀고 들어갔을 때, 마주친 것은 덩치가 큰 잘 차려입은 남자였다. 그는 경찰들보다 머리 하나만큼 키가 컸고, 표정이 매우 온화했다. 경찰들이 그를 둘러싸고 서서 착한 어린이처럼 그를 올려다보고 있었다. 높은 사람인 모양이었다.

"배여정이 어미입니다. 여정이 보려면 어디로 가야 하나요?"

애령은 그들을 방해하지 않으려고 작은 목소리로 문가에 있는 경찰에게 말을 걸었다. 경찰이 답하기도 전에, 덩치 큰 남자가 애령을 향해 돌아서서 가까이 왔다.

"안녕하세요. 여정이 어머님. 저는 여정이 고등학교 동창인 조명우라고 합니다. 여정이가 여기 와 있다는 이야기는 들었는데, 이렇게 뵙게 되네요."

이름을 명우라고 밝힌 남자는 허리를 숙여 인사를 하고는 애령의 등에 손을 올렸다. 옆에서 경찰이 의자를 가져와 애령과 명우가 앉아서 이야기할 수 있게 자리를 만들어주었다. 어느새 여정의 손에는 녹차가 들려 있었다. 경찰들은 자기 자리로 돌아갔고, 몇 명은 밖으로 나갔다.

"이게 다 어떻게 된 일인지…? 우리 여정이는 괜찮습니까?"

"말씀 편하게 하세요, 어머니. 딸 친구인데요. 많이 놀라셨죠? 여정이는 잘 있습니다. 경찰이 오해한 모양인데, 오해는 곧 풀릴 겁니다. 제가 여정이 있는 병원으로 모셔다

드릴게요."

애령은 마음이 놓였다. 뭐가 어떻게 되어가는지는 여전히 파악되지 않았지만, 긴장이 조금 풀렸다.

"갑시다."

애령이 녹차를 털어 마시고 말하자, 명우는 미소를 지으며 고개를 끄덕였다.

"여정아, 여정아, 도대체 무슨 일에 휘말린 거야…."

병원 침대 위, 여정은 정신을 잃고 누워 있었다. 애령은 여정의 겨울나무처럼 앙상한 손을 잡았다. 의사가 들어와 애령과 명우에게 여정의 상태를 설명했다. 신체에는 아무 손상이 없고, 정신적으로 충격을 받아 깨어나지 못하고 있다는 말이었다. 애령은 그제야 좀 안심이 되었으나, 여정이 경찰을 보고 갑자기 발작을 일으켰다는 말에 울화가 치밀었다.

"아니, 그러면 건드리지도 않았는데, 얘 혼자 경찰을 보고 갑자기 발작했다는 말이오? 그게 말이 돼요, 의사 선생?"

의사는 곤란해하며 자신은 그 상황에 대해 그저 경찰에게 전달받았을 뿐이라고 말했다. 여정은 화가 치밀었지만, 의사가 매우 예의 발랐기 때문에 참기로 했다. 경찰서에서부터 병원에까지 모두가 너무 친절했다. 여정은 그게 명우 덕이라는 걸 알아차렸다.

"이제 가보셔도 될 것 같습니다."

명우가 말하자 의사는 병실을 나갔다.

"필립이라고 고등학교 때 친구하고 같이 다닌다고 했는데, 걔도 알아요?"

"필립이도 잘 알지요. 필립이는 여정이와 함께 다녔다는데 그날 현장에는 없었다고 합니다. 경찰이 찾고 있으니까, 곧 소식이 오겠지요."

애령은 필립이 여정을 나쁜 일에 꾀어놓고 자기만 달아난 건 아닌가 하는 생각이 들었다.

"어머니, 좀 앉으세요. 제가 아는 데까지 말씀을 드릴게요."

명우는 의자를 권했다.

"제가 이 동네에 사놓은 땅이 있었는데, 바빠서 관리를 잘 못하고 내버려뒀어요. 그 땅에 관리인이 지내고 있었는데, 여정이가 그 관리인과 얽혀서 문제가 생겼던 모양입니다. 중간에 여정이가 좀 놀랐는데, 경찰들은 오해한 모양입니다."

"그렇죠. 오해죠. 경찰서에서 전화가 와가지고 나랑 여정이 아버지가 얼마나 놀랐는지…."

"죄송합니다. 제가 미리 그 땅을 관리 잘했더라면, 이런 일도 없었을 텐데요."

"아니, 뭐, 또, 그게 명우 씨 잘못은 아니지…."

"여정이가 병원을 옮겨야 할 텐데요. 아무래도 경찰병원이 좀 한계가 있으니까요. 갈 만한 병원을 좀 알아봐 드릴까요?"

"여정이가 병원에 안 있으려고 해요. 병원이라면 얼마나 질색하는지. 돈도 많이 들고… 의사들도 낫는 병이 아니라고 집에 가라고 해."

"요즘 옛날하고는 많이 달라졌어요. 의술이 발전해서 전에 못 고치던 병도 고치고 해요. 또 공기 좋은 데 가서 스트레스 안 받고 지내다 보면, 좋아지는 경우도 많고요."

"그런 데는 비싸서 우리 형편에…"

"저희 아버지가 계신 연구소가 아주 훌륭하거든요. 아버지가 치매가 있으셔서 연구소에서 지내신 지 오래됐어요. 요양병원은 아니고, 미국에서 공부를 제대로 하고 온 제 친구가 만든 연구소인데요, 믿을 만한 곳이에요. 진료비 부담되지 않게 여정이 편하게 지낼 수 있는지 알아보겠습니다. 이렇게 깨어나지 못하는 것도 거기에 가면, 빨리 깨어날 수 있을지도 모르니까요. 그 친구가 그런 것 전공이거든요."

"이렇게 신세를 져서야…."

"친구 사이에 돕고 살아야지요."

명우는 미소를 지으며 말했다. 애령은 얼떨떨했다. 어

쩌면 이렇게 여정이 다친 것이 여정의 인생에 전화위복이 될지도 모른다. 창문 너머로 해가 지고 있었다.

지나치게 먹어 토하지 않게 하라 3

"스님, 왜 이러세요?"

필립이 소리쳤다. 지하실 문이 닫히자, 안은 새까맣게 어두웠다. 문틈으로 빛이 가늘게 새어 들어오는 게 전부였다. 팔을 뻗어도 손이 문에 닿지 않았다. 밖으로 나갈 길은 없었다.

"미안하네. 딱 열 두 시간만 거기 있어 주게. 부탁을 받았어."

"누가 저를 광에 가두라고 부탁했다고요?"

"그래."

"제가 올 줄 알고 있었단 말씀이세요?"

"그래, 자네가 올 거라고 했어. 할머니 소식을 물으러 여기에 올 거라고. 그러면 딱 열두 시간만 자네를 거기 있게 해달라고 했지. 미안하게 됐네. 그래도 열두 시간이 그리 긴 시간인 것도 아니야. 잠깐 잠이라도 자고 있게나."

"그게 누구데요?"

"자네 벗이지. 조명우 처사."

"제 친구한테 한 이야기도 전부 거짓말이었어요?"

"맹세코 거짓말은 하나도 없었어. 하지만 자네 친구가
그 이야기를 자네들에게 해주라고 부탁하긴 했지. 출가자
인 내가 공양주 보살님 손녀에게 무슨 나쁜 짓을 하겠나.
그냥 잠시만 거기 있는 게 전부니까, 걱정할 것 없네."

"문 여세요. 이건 불법 감금이에요."

"열두 시간 뒤에 다시 오겠네. 조금만 참아."

필립이 소리를 질렀지만, 비구니는 태연한 목소리로 말
하더니 가버렸다. 움막의 문이 닫히는 소리가 나자, 이제
문틈으로 새어 들어오던 빛까지 사라졌다. 지하실은 완전
한 어둠에 빠졌다. 아무것도 보이지 않았다. 밝을 때는 좁
아 보였던 지하실은 거대하게 느껴졌다. 필립은 이 광대
한 어둠 앞에서 두려움을 느꼈다. 눈이 어둠에 적응하면,
뭔가 보일 거라고 기대했지만, 앞은 깜깜했다. 필립은
바닥에 주저앉았다. 차가운 시멘트 바닥의 냉기에 몸이
저렸지만, 일어서 있을 기력이 없었다. 어느새 도깨비불
같은 것이 어른거렸다. 나 헛것을 보고 있나? 알 수 없었
다. 필립은 손을 들어 그것을 치우려고 했다. 그때마다 그
것이 깜박거렸지만, 다시 원래 자리로 돌아갔다. 어느새

도깨비불의 수가 점점 많아졌다. 현기증이 났다. 한참 도깨비불을 바라보다가 필립은 뒤로 돌았다. 뒤편에는 하나를 닮은 여자아이가 컴퓨터 앞에 앉아 게임을 하고 있었다. 아이의 뒷모습에, 필립은 심장이 거세게 뛰었다.

"하…나야? 하나니?"

아이는 돌아보았는데, 그것은 명우의 얼굴이었다.

"뭐야?"

필립은 눈을 가리고 뒷걸음질 쳤다. 다음 순간, 장소가 변했다. 필립은 늘 꿈에서 보던 복도 가운데 서 있었다. 그러나 늘 닫혀 있던 문은 모두 다 열려 있었다. 모든 문에서 빛이 쏟아져 나왔다. 곧, 문들은 제각기 다른 리듬으로 열렸다 닫히기를 반복했다. 문에서 나오는 빛은 번쩍였고, 꼭 콘서트 무대처럼 눈이 부셨다.

"필립아, 나는 처음부터 모든 문 너머에 있었어. 모든 문 뒤에서 그저 너를 기다리고 있었지. 그러나 너는 늘 나를 보지 않고 물러났던 거야."

목소리가 들리는 곳에는 컴퓨터 앞에서 게임을 하는 아이가 앉아서 필립을 향해 말했다. 아이는 하나의 몸에 얼굴은 명우의 얼굴과 목소리로 말했다.

"너는 명우구나. 문 뒤에 있었던 건 너였구나. 왜 하나인 척했니?"

"사랑받아 보고 싶어서. 그게 어떤 느낌인지 항상 궁금했거든. 하지만, 이제 됐어. 알 것 같아. 고마워, 필립아. 미련이 남지 않네. 우리는 이제 게임을 할 준비가 된 것 같아."

"게임?"

"그래, 게임. 우리 게임을 하는 거야. 여정이와 기철이도 벌써 기다리고 있어. 너희가 원하는 것을 내가 주면, 너네는 그것을 받는 거야. 그러면 내가 이기는 게임이야."

"그러니까, 네가 준 선물을 내가 받으면, 네가 이긴다는 말이지. 나는 지는 거고. 이상한 게임이네."

"그래, 하지만 절대 손해보는 장사는 아닐 거야. 나는 너희를 위해서 정말 끝내주는 선물을 준비했거든."

"그럼 나는 어떻게 하면 이길 수 있는 거야?"

"선물을 안 받으면 되지."

"너무 쉽네."

"하지만 선물을 받고 싶을걸."

"선물도 받고 이길 수는 없는 거야?"

"애석하게도 그럴 수는 없어."

그리고 게임이 시작되었다. 필립은 졸기 시작했다.

한 꿈 도둑이 침입했다. 필립이 가장 나중에 지닌 것을 훔치러.

평화로운 마음으로 그곳을 떠났다 1

기철은 잠에서 깼을 때, 허리와 다리가 몹시 아팠다. 어
둡고 좁은 곳이었다. 기철은 주변을 재빨리 훑어보았다.
알 수 없는 얼음 숲, 또는 끝없이 떨어지는 무저갱이 아닐
까. 기철의 머릿속에 떠오른 것은 그 생각들이었다. 그러
나 그곳은 기철의 새 차, 지난주에 큰마음을 먹고 바꾼 아
우디 속이었다. 차 안에 몸을 구부리고 자느라, 그렇게 허
리도 다리도 아팠던 것이다. 젠장, 이제 기억이 나네. 어제
필립네에서 진탕 마시고 대리운전을 불렀다. 기사가 가고
난 뒤에 술 좀 깨고 들어간다는 것이, 차에서 밤새 자고 말
았다. 핸드폰을 보니, 아내에게서 전화가 스무 통 가까이
와 있었다. 된통 혼나야 할 모양이었다. 하지만, 밤새 얼마
나 복잡하고 길고 우울한 꿈을 꿨는지, 차라리 곧 아내에
게 들을 잔소리마저 감미롭게 느껴졌다. 어쨌든, 아우디

의 냄새가 주는 감동도 다시 한번 더 깊게 느껴졌다. 차를 바꾼 이후, 아우디를 볼 때마다 기철의 마음 한구석에는 잔잔한 감동이 일었다. 차를 바꾸면 보통 두 달은 행복한데, 아직 보름도 안 됐으니까 한참 허니문 기간이었다.

얼른 올라가서 아내에게 혼 한 번 나고 끝내는 게 낫겠다. 기철은 비틀거리면서 차 문을 열고 나왔다.

꿈에서 기철은 가난뱅이 노숙인이었다. 노숙하다가, 노숙인 배식 트럭에서 자원봉사로 국을 퍼줬다. 꿈을 꿔도 어떻게 그렇게 황당한 꿈을 꿀 수가 있을까. 기철은 웃음이 나왔다. 한때 방황했었던 젊을 때, 잘못 어긋났으면 그렇게 될 수도 있었겠지.

기철은 어머니에게서 식당을 물려받았다. 기철은 일을 잘했고 식당도 그 덕에 장사가 잘되었다. 입소문이 제법 났을 때, 기철은 시내로 가게를 옮겼고 옮긴 식당이 대박이 났다. 그 뒤 기철은 결혼하고 아파트도 샀다. 기철을 늘 면박주고 나무라던 형은 술버릇 때문에 이혼당했고, 요즘은 돈을 빌리려고 기철에게 쩔쩔매고는 했다. 기철의 어머니는 형에게 기철의 반만 닮아보라고 야단을 친다.

하지만 간밤의 꿈은 너무 그럴싸하게 느껴졌다. 그런 꿈은 다시 꾸고 싶지 않다. 사실 기철은 거의 꿈을 꾸지 않는다. 꿈을 꾸지 않으면, 잠을 깊이 자게 되고 마음이 편안하다. 기철은 꿈을 꾸는 게 싫다. 꿈을 꾸면, 꿈속의 기철이 이상한 생각들을 하기 때문이다. 기철은 그런 생각을 하고 싶지 않다.

이상한 생각? 그렇다. 기철은 꿈속에서 몹시 이상한 생각을 했다. 기철은 아파트 현관문의 비밀번호를 누르려다 말고, 그 이상한 생각 속으로 빠져들고 말았다.

기철 앞에 노숙자들이 줄지어 서 있다. 기철은 이들이 측은하고 또 친근하다. 날씨는 추운데, 국에서 올라오는 김 때문에 얼굴이 뜨겁다. 이 뜨거움과 차가움. 측은함과 친근함이 너무 강렬하다. 죽도록 강렬해서, 기철은 이것이 그저 생각이라는 것을, 꿈이라는 것을 잊어버릴 것 같다. 기철은 문 앞에 서서 계속 그 생각에 빠져들었다.

얼마나 그렇게 서 있었는지, 안에서 문이 열리고 아내가 나왔다. 아내는 젊고 아름답다. 화사한 꽃향기가 나고, 머리는 기철이 좋아하는 스타일로 옆으로 늘어트렸다. 가느다란 허리는 한 줌에 들어올 것 같다.

"여보, 안 들어오고 뭐해?"

기철은 아내의 머리카락에 코를 박았다. 아내는 기철의 뺨을 토닥이며 말했다.

"뭐야, 어젯밤에 안 들어온 게 미안해서 이러는 거야?"

이런 여자가 나를 좋아할 리 없지. 이건 꿈이야. 아내가 기철의 눈을 들여다보며 말했다.

"그럼, 꿈을 계속 꾸는 게 낫지 않아?"

차라리 다른 모든 게 꿈이었으면. 그저 꿈속에 핀 버섯 같은 거였으면…. 하는 생각을 한 적이 있었다. 그토록 강렬하게 뭔가를 욕망한 적이 있었다. 하지만 그건 당신은 아니다. 당신은 내 꿈이 아니다. 아내는 기철을 밀치며 토라진 듯 말했다.

"그게 중요해?"

"중요해."

기철은 말했다. 말하고 나니, 어쩐지 몹시 후련한 기분이 들었다. 아내의 눈이 빙글빙글 돌았다. 아, 이건 뭐야? 왜 이래? 아직 술이 덜 깼나?

***

여정은 성공한 슈퍼모델로, 매년 많은 돈을 자선사업에 기부한다. 슈퍼모델 일은 즐겁지만, 스트레스가 없는 것은 아니다. 오히려 더 많은 보람을 느끼는 건, 자선사업 관련 일이다. 요즘 여정이 제일 큰돈을 보낸 건, 아프리카에 우물을 짓는 사업이다. 디올의 이번 시즌 재킷 하나 값이면, 우물 하나를 지을 수 있다니. 재킷을 포기하려면, 속이 쓰리다. 하지만 여정은 이미 재킷도 샀고, 우물 지을 돈도 보냈다. 여정은 균형을 잘 잡고 있다. 자선사업을 위해 화려한 삶을 포기할 필요는 없다. 이대로 충분히 좋다.

여정은 어릴 때부터 항상 사랑받고 컸다. 유복한 집에 태어나서, 공부도 잘했고 아이들은 모두 여정을 좋아하고 친해지고 싶어했다. 연애는 여러 번 했고 나름 뜨거웠지. 하지만, 여정은 여정 혼자만의 시간을 소중히 생각하는 걸! 아이를 가지려면 서두르기는 해야 하는데… 안되면, 난자 좀 얼려두지 뭐.

결혼은 몇 년 안에 할 계획이다. 그러고 아이도 좀 키워 놓고, 나이가 들어서 완전히 볼품이 없어지면, 그때는 자선사업에 매진해도 좋지 않을까?

오! 그러나, 그건 상상만 해도 오싹하다. 솔직히 말해서 그렇다. 그런 막연한 두려움을 빼면 요즘 여정은 딱히 고민이 없다. 기철이 가끔 전화로 추근거리는 게 짜증이 나서, 이 자식을 언제 한 번 손봐줘야 하나, 라는 생각은 가끔 한다. 기철은 친구들끼리 모이면 돈 자랑만 하는 느끼한 대머리 아저씨가 되고 말았다. 어렸을 때 기철과 결혼할지 고민한 적도 있었는데, 그때 결혼 안 한 건 인생에서 가장 잘한 일 중 하나다.

친구라… 다들 여정과 친해지고 싶어서 난리다. 뭐, 다들 덕보고 싶어서 드릉드릉하는 것도 사실이지만, 사람들

눈에 서려 있는 여정에 대한 욕망과 호의가 전부 거짓일 거라고 생각하지는 않는다. 그렇다면, 그들 모두 할리우드로 진출해야 할 것이다. 물론 카메라가 돌아가면 얼기는 하겠지만.

다른 친구들보다 마음이 쓰이는 건 필립이다. 필립은 너무 딱하게 됐다. 남편이 바람을 피우더니, 결국 필립을 놓고 떠났다. 뭐, 진정한 사랑을 찾았다나? 그까짓 사랑. 젊은이 어렸을 땐 사랑을 몰라, 세월이 흘러가면 사랑을 알지. 그것이 바로, 사랑이다. 여정은 노래를 흥얼거렸다. 그런데 문득 여정은 발견했다. 여정은 사랑을 아주 잘 안다.

그런데, 정말?

여정은 눈썹을 그리던 손이 갑자기 얼어붙어버렸다. 정말 잘 아나? 아주 잘 안다.

그것은 좀 혹독하다. 온몸을 얼어붙게 한다. 그런데, 나는 왜 이렇게 그걸 잘 알고 있나? 여정은 손에 든 눈썹용 연필을 떨어트리고 말았다.

알고 싶지 않다. 그러나 알고 싶다. 여정은 갑자기 몸이 찢어지는 것 같은 통증을 느낀다.

죽어가는 새끼를 돌아보는 어미 사슴의 사랑 같은 거? 저 위에 불붙은 나무가 떨어지고 있는데…. 여정은 맹렬

하게 내장이 불타오르는 것 같다. 그런 사랑, 정말 알고
싶나?

　알고 싶지 않은데, 사실, 이미 알고 있잖아?

　왜? 왜?

　　　　　　　　　***

　어슴푸레한 빛 아래, 커튼 너머로 구두를 신은 발들이
오가는 게 보인다. 필립은 반지하 방의 침대에 누워 창문
을 올려다보고 있다. 길고양이 한 마리의 그림자가 천천
히 지나간다. 필립은 힘겹게 몸을 일으켰다. 몸을 움직이
자 오래되어 낡은 침대가 요란하게 삐걱거렸다.

　필립은 오가는 구두 신은 발걸음 소리와 옆집에서 풍기
는 찌개 요리 냄새와 개 우는 소리 사이에서 잠이 깨곤 한
다. 필립은 이혼했고 반지하 방에 혼자 살고 있다. 필립은
손을 뻗어 하나의 사진을 한 번 들여다봤다. 계속 누워서
자고 싶지만, 일어나야 한다. 일을 하러 나가야 하니까. 다
행히 일 시작하는 시간에 맞춰 일어났다. 요즘 필립은 전
에 하던 수도 검침일을 다시 시작했다. 필립을 늘 구박하
던 선임들이 그만둔 덕에 요즘은 일하는 것이 훨씬 수월
해졌다.

　오늘은 필립을 좋아해주는 할머니의 집에도 검침하러

갈 것이다. 그 생각을 하니, 기분이 좋다. 수도 검침을 몇 년째 하다 보니 얼굴이 익는 사람들이 생겼다. 김장하면 필립 몫의 김치를 포장해 놓고 필립을 기다리고, 과일 한두 개라도 매번 손에 쥐어주곤 한다. 그럴 때면, 필립은 마음이 따스해진다. 게다가 그 할머니의 김치는 매우 맛있다. 살아 있기를 잘했다고 생각하게 되는 맛이다. 하나는 남편이 키우고, 필립은 하나를 일주일에 한 번 만난다. 하나는 토요일이면 엄마 집에 와서 일요일까지 자고 간다. 하나는 새엄마와도 사이가 좋지만, 필립은 하나와 자신 사이에 있는 깊은 유대감은 둘만의 것이라고 확신했다.

필립은 외출 준비를 마쳤다. 하나가 엄마 생일이라며 사준 운동화를 신었다. 오늘 필립은 명우를 만나러 나갈 것이다.

명우는 가난뱅이 화가인데 요즘은 주역이니 타로 카드니 엉뚱한 공부를 하면서 꿈 해석도 해주곤 했다. 명우는 꽤 그럴싸한 대학의 공대에 갔는데, 학교생활에 적응을 못 하더니 일 년 만에 관둬버렸다. 그러고서 아버지한테 엄청나게 두들겨 맞고는 의절 당하고 쫓겨났다. 그 뒤로 이름이 없는 작은 미대에 갔다. 필립은 그때 명우에게 학비에 보태라고 돈을 제법 빌려주었는데, 아직도 돌려받지 못했다. 둘은 그 돈 이야기는 하지 않는다. 대신 명우는 하나의 그림을 여러 점 그려주었다. 필립의 반지하 방 벽에는 하나의 커다란 유화 초상화가 걸려 있다.

둘은 작은 선술집에서 만났다. 기철과 여정은 성공해서 바쁘다 보니, 오늘은 못 나온다고 했고 명우와 필립 둘이 만나게 됐다. 필립은 명우에게 간밤의 꿈 이야기를 해줬다.

"네가 나오는 꿈을 꿨어."

"진짜?"

명우는 호들갑스럽게 이야기를 해보라며 재촉했다.

"우리 할머니 유품이 나오는 꿈이었어. 작은 수첩인데, 마력이 있는 수첩이야. 그 수첩을 네가 수천만 원을 줄 테니 팔라고 하면서 난리가 나기 시작해."

필립은 웃음이 나왔다.

"그 수첩 지금은 어디 있어?"

명우가 물었다. 명우의 눈이 너무 반짝이는 거 같은데? 필립은 좀 이상한 기분이 들었지만, 그냥 넘겼다.

"그 수첩은 지금도 집구석 어딘가에 있겠지. 버린 기억이 없으니 있기는 할 텐데, 꺼내본 지가 너무 오래되어서 어디 있는지는 모르겠다."

필립은 떠올리려고 해도 그 수첩에 대해서 잘 떠오르지 않았다. 그런 필립을 보고 명우는 흐뭇하게 웃었다. 명우는 술을 들이켰다. 기분이 좋아 보였다.

"야, 너 그런데 전시는 어떻게 됐어? 그림은 좀 팔렸어?"

"솔드 아웃이지."

"다 팔렸어?"

"내가 다 샀어. 맨날 내가 다 사서 솔드 아웃이지."

"적자야?"

"응, 또 다음 달 공장에서 알바하면 돼. 지난번에 일 잘해줬다고, 올 생각 있으면 오라고 하더라고."

"잘했네."

"응…."

명우는 생각에 잠겨서 고개를 끄덕였다. 필립은 문득 명우가 무척 행복해 보인다는 생각이 들었다.

"어쨌든 너 좋아 보여. 행복해 보인다. 옛날에는 늘 그렇게 우울해 보이더니."

명우는 깜짝 놀란 얼굴이 되었다. 말없이 어깨를 으쓱하고는 술을 입에 털어 넣었다. 명우는 필립에게 다시 물었다.

"이 모든 세계가 다 꿈이라면 어떡할 거야? 이게 꿈이 아니라는 걸 너는 어떻게 알 수 있어?"

"모르지. 그건 알 수 없는 거야. 정말 모를 일이야. 지구가 평평한지, 이 모두가 게임인지도 모르고 말이야. 알 수 없는 일이야. 하지만 알 수 있는 척하고 살아야 해. 알지?

최선을 다해서 살아야 해. 아니면 미치고 말 테니까. 주먹을 꼭 쥐고, 최대한 제정신으로 살기 위해서 노력하는 거야."

필립은 줄줄 말했다. 말하고 있는데, 가슴이 너무 아팠다. 어느새 자신도 모르게 주먹을 꼭 쥐고 있었다.

"우리 아버지처럼?"

명우가 매서운 눈을 하고 필립을 쏘아 보며 물었다.

"아니, 그렇게는 말고."

필립은 고개를 흔들면서 말했다.

"만약 하나가 죽는다면, 그건 너무 끔찍하겠지?"

명우가 갑자기 엉뚱한 질문을 했다. 필립은 화가 났다.

"그걸 말이라고 하냐? 그런 말을 왜 하냐."

필립은 고개를 흔들었다. 그러나 이상하게 그 말은 너무 현실적으로 다가왔다. 가슴이 찢어질 것처럼 아팠다. 하나가 죽는다고? 하나, 너라는 우주가 죽는다는 건 도저히 믿을 수 없는 일이다. 왜? 왜냐하면, 내가 너를 사랑하기 때문이다. 나의 우주가 네게 달려 있기 때문에, 네가 죽을 수 있다는 건 내게 일어날 수 없는 일이고, 일어났다고 믿고 싶지도 않은 일이다.

"하나가 죽는다면, 그런 건 차라리 모르고 영원히 하나가 살아 있는 꿈을 꾸는 게 나을 것 같지?"

"영원히? 하나가 죽었는데, 그 일 자체를 잊고 나는 하나가 살아 있는 꿈을 꾼다고?"

"그래. 하나는 죽었어도 너는 하나가 살아 있는 꿈을 꾸는 거지. 어차피 인생은 한바탕 꿈이잖아."

"아니. 그건 싫어. 인생이 꿈이라고 해도, 나는 진짜 하나를 알고 싶어. 나는 하나가 나와 다른 꿈을 꾼다면 하나가 꾸는 바로 그 꿈을 꾸고 싶어. 하나가 경험한 것과 다른 꿈을 꾸고 싶지 않아."

"핵심은 이거야. 네가 꿈을 꾸는 동안, 너는 네가 꿈을 꾸는 걸 몰라. 그냥 하나가 살아 있다고 믿고 행복하게 살면 된단 말이야. 어차피 지나간 일들 기억은 희미하잖아?

먼 미래에 돌아보면, 기억은 선명하지 않아. 어떤 일은 그런 일이 있었나 싶은 것처럼 아련해지지. 꼭 가장 추운 겨울날, 가장 더웠던 여름날을 떠올리면 그 더위가 믿기지 않는 것처럼. 그러니까, 그냥 제일 행복한 꿈을 골라서 그걸 믿고 살면 좋잖아."

그러나 필립은 술잔을 붙잡고 고개를 흔들었다.

"아니. 나는 진짜 하나가 있는 편이 좋아."

"하나가 죽었어도?"

명우가 필립을 쳐다보았다. 명우의 눈빛은 딱하도록 슬퍼 보였다.

"응."

필립은 술잔이 빙글빙글 돌며 소용돌이가 치는 것을 보

았다. 그 소용돌이 속에 명우가 쏠려 가버렸다. 그건 조금도 놀랍지 않았다. 그냥 꿈이니까. 꿈에서는 별별 일들이 다 일어나는 법이다. 하나는 죽었다. 필립은 눈을 감고 잠의 파도가 온몸에서 쏠려나가는 것을 느끼며 자신에게 말했다.

그렇구나.

서서히 잠이 깼다.

***

명우는 필립과 헤어져 집으로 돌아왔다. 돈도 없는데, 또 택시를 타고 말았다. 택시 기사는 명우의 혀가 꼬부라져, 주소를 잘 못 알아듣겠다며 짜증을 냈다. 아, 씨발. 또 택시를 탔네. 카드 빚이 쌓일 것이다. 기름이 떨어졌는데, 기름값이 없어서 보일러를 켤 수 없었다. 집에는 유화기름 냄새가 배 있었고, 그것은 지독하게 몸에 나쁠 테지만, 추워서 환기를 시키지 않고 자기로 명우는 마음먹었다. 그러나 벽에 비스듬히 세워놓은 그리다 만 그림에 눈이 멎는 순간, 명우는 희열을 느꼈다. 저 그림이 몹시 마음에 든다. 무엇과도 바꾸지 않을 거야. 누구도 알아봐주지 않아도, 저 그림이 나는 좋아.

명우는 추위 속에서 떨면서 이불 속으로 기어들어 갔

다. 문득 그런 생각이 들었다.

누군가의 악몽을 야금야금 뜯어먹으면서, 이 세계는 생존하고 있는 건 아닐까.

명우는 한숨을 지으면서 고개를 흔들었다. 과한 생각이야. 차갑지만 푹신한 이불의 촉감이 얼굴을 스쳤다. 내가 살아 있다는 증거는 이 촉감뿐이라고 명우는 생각하면서 다시 잠과 꿈속으로 빠져들었다.

잠 속으로 빠져들려는 찰나, 전화가 왔다. 심 권사였다. 심 권사는 집 주인 노파였는데, 동네 한량들을 불러 모아 밤마다 술 마시고 화투를 치곤 했다. 거기다 개는 또 얼마나 많이 키우는지. 도리어 세입자였던 명우가 심 권사에게 잔소리하고는 했다. 명우 같은 가난뱅이가 아니고서는 아무도 심 권사네 빌라에 세 들어 살지 않는다. 오늘 심 권사는 이상한 소리를 했다.

"아니, 이 밤에 왜요?"

"네 꿈에 빠진 건 너 하나밖에 없어. 너는 졌다. 네가 빠져나온 세계는 이제 완료되었다. 그러므로 곧 그 세계는 잊힐 것이다. 잊힘으로써 사라질 것이다. 그것으로 만족하나?"

"물론."

명우는 답을 하려고 했지만, 명우 대신 누가 명우의 등 뒤에서 답했다. 명우는 그게 누구인지 알아보려고 돌아봤지만, 아무것도 보이지 않았다. 심 권사는 킬킬거리더니 전화를 끊었다.

그 순간 세계는 끝났다. 그리고 세계가 멸망했다. 차원이 붕괴하였기 때문에 틈으로 모든 것이 사라졌다. 아무것도 남아 있지 않았다.

명우는 누워서 허공을 바라보았다.

또 꿈이었네. 이게 웬 개꿈인지. 도대체 몇 겹의 꿈인지. 하지만 이곳도 또 누군가의 악몽 속인 건 아닐까.

이게 다 무슨 지랄.

***

허름한 빌라의 꼭대기 층에서 빨간 민소매 옷을 입은 노파가 킬킬거리며 전화를 끊었다. 노파는 옆에 앉아 패를 든 세 명의 일행에게 고개를 끄덕여 보였다. 넷은 패를 돌리고 다음 판을 벌였다. 이번 판은 나쁘지 않았다. 다음 악마를 찾는 판도 재밌을 것이다. 개들의 숫자가 늘었다.

평화로운 마음으로 그곳을 떠났다 2

만 42세의 나이로 조명우는 사망했다. 4시 39분.

실험에 참여하고 있던 명우의 얼굴이 갑자기 일그러지더니 눈물이 흘렀다고 했다. 그러나 죽은 그의 표정은 누가 보아도 순수하고 고요했다고. 실험 과정에서 죽음, 장애 등 어떤 사고가 발생해도, 연구자의 책임을 묻지 않는 각서에 명우가 서명하고 실험에 임했다는 사실이 확인되었다. 각계에서는 이타적이고 과학에 헌신적이었던 천재 사업가 명우의 죽음을 애도했다.

12시간 뒤인 아침 7시. 약속한 시각이 되자, 비구니는 명우에게 전화를 몇 번이나 했다. 통장에는 천만 원이 입금되어 있을 뿐, 명우는 전화를 받지 않았다. 비구니는 어쩔 수 없이 두려운 마음으로 움막으로 가 지하실의 문을 열고 불을 켰다.

비구니는 필립이 자신을 때리거나 경찰에 신고할까봐 겁을 먹은 상태였다. 예상과 달리, 필립은 비구니를 쳐다보지도 않았다. 필립은 바닥에 앉아 통곡하고 있었다.

"보살님, 어서 나와."

"하나야, 하나야…."

비구니는 잠시 필립이 머리가 이상해진 것은 아닌가 두려웠다. 그러나 비구니가 사다리를 내려놓자, 필립은 침착하게 사다리를 타고 올라왔다. 필립은 비구니가 보이지 않는 것처럼 아무 말도 하지 않고 짐을 챙겼다. 비구니가 필립에게 말했다.

"보살님, 너무 나를 원망하지 마. 아무 일 없었지? 거기는 다크룸이라고, 원래 그렇게 빛이 안 들어오게 해놓고 수행하는 데야. 공양주 보살님은 그렇게 수행하셨어. 내가 먹을 걸 가져다드리곤 했었지."

"스님도 혹시 가리교셨나요?"

"자네 할머니도, 주지 스님도, 나도 가리교는 아니었어. 우리는 그저 진리를 찾아 헤맸고, 잠깐이나마 가리교에 그게 있나 했지. 그게 전부야. 할머니를 좀 더 이해하게 되지는 않았나?"

"스님은 저희 할머니를 이해하시나요? 왜 손녀도 딸도 내버려두고, 그런 음습한 지하실에서 불도 안 들어오게 하고 지내다 돌아가셨는지?"

"아니, 이해하지 못하네."

"저도 몰라요. 그냥 이제는 알 수 없을 거라는 걸 알겠어요. 그리고 몰라도 모르는 채로 괜찮다는 것도요."

"경찰에 신고하지는 않을 거지?"

"않을 겁니다."

필립은 그대로 절의 대문을 빠져나갔다. 비구니는 혼자 남아 필립의 뒷모습이 사라져가는 걸 보았다. 비구니는 뭔가 알 수 없는 절박함에 필립을 붙잡고 말을 하고 싶은 충동을 느꼈다. 모두가 다 떠나가고 이 절에 혼자 남아 지낸 지난 10년이 얼마나 외롭고 서글프고 모질었는지. 돈 없는 나이 든 비구니가 신자도 도반도 없이 산다는 게 얼마나 버거운지. 이 형편에 천만 원이 얼마나 큰 돈이었는지 아냐고, 비구니는 필립을 붙잡고 말하고 싶었다. 그러나 비구니는 간신히 참았다. 필립의 뒤로 햇살이 송송 박혔다.

마침 필립이 절을 빠져나왔을 때, 두 시간에 한 번씩 오는 버스가 때마침 도착했다. 필립은 버스 좌석에 털썩 앉았다. 버스 창으로 들어오는 자외선이 너무 강했다. 뜨겁고 따가웠다. 필립은 그 빛을 온 얼굴에 받으면서 살아 있다는 것에 대해서 생각했다. 기미가 생길 것이다. 그래봤자 여전히 너무 젊었다. 남편과는 이혼할 것이고, 다른 남자와 다시 결혼해서 아이를 낳기로 결심했다.

필립은 차 창문에 비친 자기 얼굴이 아주 평범한 그 나이대의 그저 아줌마의 얼굴이라는 생각이 들었다. 평범한 얼굴. 평범한 삶. 필립은 문득 어두운 복도를 향하던 모든 문이 활짝 열리는 환상을 보았다. 문마다 빛이 쏟아졌다. 필립은 눈을 감았지만, 햇살은 눈꺼풀을 뚫고 빛을 전달했다. 필립은 이를 악물고 햇살 속에 앉아 있었다.

***

기철이 마취에서 깨어났을 때, 연구소는 매우 소란스러웠다. 보안 요원은 퉁명스럽게 기철이 불법으로 침입했지만, 다른 것은 더 묻지 않겠다며 기철을 쫓아냈다. 기철은 연구소를 나오면서도 무슨 일이 일어났는지 알지 못했다.

기철이 낯익은 얼굴을 발견했을 때, 매우 반가웠다. 거기에 항목이 있었지만, 항목은 기철을 못 본 척했다. 어쩌면 정말 못 본 것인지도 모르겠다. 기철은 머쓱해졌다.

이제 어디로 가야 하지?

기철은 좀 어리둥절한 기분으로 항목에게 가까이 가 물었다.

"오랜만에 뵙습니다. 무슨 일이죠?"

그러자 항목은 어깨를 으쓱하고 서둘러 갔다. 언제나처럼 술술 말할 줄 알았는데, 항목은 퍼뜩 뭔가를 깨우친 표정으로 바쁘다고 변명하면서 다른 쪽으로 가버렸다. 저쪽까지 갔던 항목이 목청을 높여서 한마디 했다.

"조 대표가 사망했다는 소식 못 들으셨습니까?"

기철은 고개를 숙여 인사를 하고는 돌아섰다. 움츠러드는 기분이었다. 오랜만에 바깥으로 나오자, 햇살이 징글맞도록 강렬했다. 기철은 어디를 가야 할지 몰라서 우두커니 서 있었다. 그러고 보니, 오늘이 자원봉사가 있는 날이었다. 기철은 갈 곳이 생각나 기뻤다. 걸음을 서둘렀다. 기철은 서두르는 통에, 애령의 부축을 받은 여정이 나오는 걸 보지 못했다. 기철은 여정을 다시 보지 못했다.

***

애령은 여정을 부축해서 나오면서 속으로 명우에 대한 욕설을 퍼붓고 있었다.

명우와 여정이 같은 실험에 들어간다고 들었는데, 갑자기 실험이 중단되었다. 다급하게 뛰어나가는 실험실 직원을 붙잡고 뭐가 어떻게 돌아가고 있는 거냐고 애령은 따져 물었다. 그 직원은 명우가 실험 중간에 사망했다고 말했다.

"세상에. 이게 다 무슨 일이에요. 그렇게 친절하고 좋던 사람이…. 아니, 누가 뭘 잘못한 거예요? 그런데, 우리 애, 우리 여정이는 괜찮은 거예요? 같은 실험 하고 있던 거 아니었어요?"

그때 여정이 깨어났다. 실험실 직원은 애령이 여정에게로 돌아선 틈을 타, 나가버렸다.

"아이고, 여정아. 깨어났구나."

애령은 여정의 손을 잡고 감격해 어쩔 줄 몰랐다. 여정은 전혀 모를 곳에 깨어났는데도 침착했다. 애령은 여정에게 상황을 설명해주려고 했다.

"누가 네 친구라고 하면서, 너를 좋은 데 데려다주겠다고 해서 왔는데 말이다. 아니, 글쎄, 지금 그 친구가 죽었대. 그런데 왜 아무도 우리를 안 돌봐주지?"

여정은 뭔가를 찾는 것처럼 허공을 응시했지만, 비틀거리며 침대에서 일어났다. 그리고 몸에 붙어 있던 패치들을 거칠게 떼버렸다.

"나 나갈래."

"그래, 가자. 가."

애령은 여정을 부축하려고 했지만, 여정은 비틀거리면서도 혼자 일어났다. 애령은 이 위험한 실험으로 여정을 끌어들인 명우에게 화가 나면서도, 어쨌거나 여정이 깨어났으니 원망하지 않기로 했다. 죽은 사람을 원망해서 뭘 어쩌겠나.

며칠 뒤, 애령은 명우에게 더더욱 고마운 마음이 커졌다. 여정이 퇴원한 뒤, 좋아 보였기 때문이다. 여정은 더이상 신문을 보며 울지도 않았고, 집을 나가서 며칠씩 안들어오지도 않았다. 때로 어딘가 멍해 보이기도 했지만, 아르바이트도 시작했다. 여정이 결혼만 하면 되겠다고 애령은 생각했다.

***

그러나 애령과는 달리, 여정은 스스로 어딘가 망가졌다고 느꼈다. 여정은 이제 더 이상 타인이나 동물의 고통을자기 것처럼 느끼지도 않았고, 냄새가 몰려오는 일도 없었다. 예전처럼 모르는 타인에게 강렬한 친근감이나 가까움을 느끼는 일도 없었다. 편했지만, 갑갑했고 자신이 진짜 자신이 아닌 것 같았다. 여정은 자신이 차가운 사람이된 것 같기도 했는데, 그것도 마음에 들지 않았다.

아르바이트를 쉬는 날 오후 늦게까지 낮잠을 자고 일어난 여정은 총을 꺼내서 바라보았다. 애령이 여정의 짐을 연구소에 가서 찾아올 때, 총도 함께 돌아왔다. 아마 호신용 마취총 정도라고 생각했던 모양이었다. 여정은 총을가방에 집어넣고 외출 준비를 했다.

필립을 찾아갈까, 생각하기도 했지만, 내키지 않았다. 만나서 할 이야기가 없었다. 여정이 무턱대고 집을 나왔을 때, 여정의 다리가 향한 곳은 휘철의 집이었다.

여정은 휘철 동네의 작은 가게로 휘철의 안부를 물었다. 가엾은 주인은 여전히 고통받고 있었다. 그는 그동안 별일이 다 있었다며 요즘 악몽을 꾼다고 몸을 떨었다. 휘철이 그 집에서 목을 매달아 죽은 채로 발견되었다고 했다. 사인은 자살이라고 판명이 났다. 신기한 일은 그 많던 개들은 한 마리도 없이, 싹 다 사라졌는데, 어디로 갔는지 아무도 모른다고 했다. 여정은 고개를 끄덕이며 그 이야기를 들었다. 가게 주인은 여정의 얼굴을 들여다보며, 이런 이야기를 듣고 어떻게 놀라지도 않냐며 눈을 크게 떴다. 여정은 휘철은 어쩐지 끝이 안 좋을 것 같았다고 변명했다. 그리고 가게를 급히 나갔다.

휘철의 집에는 출입을 막는 줄이 처져 있었다. 안으로 들어갈 수는 없었다. 집은 텅 비어 있었다. 개장 안에는 개똥만 여전히 쌓여 있을 뿐, 개들은 한 마리도 없었다. 여정은 집 앞에서 전에 자신이 먹고 흘렸을 빵 봉지를 하나 발견했다. 그 안에 반으로 접힌 빛바랜 종이 한 장이 들어 있었다. 바깥쪽에는 한자 같기도 하고, 낙서 같기도 한 것들이 쓰여 있었다. 여정은 그 종이를 펼쳤다. 안쪽에는 이상한 그림이 그려져 있었다. 제 머리를 자른 여자의 그림이었다. 여자는 한 손에는 잘린 머리를 들고, 다른 쪽 손에는 머리를 자른 칼을 들고 있었다. 여자의 잘린 목에서 무지갯빛이 사방으로 쏟아지는 그림이었다. 구깃구깃한 종이는 찢어질 것처럼 나달거렸다.

이게 뭐야? 그림에서 열기와 강렬한 냄새가 얼굴로 훅 올라왔다. 냄새는 동물의 체취 같았다.

냄새를 맡고, 여정은 잠시 꿈을 꿨다. 여정은 다시 사슴이 되어 숲에 있었다. 불이 난 황폐한 숲이다. 동물들은 모두 다 떠났고, 풀 한 포기 남아 있지 않다. 사슴 한 마리만이 서 있었다. 사슴이 머리를 들어 하늘을 바라보자, 머리 위에는 제 목을 벤 여자의 별자리가 걸려 있었다. 사슴은 허공을 향해 힘껏 뛰어올랐다. 사슴은 끝없이 날아올라 갔다. 창공을 넘어, 우주를 건너, 그 여자에게로 갔다. 사슴은 이제 머리를 자른 여자가 되었다. 황갈색 피부의 여자는 사슴 머리를 했고, 별처럼 아름답고 산 만큼 크다. 여자는 한 손에 낫을 들고 있었다. 구름이 저 아래 가슴께로 흘러갔다.

이이이이이익.

사슴 머리의 여자는 하늘에서 별을 뜯어 두 손에 담아 들고 들판을 가로질러 걸어간다. 쏴아아아아아, 온몸으로 바람을 담고 걸어갔다.

여자는 돌아보며 생각했다. 내 발자국은 호수가 될 만

큼 크고, 머리는 우주에 닿을 만큼 높구나. 쏴아아아아, 쏴아아아아.

그러나 여자는 졸리다. 무릎은 땅에 닿아 꿇어지고 머리도 거꾸러진다. 몇 발 걷지 못했는데…. 여자는 잠이 들었다. 여자의 몸 위로 나무들이 자라난다. 여자의 입과 귀, 눈에서 동물들이 뛰어나오기 시작한다. 여자는 숲이 될 것이다. 사랑했던 것들을 다시 낳고 키워낼 것이다. 별들이 여자 위로 쏟아진다. 별들이 곧 폭발할 것이다.

여정은 그런 꿈을 꾸었다. 여정이 다시 정신을 차렸을 때, 그림은 바람에 날려 저쪽으로 날아가고 있었다. 여정은 그림을 잡으려다가, 그냥 날아가게 내버려두었다. 휘철의 집이 향한 강이 흐르는 소리가 요란하게 들렸다. 그 소리에 여정은 문득 생각난 것이 있었다. 여정은 강 속으로 총을 던져 넣었다. 첨벙, 소리가 나고 물이 높다랗게 튀겼다.

여정은 돌아서서 걸었다. 누군가의 꿈속을 걷고 있는 것 같은 기분이 든다. 이런 때는 조심스럽게 걸어야 한다. 꿈을 꾸는 이를 깨우면 안 되니까.

'모두가 꿈꾸는데 혼자 깨어 있는 것 같아. 아니면, 모두가 깨어 있는데 혼자 꿈꾸고 있거나.'

에필로그

너구리 라면

"오동통통 내 너구리, 너구리 한 마리 몰고 가세요."

　귀여운 얼굴, 볼살이 통통한 어린 남자아이와 여자 어른 두 사람이 나와서 라면을 맛있게 먹는다. 후루루루룩, 면발은 끊이지 않는다.

　두 사람이 라면을 먹고 있는 창 너머로 바깥 햇살이 노랗게 비친다. 노란 햇살은 건강과 새 아침의 상징이다.

　그것은 평범한 라면 광고처럼 보였지만, 인류가 신과 한 약속이었다. 그 사실은 극소수의 사람만이 알고 있었다.

　미국의 유명 래퍼였던 에미넘은 전혀 그 사실을 몰랐다. 누구도 귀띔하여 주지 않았다. 그러나 2022년 우연히 만난 광고업자에게 그 시에프에 관한 이야기를 들었을 때, 그의 마음은 알 수 없는 확신으로 가득 찼다. 그래서 그는 거의 무료에 가까운 보수를 받고, 노래를 만들어 주었고 랩도 했다.

"오동통통 내 너구리~"

한 번 들으면 잊을 수 없는 독특하고, 그러면서도 편안한 멜로디는 그렇게 만들어졌다.

그 시에프가 신과 인간의 약속이었기에 시에프의 주인공은 당연히 우리 인류다. 그러나 인류 모두가 출연할 수는 없었다. 인류를 대표해 거기에 출연한 것은, 당대 최고의 청춘스타였던 일본 영화배우 미치코 상이다. 미치코 상이 이 내막을 알고 있었는지에 대해서는 논쟁의 여지가 있다.

알고 있었다고 하는 쪽이 내세우는 건 그의 표정이다. 그는 당시 출연했던 영화와 드라마가 모두 흥행했고, 시에프는 밀려 쌓여 있었기 때문에 얼마든지 골라서 찍을 수 있는 입장이었다. 건강하고 활달한 편안한 옆집 친구 같은 이미지를 내세웠던 그에게는 경쟁자도 없었다.

그러나 시에프에서 그이는 내내 활짝 웃으면서도, 그 표정 너머에는 어딘가 알 수 없는 비장함과 슬픔이 감돌고 있다.

물론 시에프의 내용에는 그럴 만한 내용이 전혀 없다. 그가 그 시에프 속에 내포된 약속의 절대성을 몰랐다면, 왜 그는 그렇게 슬픈 얼굴을 했을까.

그의 슬픈 미소가 마치 예견이라도 한 것처럼, 그 뒤의 그이의 삶은 사실 썩 성공적이지 못했다. 영화는 연거푸 성공을 거뒀지만, 가족 관계는 엉망이었다. 가족들은 그의 재산을 탐냈고 재산 싸움으로 부모는 이혼했다. 이혼 과정에서 미치코 상이 아끼던 강아지는 사라졌다.

미치코 상은 그 뒤로 꿈을 자주 꿨는데, 꿈에 자꾸 강아지가 나와서 자기를 찾아달라고 말한다고 했다.

일찍 결혼해서 연예계를 은퇴했으나, 결혼한 남자는 사업에 실패했고 미치코 상의 이름을 팔아 계속 빚을 얻었다. 결국 미치코 상은 무일푼으로 이혼했다. 두 사람 사이에서 낳은 아이는 일찍 사망했다. 그 뒤 미치코 상은 다시 영화계로 돌아왔으나, 어딘가 쓸쓸한 느낌의 시들어버린 외모는 이제 무척 평범했다. 사람들은 어딘가 우울한 기색이 도는 미치코 상을 더 이상 반기지 않았다.

짧은 시간 누렸던 폭발적인 인기는 독이 되어서 그이의 일생을 방해했다.

중년의 나이가 된 미치코 상에게 가장 큰 문제는 그가 직접 차를 운전해야 한다는 것이었다. 미치코 상은 운전하는 걸 매우 싫어했다. 운동신경이 둔한 데다가, 다른 생각을 하다가 신호를 놓치기 일쑤였기 때문이다. 차에 들어가는 돈도 늘 아까웠다. 하지만 대중교통을 탔다가 알아보는 사람들이 수군거리며 손가락질하거나 귀엣말하는 것을 두세 번 경험한 이후로는 대중교통을 타는 건 포기했다. 이 이야기를 남자친구에게 했더니, 남자친구는 미치코 상에게 아무도 너를 알아보는 이는 없을 거라고 비아냥거리는 통에 둘은 심하게 싸웠다. 꼭 그 일 때문은 아니었겠으나, 얼마 안 가 둘은 헤어졌고 그 과정은 그다지 아름답지 못했다.

"물론 그 새끼 말이 맞았을지도 몰라. 누가 나를 알아보겠어."

미치코 상은 오늘 거울을 보며 머리를 빗다가 그 일이 생각나서 혼자 중얼거렸다.

"하지만 내가 그 말에 그렇게 화가 났던 것은 공감할 줄 모르는 그 못돼 처먹은 성격 때문이야."

그때 문득 미치코 상은 자신이 살날이 살아온 날들보다 적게 남았다는 사실을 깨닫고는 까마득해졌다.

너무 별 볼 일 없는 생 아니었나?

이미 47살이었다.

조금 더 참으면, 견디면 좋아질 거라 생각했는데, 그러다가 그냥 다 가버린 것이다! 세월이!

삶이!

맙소사.

미치코 상은 어이가 없어서 입술을 꽉 깨물었다. 한때 사람들이 감탄해 마지않던 시원스럽게 큰 눈은 처진 눈꺼풀 아래 가느다랬고, 뺨과 이마는 보톡스로 통통하게 부풀렸다가 꺼졌다가를 반복하다 보니 흐느적거렸다. 미치꼬 상은 한숨을 내쉬며 빗으로 거울을 톡톡 쳤다.

이게 다인가?

인생이란 이게 다인가?

그러다가 문득 깨달았다. 25년 전의 그 시에프의 진실을.

그 시에프가 인류에게 한 신의 약속이었다는 사실을. 그때 그 순간, 자신이 인류의 대표로 신과 함께 약속하고 있었다는 사실. 미치코 상은 서랍을 다 뒤져서 그 시에프를 찍고 나서 받은 계약서를 꺼냈다. 평범한 계약서와 함께 오래되어 누렇게 색이 변한 종이에 그려진 개 그림이 한 장 있었다. 목이 잘리고 그 잘린 목 자리에서 피가 솟구치는데, 그 피를 잘린 머리의 입이 받아먹는 그림이다. 어쩌다가 계약서에 그게 딸려 왔는지 몰랐지만, 그냥 대수롭지 않게 생각하고 넣어두었다. 매니저에게 이게 뭐냐고 물어봤지만, 다들 그냥 실수로 들어갔겠거니 했다.

그림은 끔찍했지만, 왠지 귀여운 것 같기도 해서 마음에
들었다. 그래서 그냥 넣어두었던 거다. 지금 다시 그 그림
을 보니 여전히 좋았다. 미치코 상은 다시 그 그림을 집어
넣었다.

옆에는 커피가 차갑게 식어가고 있었다. 그 커피잔에
비친 자신의 둥근 얼굴을 내려다보다가 미치코 상은 커피
를 후루루루룩 소리내어 마셨다.
그까짓 것.
그럼에도 생도 세계도 계속된다.

(박쑤우~)

추천사

오컬트의 시대다. 그렇게 주장하고 싶다. 소설을 읽고 나니 더더욱 소리치고 싶다. 『드리머』는 이 시대의 소설이다. 주술과 저주, 질투와 험담, 비밀과 음모, 믿음과 배신에 대한 어두운 이야기. 공허한 진실에 대한 기록. 모래 작가는 차갑고 정확한 문장으로 지독하게 얽힌 네 사람의 운명을 치열하게 파고든다. 꿈속의 꿈, 현실 속의 현실을 넘나들며 진실을 탐구한다. 무엇을 믿을 것인가. 무엇을 배신할 것인가. 그리고, 무엇을 사랑할 것인가. 망가진 인생의 한 귀퉁이를, 구겨진 모서리를 어떻게든 펴보려고 애쓰는 사람들. 나도 꿈을 꾼다. 그 꿈속에서, 나는 꿈꾸고 있는 나를 보고 있고, 내 마음에 깃든 어두운 욕망 역시 보고 있다. 때문에 나는 이해할 수 있었다. 그 수첩을 발견했다면 나 역시 망설임 없이 펼쳐봤을 것이다. 무슨 말인지

궁금하다면, 이 책의 첫 장을 서슴없이 열어보기를. 꿈이
당신을 찾아갈 것이다.

강화길(『화이트 호스』『대불호텔의 유령』 저자, 소설가)

지금과 아주 다른 삶의 가능성. 그것은 우리가 갈구하는
이야기이자 어쩌면 현재의 삶 속에서는 절대 이룰 없는
이야기이기도 하다. 『드리머』는 한 사이비 종교 세력이
남긴, 가공할 힘을 가진 수첩이라는 오컬트 장르를 소재
삼아 살아 있는 인물들의 서사를 덧대어 '삶의 가능성'에
대한 훌륭한 성찰을 제공한다.

　무엇보다 『드리머』는 등장인물을 둘러싼 탄탄한 관계
성과 리얼리즘 소설에 필적할만한 단단한 이야기로 가득
채워져, 오랜만에 서사를 읽어 내려가는 그 자체의 즐거
움을 준다. 한번 시작하면 그 몰입감에 단숨에 읽어내려
가면서도, 돌아보면 무시무시한 여운을 남기는 소설.

이규락(『기니피그의 뱃살을 함부로 만지지 말라』 저자, 소설가)

작가의 말

한 계절의 꿈과 피로 썼다.
그 계절이 지나갔다.
사나운 계절이었다.

나는 쓴다는 것에 인생을 너무 낭비했다.
마지막 소설이 되기를 빈다.

—

농담이다.

쓴다는 건, 인생을 낭비하는 수많은 방법 중에서 썩 나
쁘지도 썩 좋지도 않은, 그렇고 그런 방편인 것 같다고 요

즘 가끔 생각한다.

그건 그렇고 어느새 눈썹 사이에 내 천(川)자 모양의 세
로 주름이 새겨졌다.
가로 주름이 먼저 생기길 바랐는데, 원통하다.

내가 인상을 많이 쓰고 다닌 건 세상의 잘못이지, 내
잘못은 아니었는데. 어쨌든, 일은 이렇게 이루어지고 말
았다.

오늘도 전광훈 씨는 광야가 아닌 광화문에서 부르짖고
있다.
세상의 가장 잔혹한 범죄와 혐오가 신들의 이름(부처 포
함)으로 이루어졌다는 걸 생각한다.
신을 사랑한다는 말이, 폭력과 거짓에 대한 알리바이가
되는 걸 본다.

그러나 내 어머니와 할머니가, 아버지와 할아버지가,
세상의 수많은 여성과 슬프고 약한 사람들이, 외롭고 가
난한 마음으로 신을 찾았다는 것도 생각한다.

일상의 시시콜콜한 악의를 넘어서는 선함이 어딘가에

있기를 바라는 마음, 그 선함에 의탁하고 싶은 마음, 이치로 다 아우를 수 없는 신비의 아름다움을 염원하고 거기에 기대는 마음.

그 마음들이 갈 곳을 잃고 다쳐, 더는 폭력의 웅덩이에 이르지 않기를 기원한다.

작은 몸부림으로 이 이야기를 썼다. 부디, 다음 이야기를 쓸 수 있기를 기원해 본다.

한 계절이 지나갔고, 새로운 계절이 오고 있다.
힘없는 이들이 힘을 찾고 모두가 서로를 돕기를 바라는 때가 오기를.
언젠가 오기를.

추신.
이 이야기가 한 페이지짜리였을 때부터, 함께 읽어준 가희 님, 규락 님, 안진 님, 효정 님에게 감사의 말을 전한다. 덕분에 초고를 쓰는 시간이 아주 외롭지 않았다. 바쁜 시간을 쪼개어 소설을 읽어준 똑지와 은영에게 언젠가 이 신세를 갚을 수 있기를 바란다. 경은 씨가 다시 시를 쓸 거라고, 선애와 호빵이 소설을 쓰고 있다고 생각하면 마음

이 좀 풍성해진다. 기태 선생과 은주 선생 덕에 시렸던 계
절을 덜 아프게 보냈다. 희한한 소설을 출판할 마음을 기
꺼이 내준 고블 출판사 분들에게도 감사한 마음 가득하
다. 어머니와 훈성, 숙희와 라모 덕분에 잘 살고 있다. 앞
으로도 대충 그럴 것이다.

먼저 가버린 이들에 대해서는 말하지 않겠다. 그들은
다 알고 있을 것이기 때문이다.

2025년 2월
마음의 둥근 원 안에서,
모래.